COLIN HADLER

WENN DAS FEUER AUSGEHT

ROMAN

Für Martin und Claudia.
Ohne euch gäbe es weder dieses Buch noch meine Faszination für die Natur und das darin enthaltene Risiko.

Prolog

Charlie kann zwischen den Baumwipfeln gerade noch erkennen, wie auch das letzte Stück der Sonne hinter einem der Berge versinkt. Dieses Spiel der Natur geschieht dabei in einem solch kurzen Zeitraum, dass man hätte denken können, selbst die am hellsten leuchtenden Sonnenstrahlen würden vor etwas fliehen. Nicht nur die Dunkelheit nimmt nun still ihren Platz ein, sondern auch eine unangenehme und stechende Kälte.

Es ist Frühjahr. Die trockenen Blätter vom vergangenen Herbst zerbröseln förmlich unter den Schuhsohlen. Mit jedem Schritt scheint sich der plötzliche Umschwung bemerkbarer zu machen. Charlie kann die Veränderung am eigenen Leib spüren. Da ist dieses immer schneller werdende Pochen in seiner Brust, und ein Kribbeln, das sich seinen Weg bis zu den Fingerkuppen bahnt. Es fühlt sich so an, als wäre er mit der Natur verbunden. Als würde er realisieren, dass hier irgendetwas gewaltig schiefläuft und sie es nicht geschafft haben, vor Sonnenuntergang ins Camp zurückzukehren.

Das sonst so vertraute Waldgebiet verwandelt sich in einen Irrgarten, dessen Ausgang nicht gefunden werden will.

Im Wald herrschen andere Regeln.

Es gibt einen Grund, weshalb Tag und Nacht getrennt sind, weswegen es einen Unterschied zwischen Gut und Böse gibt.

Alles hat einen Grund.

Und einer dieser tausend Gründe ist gefährlicher und verbotener als die anderen. Angsteinflößender, mysteriöser, ja, fast schon grausamer.

Es ist der Grund, weswegen sie hier sind.

»Wir sollten uns beeilen, hörst du? Die anderen müssen erfahren, was wir herausgefunden haben, andernfalls …« Ben läuft es kalt den Rücken hinunter. »Ich will es mir gar nicht vorstellen, also bitte geh weiter.«

Charlie blickt in das fast nicht mehr zu erkennende Gesicht seines Freundes. Achtet auf das leichte Zittern seines Unterkiefers, auf den verängstigten und hilflosen Blick. Die Dringlichkeit in seiner Stimme ist kaum zu überhören, trotz seiner Bemühungen, gelassen zu klingen.

Ein kurzes Nicken von Charlie genügt. Er will keinen unnötigen Lärm machen, keine Aufmerksamkeit erregen. Dennoch kann man die beiden Teenager hören. Das weitaus größere Problem besteht allerdings darin, auf dem richtigen Weg zu bleiben. Genau genommen haben Charlie und Ben einen solchen nicht einmal; doch in so einer Situation wäre es unklug, sich seine ungünstige Lage ins Gedächtnis zu rufen.

Schweigen hilft.

Charlie hat noch Hoffnung. Möglicherweise können sie bald das Lagerfeuer in der Ferne erkennen, Menschen, die Lichtung. Ihre Suche hat sich anders entwickelt als geplant. Sie ist außer Kontrolle geraten.

Alles ist außer Kontrolle geraten.

Wenn man für einen kurzen Augenblick den Atem anhält, dann kann man sie sogar hören. Die Schreie. Die Schreie von Link. Doch er ist tot, für immer.

»Hörst du das?« Ben hält abrupt an. Sein Blick sucht hektisch die Umgebung ab.

»Was soll ich denn hören?«

Vorsichtig und ohne einen Laut zu machen geht Ben in die Hocke. Danach beginnt er die kalte Erde abzutasten. So, als hätte er etwas verloren.

Nach ein paar Sekunden hält er inne.

»Kannst du mir jetzt bitte sagen, was los ist?«

»Abdrücke am Boden, dieser Schatten. Jemand war schon vorher hier. Ich glaube … nein … ich bin fest davon überzeugt, dass uns jemand ab dieser Lichtung gefolgt ist.«

Charlie schüttelt kaum merklich den Kopf. »Das kann nicht sein. Wir wurden darauf trainiert, dass wir schon von Weitem hören können, wenn sich ein Mensch nähert. Es kann sich gar niemand unbemerkt an uns heranschleichen.«

Ein Windstoß fährt zischend durch die Bäume und die darauffolgende Kälte macht die Situation noch beklemmender. Das Geräusch ähnelt dem Heulen eines Tieres.

Ben sieht nun von unten zu Charlie auf. »Der Abdruck. Er … er stammt auch nicht von einem Menschen.«

Erneut ist ein beängstigendes Geräusch zu vernehmen. Es klingt tiefer, fast wie ein Knurren. Diesmal ist es nicht der Wind. Diesmal ist es etwas anderes.

»Charlie, gehen wir denn überhaupt in die richtige Richtung? Wir sollten doch schon längst beim Camp sein.«

Stille.

Unterbewusst ahnen die beiden bereits, dass sie nicht länger allein sind. Dass sich noch etwas anderes in diesem Waldabschnitt befindet. Etwas Lebendiges.

»Ich dachte, *du* weißt, wohin wir müssen.«

Ein Rascheln, einige Meter entfernt.

Aus Bens Stimme ist jegliche Emotion gewichen. Er wirkt blass. »Derjenige, der für das verantwortlich ist, was wir auf der Lichtung gesehen haben, will sicher nicht, dass jemand davon erfährt.«

»Glaubst du wirklich, irgendwer oder irgendetwas hat uns bemerkt?«

»Ich glaube es nicht nur, ich weiß es.« Mit zittriger Hand zeigt Ben auf einen schwarzen Umriss in unmittelbarer Nähe. Langsam gewöhnen sich Charlies Augen an die Dunkelheit. Er kann mehr erkennen. Beine. Vier Stück. Gefletschte Zähne, spitz und darauf wartend, alles und jeden in Stücke zu reißen. Rote Augen, die im Mondlicht glänzen und genau auf sie gerichtet sind.

»LAUF!«

Die beiden Teenager rennen so schnell sie können. Tiefhängende Äste bohren sich in ihre Gesichter und machen das Sehen fast unmöglich. Eine kleine Unachtsamkeit und sie stechen sich damit die Augen aus. Als Ben, halbblind wie er ist, über einen umgefallenen Baumstamm stolpert, schmeckt er augenblicklich Blut. Sein Blut. Er hat sich so fest auf die Zunge gebissen, dass sich der dickflüssige, rote Saft in seinem ganzen Mund verteilt. Trotzdem rennt er weiter. Er weiß, dass das seine einzige Chance ist zu entkommen. Auf keinen Fall will er wissen, welches unmenschliche Wesen sie gerade durch den Wald jagt.

Trotz ihrer Bemühungen sind die zwei Freunde nicht schnell genug, denn als sie am nächsten Gebüsch vorbeihetzen, springt eine weitere Gestalt aus der Dunkelheit.

Dann wird ihnen schwarz vor Augen.

Alles, was gegen die Natur ist,
hat auf die Dauer keinen Bestand.
Charles Darwin

Tag 1 – Montag

Camp Summerlake

1

Ich schaue ihm tief in die Augen. Studiere seine strahlend goldene Erscheinung, seine sanfte Art, mit der er es immer wieder schafft, mich zum Schmunzeln zu bringen. Ein wahrer Freund. Ein Pionier. Ich wage sogar zu behaupten, ein Heiliger. Er redet kein Wort, stattdessen denkt er den ganzen Tag nur nach. Er ist sogar so wissbegierig, dass er sich nur ein paar Sekunden mit einem Thema beschäftigt. Lernen, vergessen, lernen. Die perfekte und einzige Methode, sich durchgehend schlau zu fühlen, ohne schlau zu sein.

Er muss nie Zähne putzen, was auch daran liegen könnte, dass er gar keine Zähne hat, aber das sei mal dahingestellt. Er wohnt in einem Schiff. Dieses ist Gott sei Dank in der Mitte gebrochen, sonst würde er noch wegsegeln. Zumindest ein paar Sekunden lang, bis er wieder vergessen hat, wie man das Schiff überhaupt steuert. Und jetzt … jetzt verlasse *ich* ihn für zwei Wochen.

»Hey Bruno, vergiss mich nicht, solange ich weg bin, ja?«

Meine Schwester stürmt in das Zimmer. »Lukas, beeil dich, du wirst in …« – sie unterbricht ihren Satz schlagartig, als sie mich sieht. Dann verdreht sie die Augen. »Während du weg bist, spüle ich deinen widerlichen Goldfisch das Klo hinunter.«

»Das würdest du nicht tun.«

»Stimmt.« Sie macht eine theatralische Pause: »Ich werde ihn von unserer Katze fressen lassen.«

Ich schnappe meinen vollgepackten Rucksack und richte mich auf.

»Würde ich dir nicht raten, denn sonst muss ich deinem Professor wohl oder übel gestehen, dass der Aufsatz über die Geschichte Lateinamerikas gar nicht von dir ist.«

Sie verschränkt die Arme. »Der ist sehr wohl aus meinen Händen.«

»Aus deinen Händen, aus meinem Kopf.«

Meine Schwester verstummt für einen kurzen Moment, bevor sie zu einem weiteren Angriff übergeht. »Wie du meinst, aber wenn mein Bruder kein erfolgreicher Fußballspieler ist, sollte ich ihn idealerweise für irgendetwas anderes gebrauchen können.«

»Ich kann doch Fußball spielen.«

Sie lächelt. »Wie du gerade sagtest: in deinem Kopf …«

Eins zu Null für dich, große Schwester!

Nach einem beherzten Atemzug reiche ich ihr die Hand. »Machen wir einen Deal. Solange ich weg bin, wird niemand verraten oder umgebracht, okay?«

Sie schlägt belustigt ein und verschwindet mit einem einfachen »Tschüss. Viel Spaß im Wald, du Freak« aus meinem Zimmer.

Dann kehrt wieder Ruhe ein.

Ich kann dennoch spüren, dass mein Puls zu rasen beginnt. Zweifel bohren sich wie giftige Pfeilspitzen in meinen Verstand und ich bekomme ein unwohles Gefühl. Für einen kurzen Augenblick hatte ich es aus meiner kleinen Welt verdrängt. Meine Schwester hat mich mit ihrem Abschied bedauerlicherweise wieder in die Realität zurückgeholt und an den Aufenthaltsort meiner nächsten zwei Ferienwochen erinnert.

Den Wald der tausend Lichter.

Das Wildnis- und Erlebniscamp *Summerlake.*

Irgendwo im Nirgendwo.

Mitten im Wald.

Eine Adresse gibt es nicht, denn die Teilnehmer werden direkt von zu Hause mit einem Bus abgeholt und hingebracht. Man erzählt sich, dass es dort schon schräge und mysteriöse Vorfälle gegeben habe. Doch das sind bloß Gerüchte. Kein Jugendlicher, der einmal das Camp besucht hat, trägt Informationen an die Außenwelt. Alle schweigen.

Ich mit meinen sechzehn Jahren bin dieser Herausforderung sicherlich gewachsen, doch trotzdem krampft sich mein Bauch zusammen, wenn ich daran denke.

Ich kenne niemanden. Weiß nichts über das Camp und bin zu allem Überfluss ein völliger Anfänger, wenn es um Überlebenstechniken geht. Ich bin schon froh, wenn ich an einem Samstag einkaufen gehe und nicht von einer wildgewordenen Menschenmasse niedergetrampelt werde. *Das* ist Überleben für mich.

Wer weiß, welche giftigen Pflanzen oder gefährlichen Tiere es dort gibt?

Ja, wer weiß, was für Leute ich kennenlernen werde?

Immerhin werde ich es bald herausfinden. *Ob ich will oder nicht …*

Ohne einen weiteren Gedanken an all das zu verschwenden, verlasse ich unsere Wohnung. Wir wohnen im Erdgeschoss. Ein Grund mehr, weshalb uns die niedliche Großmutter aus Stock sieben zu hassen gelernt hat. Ich versuche ihr zwar manchmal mit ihren Einkaufstaschen zu helfen, doch ich sehe es nicht als meine Aufgabe an, bloß durch meinen Geruchssinn zu erkennen, wann sie wieder mit hundert Packungen Hundefutter vor der Tür steht. Einen Hund habe ich in all den Jahren übrigens nicht gesehen.

Als ich den putzigen kleinen Rasen vor dem Hochhaus betrete, entdecke ich meine Mutter auf dem Parkplatz. *Zappelig und nervös wie immer*!

Genervt stelle ich mich zu ihr.

»Gut, dass du rauskommst. Der Bus sollte in wenigen Minuten da sein. Hast du alles?«

Ich schaue auf meinen Rucksack. »Ich denke schon …«

»Klingt ja nicht sehr überzeugend. Du rufst mich an, wenn du etwas brauchst, okay?«

Ich setze eine kritische Miene auf. »Mom, es ist deine Schuld, dass ich in dieses Camp gehen muss, also behandle mich nicht wie ein Kleinkind.«

Meine Mutter ist eine Person für sich. Kurz gesagt: *Skurril, skurriler, Mary*. Ich glaube ja, dass sie sich diesen Namen selbst ausgedacht hat und ihr ursprünglicher schon längst vergessen wurde. Ich könnte mir vorstellen, dass ihre Eltern sie Irmtraud oder Adelgunde getauft haben. Leider ist niemand mehr da, den ich diesbezüglich fragen könnte. Ihre Eltern sind tot, sagt sie zumindest. Und wenn *sie* das sagt, dann leben sie vermutlich noch. Meinen Vater hat sie schon vor sehr langer Zeit verlassen. Sie hält es kaum länger als ein paar Monate bei einer Person oder an einem Ort aus. Ein Wunder, dass sie noch mit mir und meiner Schwester zusammenlebt und uns nicht in eine größer gebaute Babyklappe gesteckt hat.

Mary ist eine Abenteurerin. In ihren besten Jahren ist sie um die ganze Welt gereist. Hatte einen Typen nach dem anderen. Ich vermute, sie hatte mehr Männer im Bett, als andere in ihrem ganzen Leben gesehen haben. Als Alibi sagt Mary immer, dass sie sich für die Kulturen anderer Länder interessiert. Jedoch ist sie einer dieser Menschen, die sagen, sie könnten Italienisch sprechen und in echt beherrschen sie nur den

Satz »*Mi non parlo italiano – Ich spreche kein Italienisch.*« Irgendwie kämpft sich meine Mutter dann mit Übersetzungen aus dem Internet durch. Einmal hat sie erzählt – was, wie gesagt, so viel heißt wie: *Es ist komplett anders passiert,* oder: *Es ist überhaupt nicht passiert* –, dass sie eine solche Internetübersetzung in einem chinesischen Restaurant angewendet hat. Leider übersetzte ihr glorreiches Ursteinhandy »*Kellner, noch eine Runde*« in »*Ich esse Hunde*«. Sie merkte es erst, als ihr Essen komisch schmeckte.

Jedes Kind hat seiner Mutter sicher schon eine Karte geschenkt, auf der stand: *Du bist die beste Mama der Welt.* Das kann mathematisch gar nicht funktionieren, weil es sonst sehr viele »beste Mütter« geben würde. Deswegen war ich zu ihrem letzten Geburtstag gleich ehrlich und habe auf die Karte geschrieben: »*Du bist zwar nicht die beste Mama der Welt, aber ich schätze, du befindest dich im oberen Drittel.*«

Wenn man es genau nimmt, sollte ich mich gar nicht beschweren, denn manchmal beneide ich meine Mutter. So viele mitreißende Geschichten, die sie erzählen kann. Ich hingegen verbringe meine Zeit damit, mir über unerklärliche Funde und Geschehnisse Gedanken zu machen. Auch wenn es bloß um einen stinknormalen Kaugummi geht, der unter einen Autositz geklebt wurde. *Wie ging diese Verschwörung vonstatten? Wer ist schuldig und wer unschuldig? Welchen Nutzen könnte die Person daraus ziehen, einen Kaugummi genau an diesem Tag und in diesem Winkel unter einem Sitz zu positionieren?*

Neben dem durchaus kniffligen Kaugummifall stöbere ich auch noch in Akten und Büchern, die weitaus mysteriösere Erscheinungen behandeln: Berichte über Ufos, Serienkiller, verschwundene Personen, verbotene Areale und im Geheimen durchgeführte Experimente. Meine Lehrer bestärken mich, schwärmen davon, dass ich ein unfassbares Talent im logischen Schlussfolgern habe.

Na großartig! Was genau soll ich mit einer solchen Information denn anstellen? Mich für die nächste Staffel von »Sherlock Holmes« oder »Die drei ???« bewerben? Eines ist auf jeden Fall sicher: Mit einem hohen IQ hat man es im Leben kein bisschen einfacher. Manchmal wünschte ich mir, ich wäre wenigstens etwas dümmer oder primitiver und könnte mich für Schlagzeilen interessieren wie: *Ist sie gewollt schwanger oder ungewollt dick? Die Gerüchteküche brodelt.*

»Erde an Lukas! Hallo? Ich rede mit dir.«

»Sorry, Mom. War gerade abwesend. Was brauchst du denn?«

Sie seufzt, holt einen Brief aus ihrer Hosentasche und streckt ihn mir entgegen.

Ich schaue meine Mutter ungläubig an. »Was ist damit?«

»Das wirst du schon sehen. Solltest du dich im Camp überfordert fühlen, dann lies ihn. Er kann dir …«

»Mom, was zur Hölle willst du mir damit sagen? Ich bin keine zehn mehr.«

Mary quetscht mir den Brief hastig in meinen ohnehin schon zu vollen Rucksack. »Nimm ihn dir einfach als Erinnerung mit.«

»Ich bin doch nur zwei Wochen weg.«

»Ja, aber … wenn du einmal nicht weiterwissen solltest, öffnest du ihn trotzdem, okay?«

Ich zucke genervt mit den Schultern.

»Versprochen?«

»Ja! Okay! Meinetwegen.«

Ich fasse es nicht! Erst besteht sie darauf, dass ich in dieses blöde Camp gehe, und dann macht sie auch noch auf *»myste-*

riöse Mutter«. Leider kann ich ihr dieses Image nicht abkaufen und rechne damit, Fotos von Katzenbabys und den Spruch »*Haha! Verarscht! Komm mit deinen Problemen allein klar*« in dem Brief vorzufinden.

Ganz in meine Gedanken vertieft, bemerke ich den Bus erst, als er knapp neben dem Gehsteig zum Stehen kommt. Die Außenwände sind in glänzendem Schwarz lackiert, die Fenster so sauber geschrubbt, dass ich meinem Spiegelbild entgegenblicke. Meine braunen wuscheligen Haare habe ich mir vor der Abreise auf die Seite gekämmt. Leider ist mir dieses Vorhaben nicht sonderlich gelungen, denn ich muss sie mir öfter aus dem Gesicht streichen, als mir lieb ist. Die grüne Augenfarbe, die mich von meinen anderen Familienmitgliedern unterscheidet, ist nicht zu erkennen. Zumindest nicht in den Fenstern des Busses. Wenn man mich direkt ansieht, kann man gar nicht anders, als mir ununterbrochen in die Augen zu starren. Das habe ich jedenfalls gesagt bekommen. *Vielleicht war das aber einfach nur ein unfassbar einfallsloser Anmachspruch …*

Etwas unsicher mache ich einen Schritt auf den Bus zu. Mit einem Zischen öffnet sich die Tür und ich kann den Busfahrer erkennen. Er trägt eine grüne Militärkappe, eine im Ausschnitt steckende Sonnenbrille und ein Camouflage-T-Shirt, das ihm bestimmt eine Größe zu klein ist. Höchstwahrscheinlich hat er sich sogar absichtlich ein kleineres gekauft, damit seine Muskeln noch mehr zur Geltung kommen, als sie es so oder so schon tun.

»Na? Steigst du ein oder wartest du darauf, dass ich den roten Teppich für dich ausrolle?«

»Muss nicht rot sein, aber ein Teppich wäre toll.«

Seine Miene verfinstert sich.

Ich werfe einen hilflosen Blick zu meiner Mom. »Haben die in der Wildnis keinen Humor?«, flüstere ich und setze ein gekünsteltes Grinsen auf.

Sie lächelt. »Nun geh schon, du wirst wohl oder übel ohne mich zurechtkommen müssen. Hauptsache, du vergisst den Brief nicht.«

Ich versuche erst gar nicht zu widersprechen und betrete den Bus.

Habe ich da ein Funkeln in ihren Augen gesehen?

Schnell drehe ich mich nochmal zu ihr um. Tatsächlich wirkt ihre Art, mich anzusehen, unerwartet fremd. Ich erkenne Stolz in ihrem Blick, aber auch noch etwas anderes … einen unbeschreiblichen Ausdruck von Trauer, begleitet von einer Spur Unsicherheit.

Unsicherheit?

Ich atme tief ein und aus. Mir geht es gut. Ich werde die nächsten zwei Ferienwochen soweit genießen, wie ich es kann. Alles ausblenden. Den Alltag, meine Probleme und die durchwachsene Beziehung zu meiner Mutter. Dennoch bekomme ich einige Fragen nicht aus meinem Kopf.

Warum dieser Abschied? Und warum dieser Brief? Sie hat sich doch noch nie so viele Sorgen gemacht. Warum, um alles in der Welt, jetzt?

Ich habe keine Möglichkeit mehr, sie das zu fragen, denn im nächsten Moment schließt sich die Tür vor meinen Augen und ich bin komplett auf mich allein gestellt.

2

»Da sieh mal einer an, bist wohl doch noch eingestiegen.« Der Busfahrer trommelt ungeduldig mit seinem Zeigefinger aufs Lenkrad. »Such dir einen Platz aus, Junge. Wir wollen doch nicht, dass du dir die Nase brichst, wenn ich losfahre.«

»Ich heiße Lukas und nicht *Junge*, falls es Sie interessiert.«

Mein Gegenüber hebt die Augenbrauen und beginnt danach hämisch zu lachen. Auch wenn ich es persönlich eher als Grunzen bezeichnen würde.

»Mut hast du schon, Junge. Kannst mich duzen, ich bin doch nicht die Queen. Ach, und meinen Namen wirst du schon noch früh genug erfahren.«

Eine Stimme ist aus dem hinteren Teil des Busses zu hören. »Wann fahren wir denn endlich weiter? Ich langweile mich hier ja schon zu Tode.«

»Reg dich ab, Niklas. Lukas wollte sich gerade einen Platz suchen, nicht wahr?«

Eine rhetorische Frage. Gerissen!

Ich nicke widerstandslos und gehe zögerlich zu den Sitzreihen.

Viele nervt meine provokante und offene Art, doch ich lasse mir einfach nicht alles gefallen. Nicht mehr. Ich wurde viele Jahre meines Lebens ungerecht behandelt. In der Schule, zu Hause und manchmal auch von meinen angeblichen Freunden. Ich hatte keinen Vater, der auf mich aufgepasst hätte. Stattdessen eine Mutter, die sich oft ganze Wochenenden nicht hat blicken lassen. Diese Kurzausflüge beschreibt sie mit dem treffenden Satz: die stetige Suche nach Nervenkitzel. Seit ich den Mut habe, nicht tatenlos rumzusitzen, sondern meine Probleme selbst in die Hand nehme, behandeln mich plötzlich alle mitfühlend und wohlgesinnt …

Wer's glaubt!

Die meisten Sitzplätze sind schon besetzt. Einige unterhalten sich mit ihrem Nachbarn, die anderen haben sich Kopfhörer in die Ohren gesteckt und starren gedankenverloren aus dem Fenster. Der dunkelblonde Junge in der ersten Reihe ist so in sein Buch vertieft, dass er mich nicht einmal wahrnimmt. Soweit ich es erkennen kann, flirtet auf den hinteren Sitzen gerade ein rothaariger, durchtrainierter Junge mit einer Gruppe von Mädchen. Eines hört ihm überraschenderweise nicht zu, sondern hat ihre volle Konzentration auf mich gerichtet. Ich schmunzle und hebe die Hand. Mit dieser dezenten Geste versuche ich ihr klarzumachen, dass auch ich sie gesehen habe. Als rechts von mir jedoch eine Stimme ertönt, wende ich meinen Blick ab.

»Hey, Lukas! So heißt du doch, oder?«

Ich halte an und mustere den Jungen neben mir kritisch.

»Da ist wohl jemand mit dem falschen Fuß aufgestanden. Entspann dich, ich werde dich schon nicht beißen.«

»Tut mir leid, ich bin einfach ein bisschen durch den Wind.«

Mein Gegenüber runzelt amüsiert die Stirn. »Nenn mir eine Person in diesem Bus, die das nicht ist. Wir fahren in ein Camp, über das wir so gut wie nichts wissen, und das auch noch mit Leuten, die wir so gut wie nicht kennen. Also sag mir, wer hier nicht durch den Wind ist?«

Als ich mit meiner Antwort zögere, setzt der Junge erneut an. »Ich heiße übrigens Valentin. Kommt vom Lateinischen und bedeutet so viel wie *gesund* und *stark* sein. Notiz am Rande: Ich bin keines davon. Wie dem auch sei, wenn du willst, kannst du dich neben mich setzen. Ich schätze nämlich, dass sich der Alte noch einmal aufregen wird, wenn du weiter im Gang stehen bleibst.«

Dankend lasse ich mich auf dem Platz nieder. Im Hinterkopf behalte ich das Mädchen aus der letzten Reihe.

Während sich der Bus ruckelnd in Bewegung setzt, mache ich es mir bequem, werfe einen Blick aus dem Fenster und kann gerade noch meine Mom erkennen, bis sie aus meinem Sichtfeld verschwindet. Sie hat sich keinen Zentimeter bewegt, seit ich eingestiegen bin. Noch immer derselbe Gesichtsausdruck.

»Das war vorhin eine echt mutige Aktion von dir.«

»Ehrlich gesagt, bin ich nicht sonderlich stolz darauf, mich gegen einen Busfahrer aufzulehnen«, bringe ich hervor.

Valentin lächelt. »Das ist doch kein gewöhnlicher Busfahrer, sondern der Leiter des Camps. Magnus.«

Ein Kloß bildet sich in meinem Hals. »Ich … das … das wusste ich nicht.«

Es ist das erste Mal in dieser Unterhaltung, dass ich Valentins Gesicht genauer betrachte. Er hat eine gewisse Ähnlichkeit mit mir. Markante Wangenknochen, etwas dunklere und kürzere Haare, die sich wild kräuseln, ein paar Sommersprossen und hellbraune Augen.

»Bist du dir ganz sicher?«, murmle ich.

Valentin zeigt auf eine Sitzreihe hinter uns. »Die haben es mir zumindest erzählt.«

Ich spähe nach hinten und starre einen der zwei Jungen direkt an. Als meine Augen nach oben wandern, greife ich mir instinktiv an die Stirn. Exakt an die Stelle, bei der die Narbe meines Gegenübers beginnt.

»Du musst nichts sagen. Ich weiß, was du denkst«, behauptet der entstellte Jugendliche. Die Narbe reicht von seiner Stirn bis zum Kinn. *Scheußlicher Anblick!*

»Bin beim Jagen in meine eigene Falle getreten. Ist aber auch schon Jahre her.«

»Jahre? So lange jagst du schon?«

»Seit ich denken kann, Kleiner.«

Der Junge neben ihm sieht nicht annähernd so gefährlich aus. Er hat sich eine Mütze auf den Kopf gestülpt und trägt eine Brille mit runden Gläsern.

Unterschiedlicher könnten die zwei nicht sein.

Der Teenager mit der Narbe lehnt sich zu mir. »Ich bin Niklas. Im Prinzip müsste ich meinen Namen gar nicht erwähnen, du hast ihn dir sicher schon gemerkt. Weißt du, ich bin der, der sich vorhin beim Campleiter aufgeregt hat.«

Als könnte man darauf stolz sein!

Ich seufze: »Ja, war nicht zu überhören.«

Niklas lässt meine Aussage unkommentiert. »Und das neben mir ist ...«

»Ich glaube, ich kann mich selbst vorstellen.«

Der zweite Junge reicht mir die Hand. »Ich heiße Emil. Du kannst mich aber auch gerne Emilios nennen.«

Valentin stupst mich mit dem Ellbogen an, um mir etwas zuzuflüstern: »Der hat anscheinend noch nicht begriffen, wofür Spitznamen gut sind.«

Ich unterdrücke mein Lachen.

»Was gibt es denn da zu grinsen?«, zischt Emilios.

Valentin antwortet gelassen. »Gar nichts. Kümmert euch jetzt wieder um eure eigenen Probleme.«

Niklas wandert mit seinem Kopf noch näher nach vorne. Langsam wird es unangenehm. »Du hast mir hier gar nichts zu sagen. Überhaupt unterhalten wir uns gerade mit deinem niedlichen neuen Freund und nicht mit dir.«

Ich schlucke. »Nun gut … ich wollte das Gespräch eigentlich auch gerade beenden.«

»Ach, wolltest du?«

Leider bemerke ich Niklas' schnellen Handgriff zu spät. Er hat seinen Arm nach vorne gestreckt, in meine Hosentasche gegriffen und meine Geldtasche hervorgeholt.

»Hey! Gib das wieder her.« Wütend knirsche ich mit den Zähnen.

Irgendwo hört der Spaß auf!

»Na, was haben wir denn hier Schönes.« Niklas holt ein paar kleine Kärtchen aus den Seitenfächern und beginnt zu lesen.

Emil versucht ebenfalls einen Blick darauf zu werfen. Als er das zu seiner Zufriedenheit geschafft hat, sieht er mich verwundert an.

»Du hast also laut diesen Karten einen Intelligenzwettbewerb gewonnen? Schaust ja gar nicht so clever aus.«

»Dieses Wissen wird dir in der Wildnis nicht helfen, Lukas.« Niklas' Stimme klingt selbstsicher und herausfordernd. »Warum stellen wir dein Gehirn nicht auf die Probe? Ich habe ein Rätsel für dich, ja?«

Valentin mischt sich in das Gespräch ein: »Lukas, du musst das nicht machen. Das sind Proleten.«

Ich atme durch. *Wenn sie spielen wollen, dann bitte!* »Leg los, Niklas. Sag mir dein Rätsel.«

Erfreut über meine Antwort reicht er mir meine Geldtasche zurück. »Du musst dir vorstellen, dass du an eine Kreuzung mit zwei Wegen kommst. Der eine Weg führt dich zu ewigem Reichtum und der andere in den sicheren Tod. Du weißt aber nicht, welcher wohin führt. Vor dieser Weggabelung steht ein Haus, in dem Zwillinge wohnen. Einer von ihnen sagt immer die Wahrheit und der andere lügt jedes Mal. Es steht jedoch nur einer der beiden Zwillinge vor dem Haus. Du weißt nicht, ob es derjenige ist, der die Wahrheit sagt, oder derjenige, der lügt.«

Niklas macht eine kurze Pause.

»Erzähl schon weiter«, hakt Emil nach, dessen Neugierde nun ebenso geweckt ist.

»Also gut. Du darfst diesem Zwilling eine einzige Frage stellen. Anhand der Antwort musst du wissen, welcher der Wege dich zu deinem Ziel führt und welcher in den Tod.«

»Das kann man doch gar nicht lösen«, protestiert Valentin und schüttelt fassungslos den Kopf. Daraufhin lässt er sich in seinen Sitz zurückfallen.

»Warum ausgerechnet dieses Rätsel?«, frage ich Niklas und kaue auf meiner Unterlippe.

»Was soll ich sagen … es nervt mich, dass ich die Antwort nicht kenne.«

»Wie? Du kennst die Antwort selbst nicht?«

»Nein. Mir wurde das Rätsel zwar gestellt, aber die Antwort wurde mir nicht verraten.«

Ich räuspere mich. »Tut mir leid, da kann ich dir auch nicht weiterhelfen.«

Emil scheint zufrieden. »Doch nicht so schlau, was?«

Ich ignoriere seine Provokation und wende mich von den beiden ab. Entspannt lehne ich mich in meinem Sitz zurück.

Valentin flüstert mir abermals motivierende Worte zu. »Es ist nicht schlimm, dass du das Rätsel nicht lösen konntest. Dieser Trottel kennt die Antwort ja selbst nicht.«

»Komisch. Dabei ist die Antwort leichter, als man denkt«, flüstere ich zurück und zwinkere.

»Wie?! Was meinst du damit?«

»Ganz einfach. Ich erkläre es dir. Du fragst den genannten Zwilling, welchen Weg dir sein Bruder geraten hätte, und dann nimmst du den anderen.«

Valentin denkt konzentriert nach. »Und das funktioniert?«

»Absolut. Wenn derjenige vor dem Haus steht, der immer die Wahrheit sagt, wird er dir wahrheitsgemäß den falschen Weg sagen, weil er weiß, dass sein Bruder immer lügt.«

»Stimmt! Und dann nimmst du den anderen, also den richtigen!«

»Genau. Sollte derjenige vor dem Haus stehen, der immer lügt, wird er dich anlügen und den falschen Weg sagen.«

Valentin grinst erfreut. »Und somit gehst du wieder den richtigen, weil du ja immer den entgegengesetzten wählst.«

»Korrekt.«

»Du bist genial! Warum hast du ihnen die Lösung nicht verraten?«

»Einerseits ist es viel lustiger, wenn sie das Rätsel ihr Leben lang nicht lösen können, und andererseits wären sie wohl noch beschissener drauf, wenn ihnen klar wird, dass sie nicht die Schlauesten hier sind.«

Valentin lehnt wohlgelaunt seinen Kopf ans Fenster. Zufrieden mit meiner Antwort schmunzelt er noch eine ganze Weile, bis er nach einiger Zeit ein neues Thema anfängt. Seine Stimme hat sich verändert. Er wirkt nachdenklich. »Warst du denn schon mal in so einem Camp?«, fragt er mich leise und betrachtet die vorbeiziehende Landschaft.

Wir biegen soeben in einen Wald ab. Bäume ragen dicht gedrängt aus der Erde, verursachen eine beklemmende Stimmung. Zugleich wird die Straße holpriger und es fällt mir immer schwerer, mich zu entspannen.

»Nein, und du?«

»Ich auch nicht.«

Wenigstens bin ich nicht der Einzige.

Immer tiefer geht es in das mir unbekannte Gebiet. Auch die anderen Teenager sind überraschend leise geworden. Ich würde sogar behaupten: *Es herrscht eine unangenehme Stille …*

»Sag mal, Valentin. Kennst du dieses eine Mädchen aus der letzten Reihe? Das mit den schulterlangen braunen Haaren und dieser Stupsnase? Ich glaube, sie hat eine schwarze Bomberjacke an.«

»Stupsnase? Bomberjacke? Deine Beschreibung ist ja fabelhaft.«

»Ja … ich … keine Ahnung.«

»Kaja.«

Ich schaue ihn verwirrt an.

»Sie heißt Kaja. Ich kenne sie, weil sie nur ein paar Straßen von mir entfernt wohnt. Sie geht mit einem meiner Bekannten in die Schule.«

»Da sieh mal einer an … danke jedenfalls. Weißt du denn auch, was sie …«

Ich schaffe es nicht, meinen Satz zu Ende zu bringen, denn nach einem fürchterlichen Knall pralle ich mit so einer Wucht gegen den Sitz vor mir, dass ich Blut schmecke. Schnell greife ich mir an die Nase. Ein ohrenbetäubendes Quietschen ist zu hören. Dann ist alles still. Der Bus ist zum Stehen gekommen.

»Verdammt!« Magnus öffnet hektisch die Tür und rennt nach draußen.

Ein Mädchen beginnt zu weinen.

»Alea! Reiß dich zusammen.«

Der Junge mit den roten Haaren quetscht sich an den Sitzreihen vorbei und verschwindet gleichfalls aus dem Bus.

Mit wackeligen Knien erhebe ich mich von meinem Platz. Mir ist schwindelig. Noch immer tropft Blut aus meiner Nase und befleckt meine Hose.

»Alles gut da draußen?« Die Frage kommt von Emil.

Keine Antwort.

»Los, Leute. Alle raus hier!«, ruft Niklas und macht einen Schritt zur Tür.

Valentin dreht sich abrupt zu ihm um. »Du bist hier nicht der Chef!«

»Nein, aber hast du jetzt eine klügere Idee, du Besserwisser?«

Valentin gibt nach und lässt sich nicht weiter auf die Diskussion ein. Tatächlich erheben sich kurz darauf schon die Ersten von ihren Sitzplätzen und gehen Richtung Ausgang. Einigen ist der Schock ins Gesicht geschrieben. Auch ich steige vorsichtig aus dem Bus und stelle mich neben Magnus. Der Campleiter kniet vor einem zerplatzten Reifen, schaut wie versteinert auf den Boden.

Als sich alle draußen versammelt haben, fängt er sich wieder und ergreift das Wort.

»Na schön. Immerhin eine perfekte Situation, um mich vorzustellen. Ich bin Magnus und für euch verantwortlich. Das heißt: Alles hört auf mein Kommando. Wem das nicht passt, der kann unverzüglich nach Hause gehen. Falls er den Weg weiß.«

Ein paar ältere Jungs kichern.

»Leider sind wir durch diesen kleinen Unfall dazu gezwungen, zu Fuß zum Camp zu gehen. Es ist nicht mehr so weit und ich sehe es als eine ideale Gelegenheit, den Wald hier besser kennenzulernen. Um den Bus wird sich jemand kümmern. Fragen?«

Niemand macht auch nur einen Mucks. Stattdessen starten ein paar der Jugendlichen damit, das Gepäck aus den Stauräumen zu schaffen und anschließend zu verteilen. Danach hebt Magnus demonstrativ die Hand, ruft: »Gut, also, mir nach!« und verlässt die Straße. Er geht direkt in den Wald. Dicht gefolgt von Niklas und Emil. Zögerlich folgen ihm auch die anderen. Nur ich und Valentin bleiben noch einen Moment wie angewurzelt stehen.

»Ist das gerade wirklich passiert?«, fragt mich Valentin und blickt zum Fahrzeug. Seine Stimme zittert.

»Ich schätze schon.«

Vorsichtig knie ich mich hin und betrachte den Boden genauer. Dann sehe ich sie: Scherben. Haufenweise spitze, dicke Scherben! Sie wurden in mehreren Linien quer über die Straße platziert. Magnus hätte niemals ausweichen können.

Ich hebe eine von ihnen auf und halte sie in die Luft. Meine Kehle ist wie zugeschnürt, als mir klar wird, was hier wirklich passiert ist.

Bestürzt drehe ich mich zu Valentin um. »Das … das war kein Unfall.«

Er sieht die Scherbe in meiner Hand und reißt die Augen auf. »Du meinst …« Seine Stimme versagt.

»Ja, die Reifen sind nicht einfach so geplatzt, Valentin. Irgendjemand hat diese Scherben auf die Straße gelegt. Irgendjemand hat gewollt, dass wir aussteigen.«

3

Meine Behauptung: Übers Wasser zu gehen ist einfacher, als dieses Camp ohne Ehrfurcht zu betreten.

Sorry, Jesus!

Der Wald erinnert an ein Löwengehege. Natürlich ohne Sicherheitsmaßnahmen und Zäune. Statt Löwen gibt es Wildschweine, Bären, Wölfe, Hirsche und, nicht zu vergessen, die gefürchtete *Malacolimax tenellus*. Hierbei handelt es sich zwar nicht um ein riesengroßes fleischfressendes Monster, aber um eine ziemlich eklige Schneckenart. Und ganz ehrlich: Die Wahrscheinlichkeit, auf eine Schnecke zu treten, ist viel höher, als von einem Bären gefressen zu werden.

Ich denke einen kurzen Moment angestrengt nach.

Okay, eigentlich hat der Ort nicht wirklich was mit einem Löwengehege gemeinsam …

Ich revidiere meine Aussage: Der Wald erinnert an ein Gehege.

Besser!

Die meisten der Bäume stehen so dicht nebeneinander, dass man sich gefangen fühlt. Eingegrenzt. Man kann nie alles erkennen, nie genau sehen, was auf einen zukommt. Überall sind Augen, die dich beobachten, Krallen, die über die Rinde kratzen. Auch wenn du sie nicht siehst, es gibt sie. Und sie warten nur auf dich. Über dir im Schutz der Baumkronen, unter dir, lauernd eingegraben, vor dir zwischen den Bäumen und hinter dir im Schatten der Dunkelheit.

Der Geruch von feuchter, nasser Erde liegt in der Luft. Fast etwas modrig. Gelegentlich überwiegt der süßliche Geruch von Harz. Ein Mischwald. Es muss in der Nacht geregnet haben, denn als ich über das Moos am Boden streiche, spüre ich kleine Wassertropfen auf meiner Haut.

»Der Wald kann einem sprichwörtlich die Sprache verschlagen. Es ist *besonders* hier, findest du nicht?«

Die Frage kommt von Valentin. Er hat angehalten, um tief und innig Luft zu holen.

»Ich habe Respekt davor«, gestehe ich.

»Respekt habe ich auch, das kannst du mir glauben. Eine gute Freundin von mir hat sich in einem Wald das Leben genommen.«

Ich halte inne.

Valentin dreht mir den Rücken zu und schlendert weiter. »Vergiss es. Über so etwas spricht man nicht, ich weiß.«

»Über so etwas spricht man vielleicht nicht, aber man sollte es.« Ich hole entschlossen auf.

Ein paar Meter vor uns unterhalten sich einige Mädchen und noch weiter vorne befinden sich die restlichen Teenager. An der Spitze: Magnus.

»Du meinst, man sollte über den Tod reden?«, will Valentin wissen.

»Nein, im Gegenteil. Man sollte über das Leben reden.«

»Wie jetzt? Ich dachte, es geht dir um meine verstorbene Freundin?«

»Tut es ja auch. Jeder Tod erinnert uns daran, dass das Leben bloß eine Lüge ist.«

Valentin scheint beeindruckt. »Steht hier etwa der neue Goethe vor mir?«

»Wohl eher nicht, aber Goethe hätte sich gerne etwas von mir abschneiden können«, äußere ich mit einem sarkastischen Unterton.

Er beginnt zu grinsen, doch nach ein paar Sekunden hakt er nach. »Wie meinst du das mit der Lüge?«

»Nun, wenn wir es ganz genau betrachten, leben wir doch nur, um dem Tod zu gefallen.«

Valentin sieht mich irritiert an. »Das ergibt doch gar keinen Sinn.«

»Vielleicht nicht. Vielleicht aber schon. Wir wollen am Ende des Lebens doch alle etwas haben, worauf wir stolz sein können, etwas, wodurch wir den anderen im Herzen bleiben. Also ist das glückliche Leben bloß eine Ausrede, um zufrieden sterben zu können. Ich glaube, deine Freundin hatte einfach keine Kraft mehr, sich eine solche Ausrede zurechtzulegen. Wann ist sie denn gestorben?«

»Vor fast genau einem Jahr. Und ich Trottel habe noch das Seil in ihrem Zimmer gesehen. Ich wusste ja nicht, dass sie sich damit …«

Er verstummt.

»Sie hat sich aufgehängt?«

Valentin nickt. »Tut mir leid, dass ich dir dieses Thema aufgedrängt habe.«

»Nein, mir tut es leid. Ich hätte dich nicht ausfragen sollen.« Ich klopfe ihm freundschaftlich auf die Schulter. »Du kannst ja nichts dafür, dass ich so eine vertrauenswürdige Ausstrahlung habe.«

Er lacht. »Jaja, träum weiter. Du kannst aber sehr wohl was dafür, dass du pausenlos angibst. Überhaupt bist jetzt du dran. Erzähl mir etwas von *dir.*«

Belustigt puste ich mir die Haare aus dem Gesicht. »Ich heiße Lukas.«

»Und weiter?«

»Punkt.«

Er verdreht die Augen.

»Etwas, das noch nicht so viele wissen, du Idiot.«

Wenn er wüsste.

Ich werde leiser. »Seit einigen Jahren heiße ich zwar Lukas, aber das war nicht immer so.«

»Was?!«

»Einer der Gründe, weshalb ich meine Mom hassen könnte.«

Interessiert dreht er sich zu mir. »Warum das?«

»Heikles Thema … als sie mit mir schwanger war, hat sie es sich trotzdem nicht nehmen lassen, auf Partys zu gehen. Kurz gesagt: Sie hat getrunken.«

»Oh, scheiße. Das tut mir leid.«

Ich winke ab. »Muss es nicht, ist ja nicht deine Schuld. Jedenfalls hat sie bei einem Trinkspiel verloren und jemand, den sie erst seit ein paar Stunden gekannt hat, durfte mir einen Namen geben.«

»Und das hat sie zugelassen?«

Mein Blick schweift in die Baumkronen. Manche der Sonnenstrahlen durchbrechen das Blätterdickicht und wärmen meinen Körper.

»Hätte sie von ihm danach nicht jahrelang Geld bekommen, vermutlich nicht. Sie hätte meine Schwester und mich ohne dieses Geld nicht versorgen können. Meinen Vater hat sie schon in ihrem dritten Schwangerschaftsmonat verlassen. Ich glaube aber auch, dass ihr der Name tief im Inneren Spaß gemacht hat.«

»Sie hat dich ausgelacht?«

»Ich weiß es nicht. Meine Mutter ist eine Frau, die ich nicht einschätzen kann. In letzter Zeit ist sie plötzlich so nett zu mir … keine Ahnung. Meinen vorigen Namen habe ich zum Glück ändern können.«

Während des Gesprächs habe ich gar nicht bemerkt, dass wir auf einen breiteren Wanderweg abgebogen sind. Die Bäume rechts und links von uns werden spärlicher und immer mehr Sonnenlicht lässt den Wald in einem leicht goldenen Schimmer glänzen. Außerdem steigt mir der Geruch von Rauch in die Nase.

Ein Lagerfeuer! Wir sollten gleich da sein.

»Das ist echt eine ungewöhnliche Geschichte, Lukas. Ein Detail wäre aber noch interessant. Du hast zwar erwähnt, dass dein früherer Name schrecklich war, aber wie genau du geheißen hast, weiß ich immer noch nicht.«

Ich atme tief durch. »Eigentlich sage ich es ungern, aber wenn du es unbedingt wissen willst …«

»Nein, halb so wild. Du musst es nicht sagen.«

Ich zucke mit den Schultern. »Im Grunde will ich gar kein Geheimnis daraus machen. Ich hieß Ach…«

Als ich im selben Moment auf etwas Glitschiges trete, kann ich nicht mehr schnell genug reagieren und verliere das Gleichgewicht. Mit rudernden Armen und einem jähen Schrei komme ich auf dem rauen Waldboden auf.

»FUCK!«

Ich habe es befürchtet: Schnecken! Riesige, schleimige Schnecken!

Ein leichtes Ziehen durchfährt meinen Rücken und mein Steißbein brennt höllisch. In dieser ungünstigen Position bleibe ich noch kurz liegen, bis ich mir von der Hand aufhelfen lasse, die mir entgegengestreckt wird.

»Danke, Valentin. Ich …«

Es ist nicht Valentin.

»Oh … ehm … danke, Kaja.«

Sie sieht mich verblüfft an. »Kennen wir uns, oder woher weißt du, wie ich heiße?«

Ich lächle gekünstelt und zeige auf Valentin.

Dieser setzt seinen Weg pfeifend fort, als hätte er es nicht gehört.

Kaja schaut mir interessiert in die Augen. »Hm, na dann wäre es doch fast schon fair, wenn ich auch deinen Namen kennen würde. Oder ist es dir lieber, wenn ich dich ›unbekannter Schneckentöter‹ nenne?«

Ich bringe kein Wort heraus.

Warum ist dieses Mädchen jetzt schon lustiger als ich?!

»Ich … heiße Lukas.«

»Freut mich, dich kennenzulernen, Lukas. Mein Name ist … ach, da war ja was.«

Sie zwinkert mir zu und beginnt weiterzugehen. Ich gehe mit schnellem Schritt hinterher.

»Wie hast du bemerkt, dass ich hingefallen bin?«

»Dein ›Fuck‹ war nicht zu überhören.«

Fuck!

»Eigentlich benutze ich solche Schimpfwörter nicht, aber …«

»… der Wald macht uns alle zu Tieren«, vervollständigt sie meinen Satz.

Ich lache lautlos. »Ja, so in etwa.«

Auch Valentin schließt sich uns an. »Hey! Ich bin übrigens Valentin. Wir kennen uns.«

»Ja, tatsächlich. Von irgendwoher kommst du mir bekannt vor. Hattest du nicht einen Bruder?«

Er schüttelt den Kopf.

»Nicht ich *hatte*, sondern ich *hätte* gerne. Aber um einen größeren Bruder zu haben, ist es jetzt vielleicht ein bisschen zu spät.«

»Ein bisschen«, wiederhole ich humorvoll gedehnt und fühle mich das erste Mal auf dieser Reise richtig wohl.

»Kaja! Kommst du wieder zu uns? Wir warten auf dich …«

»Ja, ich komme schon, Mädels.« Sie schaut fragend in unsere Runde. »Darf ich, meine Herren?«

»Selbstverständlich, Miss«, scherze ich.

Natürlich hätte ich mich gerne noch länger mit ihr unterhalten. Ich habe in der Schule unzählige Adjektive gelernt, aber Kaja hat etwas an sich, das ich nicht beschreiben kann. Fast wie in diesen viel zu kitschigen Liebesschnulzen. Jedoch – ich habe ganz andere Pläne. Ich bin definitiv nicht in dieses Camp gekommen, um mich in ein Mädchen zu verlieben.

»Sie hat schon etwas Bezauberndes.« Valentin lächelt mich an, als könne er meine Gedanken lesen.

Ich schnaufe. »Wenn du meinst.«

»Deine Intelligenz hilft dir anscheinend nicht, deine Gefühle zu verstecken.«

»Ich habe keine Ahnung, wovon du redest.«

»Das glaube ich dir nicht. Ich habe genau gesehen, wie du sie angestarrt hast. Ich traue dir zu, dass du auf die nächste Schnecke absichtlich drauftrittst, damit dir dein Engel wieder zu Hilfe eilt.«

Kaja hat etwas Wildes in ihrer Art. Etwas Rebellisches. Niemals würde ich sie mit einem Engel vergleichen. Engel sitzen den ganzen Tag auf einer Wolke und versuchen eine riesige Portion Sicherheit und Wohlbefinden auf die Menschheit zu schießen. So, als wären wir Zielscheiben. Die Trefferwahrscheinlichkeit liegt allem Anschein nach bei unter zwanzig Prozent.

Bei mir kommt jedenfalls nichts an!

»Hör mir zu. Das Einzige, was ich in diesem Camp brauchen werde, ist Ruhe.«

»Bin schon still.«

»Nein! Nein, so meine ich das nicht … du kannst …«

Ich drehe mich abrupt zur Seite.

War da ein Schatten im Wald?

»Ich kann was?«

»Warte mal kurz.« Ich bleibe stehen und fixiere den Punkt, an dem ich vor ein paar Sekunden eine Bewegung wahrgenommen habe.

Irgendetwas war dort!

»Lukas? Alles okay?«

Im Hintergrund höre ich Jubel. Die anderen müssen wohl soeben das Camp betreten haben.

Ich versuche alles auszublenden. Das Gebüsch, auf das ich starre, ist so weit entfernt, dass ich nicht wirklich etwas identifizieren kann. Ich glaube, einen schwarzen Umriss zu erkennen. Langsam gehe ich einen Schritt nach vorne. Hinein in den Wald. Plötzlich das knackende Geräusch eines Astes, der unter meinen Füßen bricht. Das Krachen hört sich bei meiner Anspannung aber auch zehn Mal lauter an, als es in echt ist. Es hallt in meinen Ohren.

Sind das Augen?

Ich bin wie erstarrt, kann keinen vernünftigen Gedanken fassen.

Augen, die mich im Schutz der Blätter beobachten?

Das Einzige, was ich höre, ist mein Atem.

Einatmen, ausatmen. Einatmen, ausatmen.

Und als ich es am wenigstens erwarte, packt mich etwas am Arm. Ich zucke zusammen und reiße meinen Körper nach hinten.

»Hey! Beruhige dich, ich bin es! Was ist denn plötzlich in dich gefahren? Da ist doch nichts im Wald.«

Valentin!

Ich schaue wieder Richtung Gebüsch. Der schwarze Umriss ist weg.

»Tut … tut mir leid. Ich halluziniere schon.«

»Schon okay. Lass uns aber bitte die anderen einholen. Irgendwie tut mir mein Bauch weh. Vielleicht habe ich etwas Falsches gegessen, bevor wir losgefahren sind. Ich will einfach mal verschnaufen.«

»Das will ich auch«, antworte ich und versuche mich zu entspannen.

Hier ist nichts, Lukas! Hier ist nichts!

Eine Minute später kommen auch wir auf der Lichtung an. Dabei blendet mich die Nachmittagssonne. Es sollte nicht mehr lange dauern, bis die Dunkelheit hereinbricht.

Waren wir so lange unterwegs?

Auf den ersten Blick sehe ich sehr viele verschiedene Bauten, die ich nicht zuordnen kann. Einen See und einen riesigen Berg mit einer steilen Felswand unmittelbar dahinter.

Alle Campteilnehmer stehen schon in einem Halbkreis um drei Personen. Einer von ihnen ist Magnus. Zu seinen Füßen liegt ein braun-schwarz gefleckter Deutscher Schäferhund. Als Magnus uns zu sich winkt, stellen wir uns zum Rest der Gruppe. Wir sind die Letzten.

»Na also. Schlussendlich haben es dann doch alle lebendig hierher geschafft.«

Magnus' Grinsen ist schadenfroh. Er will uns Angst machen.

»In den nächsten Tagen haben wir viel mit euch vor. Heute werdet ihr in Gruppen das Gelände erkunden. Am Abend, wenn ihr eure Blockhütten bezogen habt, versammeln wir uns wieder hier.«

Er zeigt auf eine Feuerstelle hinter sich. »Ich will euch daran erinnern, dass ihr auf einem Wildniscamp seid und ihr nicht so verwöhnt werdet wie zu Hause. Hier werdet ihr lernen, mit dem Bogen umzugehen, Spuren zu verfolgen und im Wald zu überleben.«

Der Mann neben ihm stellt eine Kiste auf den Boden. Ich erkenne erst jetzt die Augenklappe, die eines seiner Augen bedeckt.

»Das rechts neben mir ist Jacob. Hat ein Jahr lang, nur mit einem Messer ausgestattet, in der Wildnis gelebt. Ganz harter Bursche. Redet nicht viel, aber wenn er redet, dann nur wahrhaftige Weisheiten.«

Jacobs Mund bleibt verschlossen. Er nickt.

»Zu meinen Füßen liegt Diesel. Der treueste und beste Begleiter, den man sich vorstellen kann. Links von mir, das ist Stella. Ihr solltet sie jedenfalls nicht unterschätzen, nur weil sie eine Frau ist.«

Ob man sie unterschätzt, ist die eine Frage, *übersehen* tut man sie definitiv nicht. Das Make-up der Betreuerin glänzt so künstlich in der untergehenden Sonne, dass man sie glatt mit einer Discokugel verwechseln könnte. Ihre nachgefahrenen Augenbrauen, ihre langgezogenen Wimpern. *Wie frisch aus dem Schaufenster.*

Stella lächelt und ergreift das Wort. »Danke, Magnus! Diese Worte rühren mich. Ich … ich finde es schön, hier zu sein. Die Energie an diesem Platz ist … ist …«, sie schließt die Augen, »einzigartig. Einfach einzigartig.«

Magnus wirkt genervt. »So kann man es auch ausdrücken. Einzigartig wird es hier auf jeden Fall. Nur warne ich euch vor: Macht keine Dummheiten und verstoßt nicht gegen die einzige Regel.«

»Und welche ist das?«, fragt der rothaarige Junge provokant und verschränkt die Arme.

Magnus nimmt sich die Kappe vom Kopf. Man sieht seinen kahlrasierten Schädel. Dadurch wirkt er noch bedrohlicher als zuvor.

»Die Regel ist ganz einfach: Wenn das Feuer ausgeht, befinden sich alle in ihren Hütten! Wenn das Feuer ausgeht, hört der Spaß auf!«

Kein weiterer Kommentar mehr von dem Jungen.

Alle sind still.

Völlig still.

»Lange Rede, kurzer Sinn. Ihr werdet jetzt eure Handys in die Kiste geben. Kein Kontakt zu Personen außerhalb des Camps! Haben wir uns verstanden?«

Ich erstarre, erinnere mich an die Worte meiner Mutter. *Du rufst mich an, wenn du etwas brauchst, okay?*, hat sie gesagt und mich hierhergeschickt.

Das fängt ja schon gut an!

»Ach ja, eins noch.« Magnus wird etwas leiser. Er flüstert fast schon.

»Willkommen im Camp Summerlake!«

4

Nach Magnus' Ansprache bekommt jeder von uns eine kleine Landkarte ausgehändigt, die das Camp und die darauf befindlichen Gebäude zeigt. Währenddessen macht es sich Jacob zur Aufgabe, uns nach elektronischen Geräten abzusuchen und diese anschließend einzusammeln. Wie angekündigt, gibt er dabei kein einziges Wort von sich. Sein Blick reicht.

Als diese Prozedur vorbei ist, schaue ich neugierig auf die Karte. Den skizzierten Gebäuden wurden individuelle Namen gegeben, die anscheinend zur besseren Orientierung beitragen sollen. Nur die sechs Holzhütten wurden nummeriert. Laut Plan stehen pro Reihe zwei dieser Hütten nebeneinander. Das ergibt drei Reihen. Außerdem wurden jeweils drei Personennamen neben die einzelnen Hütten geschrieben. Mein Name steht mit dem von Valentin und einem mir noch nicht bekannten Jungen bei der zweiten Hütte. Soweit ich das erkennen kann, sind die Betreuer in der sechsten untergebracht. Insgesamt müsste es also genau fünfzehn Jugendliche und drei Betreuer in diesem Camp geben. Nicht zu vergessen den Schäferhund, der auf mich noch den vertrauenswürdigsten Eindruck gemacht hat.

Die Gruppe teilt sich langsam auf und auch Valentin macht ein paar Schritte Richtung Unterkunft. Dann dreht er sich noch mal zu mir um. »Lukas, du weißt, mir geht es nicht so gut. Ich werde mich sicherheitshalber kurz hinlegen. So wie ich das verstanden habe, sollen wir mit den Leuten das Camp erkunden, mit denen wir im Zimmer eingeteilt sind, also …«

Es macht nicht den Anschein, als wolle er seinen Satz beenden, doch ich verstehe seine Aussage auch so.

»Also darf ich die wunderbare Bekanntschaft mit …«, ich schaue auf den Zettel, »… mit Arthur machen. Währenddessen liegst du faul im Bett und hoffst auf bessere Zeiten. Richtig?«

»Richtiger geht's nicht«, antwortet mir Valentin schnippisch und zeigt auf eine Person einige Meter entfernt. Wie auf Kommando schaut dieser Jemand misstrauisch zu uns.

»Ich glaube, da wartet wer auf dich.«

»Woher willst du wissen, dass das Arthur ist?«

Valentin antwortet nicht sofort, sondern dreht sich um und geht weiter. »Er ist der Einzige, der noch nicht bei einer Gruppe steht.«

Da hätte ich auch selbst draufkommen können!

Sollte dieser Junge wirklich Arthur sein, dann habe ich ihn schon einmal gesehen. Im Bus. Er war der blonde Junge, der so in sein Buch vertieft war, dass er mich nicht einmal bemerkt hat. Etwas zurückhaltend gehe ich zu ihm. »Hey! Mein Name ist Lukas. Wenn mich nicht alles täuscht, bist du Arthur, oder?«

Einen Moment ist alles still. Dann holt der Junge ein Buch aus seinem kleinen braunen Backpacker-Rucksack und tippt mit dem Zeigefinger aufs Cover. Auf dem roten Buchumschlag steht mit einer schnörkeligen weißen Schrift »Zitate« geschrieben.

»Wer damit anfängt, dass er allen traut, wird damit enden, dass er jeden für einen Schurken hält.«

Ich stutze. »Was?!«

»Friedrich Hebbel. Geboren 1813. Gestorben 1863 in Wien.«

Verunsicherter als je zuvor kratze ich mich am Hinterkopf. »Ja … ich kenne Friedrich Hebbel. Er war Dramatiker und Lyriker. Ein paar seiner Zitate sind sehr bekannt.«

Der blonde Junge nickt. »Sind sie.« Behutsam verstaut er das Buch wieder und reicht mir die Hand. »Wie du schon richtig erkannt hast, heiße ich Arthur. Ich würde dir ja gerne einen Spitznamen anbieten, nur habe ich leider keine Lust, ›Arti‹ oder ›Aru‹ genannt zu werden.«

Wenigstens einer, der die Funktion von Spitznamen verstanden hat.

Ich schüttle seine Hand.

Wie formell!

»Freut mich, dich kennenzulernen, Arthur. Wie du sicherlich schon gesehen hast, sind wir in derselben Hütte und … ja … ich wollte dich fragen, ob wir uns zusammen die Anlage anschauen?«

Arthurs blaue Augen mustern mich prüfend. Dann antwortet er mit einer gewissen Skepsis: »Du willst mit mir die Anlage anschauen, obwohl ich mich gerade wie der größte Besserwisser verhalten habe?«

Ich schmunzle. »Naja, eigentlich mache ich es, weil es uns dieser kahlrasierte Gorilla aufgetragen hat, und nicht, weil ich einen romantischen Spaziergang mit dir haben will.«

Nun entweicht auch Arthur ein dezentes Lächeln. »Du gefällst mir, Lukas. Na dann! Wie Konfuzius schon sagte: Zu einem guten Ende gehört auch ein guter Beginn.«

»Heißt das, du kommst mit?«

»Wenn wir jetzt starten, dann schon. Ansonsten bekomme ich die Gelegenheit, es mir doch noch anders zu überlegen.«

Arthur und ich beeilen uns, wir haben keine Lust darauf, im Dunklen durch die Gegend zu irren. Unser Gepäck schleppen wir noch mit. Arthur schlägt vor, im Süden zu beginnen.

»Wie kannst du überhaupt wissen, wo genau Süden ist?«, erkundige ich mich.

»Ich bin mit dieser besonderen Gabe auf die Welt gekommen.«

»Wirklich?«, frage ich verblüfft.

»Nein. Es steht auf der Karte.«

»Oh.«

Auch wenn ich die erste Antwort faszinierender gefunden hätte, gebe ich nach. Mit dieser Vorgehensweise können wir uns von unten nach oben vorkämpfen und das gesamte Camp begutachten. Obwohl ich ohnehin nicht glaube, dass es so groß sein wird.

»*Donnergrube?!* Wieso um alles in der Welt haben sie dem Klo einen Namen gegeben?« Arthur wirkt verwirrt.

Ich lasse seine Bemerkung so stehen und gehe den kleinen Waldpfad entlang, der zur sogenannten Donnergrube führt. An manchen Stellen muss ich aufpassen, dass mich die Dornen der Brombeerranken nicht stechen.

Dicht hinter mir ist Arthur, der sein literarisches Wissen über Bord geworfen hat und sich lauthals aufregt. »Wieso Donnergrube?! Was hat der Donner mit einem Klo zu tun?! Donner ist doch einfach nur laut und … oh, okay, hab verstanden.« Es schaudert ihn am ganzen Körper. »Ekelhaft!«

Als wir schließlich den eigentlichen Platz erreichen, verstummt auch er. Es ist eine kleine Lichtung. Rundherum ist sie von verschiedenen Beerensträuchern umgeben, die wenigstens ein bisschen Schutz bieten. Die mangelnde Privatsphäre ist hier jedenfalls das geringste Problem.

»Der Mensch muss sich stets auf Überraschungen gefasst machen.«

Ich drehe meinen Kopf in Arthurs Richtung. »Und von wem soll *das* sein?«

»Max Planck.«

Wieder blicke ich fassungslos auf das kleine Loch im Boden. Daneben liegt eine Schaufel.

Wie recht dieser Max Planck doch hat!

Ich stöhne. »Wellnessurlaub habe ich mir zwar keinen erhofft, aber das untertrifft wirklich alle meine Erwartungen.«

Arthur hört mir gar nicht mehr zu, sondern stapft den Weg entschlossen zurück. Ich höre noch, wie er kopfschüttelnd etwas vor sich hin brummt. Als ich ihm folge und wir beide wieder bei der Lichtung ankommen, stoßen wir sogleich auf die Hütten.

Sie wirken nicht sonderlich groß, was auch daran liegen könnte, dass sie nur aus einem Zimmer bestehen. Drei kleine Stufen führen zu der jeweiligen Eingangstür. Über jeder Tür ist die Nummer eingekerbt, die auch im Plan vermerkt ist. Die Hütten wurden entlang der östlichen Seite gebaut, ziemlich nahe am Wald. Links von ihnen ist der Sammelplatz, an dem Magnus seine Ansprache gehalten hat. Er besteht aus einer Feuerstelle, die von liegenden Baumstämmen umgeben ist. Offenbar sollen diese als Sitzplätze dienen. Darüber ist eine riesige Plane gespannt.

Arthur schaut auf meine Karte. »Diese Stelle heißt also *Feuerhöhle*. Ganz ehrlich, diesen Typen muss ja mächtig langweilig gewesen sein, dass sie sich solche Namen ausgedacht haben. Ich sehe hier weit und breit keine Höhle.«

Ich antworte bloß: »Lass ihnen den Spaß« und gehe weiter.

»Spaß? Ich lache mich hier zu Tode!«

Ich ignoriere seinen Konter und stelle mich vor die sogenannte *Vielfraßküche*. Sie steht ziemlich genau in der Mitte des Camps. Die Vielfraßküche besteht aus vier aufgerichteten Holzstämmen, die das Fundament bilden. Sie halten eine Holzplatte, die darübergelegt wurde und die Geräte vor Regen schützt. Da es ansonsten keine Wände gibt, kann man etliche Kochtöpfe, einige Gasbrenner, Kaffeekannen und noch viel anderes Zeug sehen. Zusätzlich kann man von dieser Stelle aus über den gesamten See blicken. Er ist so groß, dass es sicher ein paar Stunden dauern würde, ihn zu umrunden. Ein Steg führt auf das ruhige, dunkelblaue Wasser. Ich komme näher und kann erkennen, wie sich die untergehende Sonne auf der Wasseroberfläche spiegelt. Alles schimmert in einem atemberaubenden Lila. Hinter dem See befinden sich die Berge. Einer von ihnen sticht besonders heraus, denn er begrenzt eine Seite des Sees. Wären es nicht ein Berg und ein See, sondern Menschen, könnte das vermutlich eine herzzerreißende Liebesgeschichte werden …

Für immer nebeneinander, aber dennoch nie vereint!

Wie in Trance verfallen, hauche ich dem See entgegen: »Geliebt zu werden kann eine Strafe sein. Nicht wissen, ob man geliebt wird, ist Folter.«

»Robert Lembke. Woher kennst du das?« Arthurs überraschter Blick ist nicht zu übersehen. Auch ich bin überrascht, dass er es geschafft hat, geräuschlos neben mich zu treten.

»Woher ich das Zitat kenne? Nicht nur du bist der deutschen Sprache mächtig, Arthur.«

Er nickt. »Wohl wahr. Nichtsdestotrotz sollten wir uns schnell noch die letzten Gebäude anschauen, bevor die Sonne komplett untergegangen ist.«

Ich willige ein.

Die Finsternis darf uns nicht zum Verhängnis werden.

Ein paar Minuten später und ein paar Schritte weiter stehen wir auch schon vor dem nächsten eingezeichneten Punkt auf unserer Karte: dem *Vogelnest*. In Wahrheit ist es bloß ein dunkelgelbes Tipi. Als Arthur dieses scheinbar unspektakuläre Gebilde betritt, kann er gar nicht anders, als einen langen Seufzer von sich zu geben.

Ich geselle mich zu ihm und merke schnell, was seine Bewunderung ausgelöst hat: Bücher. Hunderte alte Bücher. Riesige Holzkisten voll damit. Sie handeln von Pflanzen, Tieren, Pfoten, Federn, Knochen, Steinen und Bäumen …

Ich teile die Faszination meines Zimmerkollegen und bemerke: »Hier bewahren sie das Wissen auf, das von Generation zu Generation weitergegeben wurde.«

»Eine Bibliothek im Wald«, flüstert Arthur staunend und fährt mit den Fingern über eine verschlossene Truhe. »Was sie hier wohl eingeschlossen haben?«, fragt er.

»Sicherlich etwas, das nicht für unsere Augen bestimmt ist.«

»Und davon lässt du dich abschrecken?«

Ich verlasse das Tipi wieder, um frische Luft zu schnappen. »Manche Dinge sollten ungeöffnet bleiben. Ich habe keine Lust, in den privaten Sachen der Betreuer rumzuschnüffeln.«

Arthur lässt meine Antwort unkommentiert und trottet zu der Stelle, die auf der Landkarte mit *Dusche* beschrieben wird. Das Wort Dusche ist übertrieben, denn es gibt nur einen Duschkopf in einem grünen Container. Wenigstens hat dieser eine Tür.

»Wow … siehst du? Hier haben sie es hinbekommen, eine Dusche einfach nur Dusche zu nennen. Ich wette, sie hätte beinahe *Bachforellenströmung* oder *Froschtümpel* geheißen.«

Ich lächle. »Du bist anscheinend genauso bescheuert im Namen-Vergeben wie sie.«

»Das war ein Beispiel!«

»Jaja, schon klar. Ein sehr durchdachtes Beispiel«, sage ich und verdrehe die Augen.

»Hey! Wirklich! Ich …«

»Arthur?«

»Ja?«

»Ich verarsche dich nur. Erfolgreich.«

Arthur schüttelt lächelnd den Kopf. Dann zeigt er auf den zweiten Container, direkt neben der Dusche.

»Verarschen kannst du mich in den nächsten zwei Wochen noch oft genug. Viel spannender ist jedoch dieser Container. Im Plan heißt er *Wolfsbau*. Das Interessante daran ist, dass daneben *Betreten verboten* steht. Hier sollten doch normalerweise nur die Lebensmittel aufbewahrt werden.«

Ich mache eine gleichgültige Geste. »Vielleicht werden sie das auch. Sie wollen wahrscheinlich nur verhindern, dass sich ein paar Jugendliche an der Schokolade vergreifen.«

»Hinterfragen, Lukas. Alles hinterfragen!«

»Ich glaube, du hast zu viele Bücher gelesen.«

»Vermutlich.«

Wir wenden uns vom Wolfsbau ab und treten auf die Wiese zwischen der Dusche und dem See, um den letzten Punkt auf unserer Liste zu besichtigen. Es ist ein Baum. Mitten auf der Wiese. Mächtig. Wunderschön.

Ich schaue auf die Karte und lese: *Der Baum der tausend Gesichter.*

Behutsam komme ich näher und streiche über die harte Rinde. Soweit ich weiß, ist es eine Eiche. Eine Eiche mit tausend Gesichtern.

Bei Bäumen erkennst du oft neue Facetten, neue unberührte Stellen, neue Details. Genau wie bei Menschen, nur dass es sich diese nicht eingestehen. Ein Mensch hat immer mehrere Gesichter, mehrere Möglichkeiten, auf Dinge zu reagieren. Wir haben unerfüllte Träume und Sehnsüchte, Werte, die tief in uns verankert sind. Auch den Baum kann man fällen, ihn verändern, ihn zu dem verarbeiten, was man gerade braucht oder haben will: Papier, Regale, Tische, Stühle. Die Wurzel hingegen bleibt. Das, was einen Baum wahrhaftig ausmacht, bleibt. Tief eingegraben in der Erde.

Wie gesagt: Genau wie bei Menschen. Die können sich verstellen, versuchen, sich für andere zu verändern, doch im Grunde bleibt ihre Einzigartigkeit ewig an ihnen kleben.

Und das ist die einfachste Definition von Glück.

Denn glücklich und erfüllt ist der, der die Einzigartigkeit nicht als einen Nachteil, sondern als das größte Geschenk ansieht, das man bekommen hat.

»Lukas?«

Ich wende mich zu Arthur. Jetzt erst bemerke ich, wie schnell es dunkel geworden ist. Der Mond und das entfernte Lagerfeuer sind die einzigen Lichtquellen.

»Gehen wir zum Lagerfeuer, die anderen müssten schon dort sein«, schlägt Arthur vor.

»Okay, lass uns aber erst die Rucksäcke in die Hütte bringen. Außerdem muss ich Valentin holen.«

»Valentin?«

Ich nicke. »Ihr werdet euch schon sehr bald kennenlernen.«

5

Als ich die Tür zur Hütte Nummer zwei öffne, sitzt Valentin schon aufrecht in seinem Bett und studiert die Campkarte. Wegen seiner Bauchschmerzen hatte er ja keine Möglichkeit, das Gelände zu erkunden. Deswegen schließe ich für mich stillschweigend eine Wette ab, wie lange er brauchen wird, um das Klo zu finden.

»Da bist du ja wieder. Ich nehme an, du hast mich in der Zwischenzeit schmerzlich vermisst!« Valentin schaut belustigt zu, wie Arthur hinter mir die letzte Stufe erklimmt und wir beide eintreten.

»Deine Abwesenheit hat mir fast das Herz gebrochen«, teile ich geradewegs mit.

Valentin hüpft, zufrieden mit meiner Antwort, gekonnt aus dem Stockbett und baut sich lächelnd vor uns auf. Dann breitet er die Arme aus. »Willkommen in unserem Reich. Ach, wie unhöflich von mir!« Er macht einen Schritt auf Arthur zu. »Ich heiße Valentin.«

Arthurs Miene bleibt unbeeindruckt. Er hält ihm die Hand entgegen.

Valentin ignoriert diese Geste und drückt den hilflosen Arthur an seine Brust. Währenddessen tätschelt er ihm den Rücken. »Ich wollte immer schon den legendären Arthur umarmen. Ritter der Tafelrunde, König und Drachentöter.«

Arthur seufzt. »Ich glaube, du meinst *Artus*.«

»Ist doch eh alles dasselbe.«

»Nein, eigentlich nicht.«

Valentin lässt von seiner Umarmung ab. »Also gut, bevor es für mich noch peinlicher wird, verstaut euer Gepäck. Wir wollen doch nicht ein weiteres Mal zu spät kommen.«

Sein Blick wandert zu mir.

Ich grinse.

Die Hütte besteht aus einem fensterlosen Zimmer. Eine kleine, flackernde Glühbirne hängt von der Decke und erhellt schwach den Raum. Rechts vom Eingang ist ein Stockbett aufgebaut, links liegt bloß eine Matratze. Außerdem gibt es einen kleinen Kasten im Zimmer, der gleichzeitig als Nachttisch, Regal und Kleiderschrank funktionieren soll.

Na wunderbar!

Wir beschließen, uns mit den Betten abzuwechseln. In der ersten Nacht schlafe ich auf der Matratze. Lustlos werfe ich meinen Rucksack in die Ecke und verlasse die Hütte.

Mittlerweile ist es stockdunkel. Es bleibt mir nichts anderes übrig, als mich auf die Geräusche zu konzentrieren. Die Umrisse, die Gerüche, die eigenen Sinneseindrücke. Leises Zirpen ist von der Wiese zu hören, der Ruf einer Eule aus dem Wald. Knackende Äste, der Geruch von Rauch.

Das Lagerfeuer!

Zusammen mit meinen Zimmerkollegen mache ich mich auf den Weg zur Feuerhöhle. Als wir dort ankommen, herrscht Schweigen, obgleich sich schon alle versammelt haben. Wir sind die Letzten. Mal wieder.

Unauffällig setze ich mich auf einen freien Platz und schaue in die Runde. Ich erkenne einige aus dem Bus. Emil und Niklas, die nebeneinander auf der gegenüberliegenden Seite des Kreises sitzen. Niklas schnitzt an einem Holzstück, das ohnehin schon gefährlich spitz aussieht. Etwas entfernt ist Kaja, die gedankenverloren in die Flammen schaut. Neben ihr unterhalten sich ihre Freundinnen. Eine von ihnen hat einen Teddy.

Ist sie dafür nicht schon zu alt?

Soweit ich weiß, ist ihr Name Alea. Sie ist diejenige, die im Bus zu weinen begonnen hat, als wir den Unfall hatten. Den Namen des anderen Mädchens kenne ich nicht. Dann ist da natürlich noch der rothaarige Junge. Er hat den Arm um eines der Mädchen gelegt und lächelt selbstsicher in meine Richtung.

Rechts von mir sitzt Valentin, der sich mit mir angefreundet hat, obwohl er mich noch nicht gekannt hat. Seine sarkastische Art hat etwas Besonderes. Ich glaube, er braucht jemanden, mit dem er sich unterhalten kann.

Links von mir sitzt Arthur. Ich weiß noch nicht, was ich von ihm halten soll. Seine philosophischen Zitate regen allerdings zum Nachdenken an. Bis jetzt hatte er in jeder Situation den richtigen Spruch parat.

Und dann noch die Betreuer. Magnus hat damit angefangen, Diesel zu streicheln, der es sich nahe am Feuer gemütlich gemacht hat. Der Schäferhund hat seinen Kopf auf die Pfoten gelegt und genießt sichtlich die Streicheleinheiten. Neben ihm ist Stella, die ihre Augen geschlossen hält. Fast so, als würde sie meditieren. Ihr Erscheinungsbild passt hier gar nicht her. Ihre langen blonden Haare, die sie unpassenderweise als Dutt trägt. Zur Feier des Abends hat sie sich einen roten Lippenstift aufgetragen, der sie wie ein gescheitertes Model wirken lässt. Keinesfalls wie eine Wildnis-Trainerin. Zu guter Letzt gibt es da noch Jacob.

Ich stocke.

Wo ist er? War er nicht eben noch hier?

Im nächsten Augenblick kann ich gerade noch erkennen, wie eine Person im Wald verschwindet.

Ein Schatten.

Jemand, der es überaus eilig hat.

Jacob?

Aber was sollte er so spät im Wald machen? Niemand außer mir scheint es bemerkt zu haben.

Es hat bestimmt nichts zu bedeuten!

Vielleicht muss er etwas holen, vielleicht vertritt er sich die Beine. Wer weiß das schon. Ich bin mir sicher, dass es dafür eine stinklangweilige Erklärung gibt.

Ich schaue zum Feuer. Die aufsteigende Hitze ist so groß, dass ich mir meine Jacke ausziehe. Hier sind wir also. Achtzehn Menschen, die ab heute täglich vierundzwanzig Stunden miteinander in Kontakt stehen. Auf einer Lichtung, eingegrenzt von einem dichten Wald. Mit einer Dusche, einem Klo … ehm … ich meine einer Donnergrube, einer Küche, einem Feuer und einer simplen Regel. Menschen, die alle ihre Geheimnisse haben. Alle ihre Fehler, ihre Wünsche, ihr Verlangen.

Zwei Wochen lang muss ich mit ihnen auskommen, zwei Wochen ohne eine Möglichkeit, meine Mutter oder meine Schwester zu erreichen.

Zwei Wochen im Camp Summerlake.

Wie auf ein unsichtbares Zeichen hin steht Magnus auf, holt sich ein kleingehacktes Holzstück und wirft es ins Feuer. Dann schaut er sich im Kreis um.

»Ich hoffe, ihr habt euch das Gelände gut eingeprägt. Ihr könnt euch hier nämlich nur auf euch selbst verlassen, eure Instinkte werden zum Lebensretter. Aber keine Sorge, wir werden schon aufpassen, dass euch Weicheiern nichts passiert.«

Niklas und Emil werfen sich einen vielsagenden Blick zu.

Der Junge mit den roten Haaren ergreift das Wort, bevor Magnus seine Rede weiterführen kann. »Aber hier ist doch schon einmal etwas passiert. Ich habe es in den Nachrichten gesehen.«

»So ist das also …« Magnus macht einen Schritt auf den Jungen zu. »Soll ich dir eine Geschichte erzählen?« Seine Stimme klingt hart. Diese Frage wurde nicht gestellt, um eine Antwort zu bekommen.

»Soll ich euch allen eine Geschichte erzählen?« Das Einzige, was man hört, ist das Knistern des Feuerholzes. Das Feuer vermittelt Sicherheit. Es ist wie ein Schutz, der über einen gelegt wird. Wenn man seinen Blick abwendet, ist da bloß die Dunkelheit. Dunkelheit, die einen zu verschlucken droht.

Magnus senkt den Kopf, er stiert in die Mitte des Kreises. In seinen Augen spiegeln sich die züngelnden Flammen.

»Ich erzähle das nur, um alle Gerüchte zu beseitigen. Ich hasse es, wenn sich jeder seine eigene Geschichte zusammenreimt. Mit diesem Erlebnis ist nicht zu spaßen.« Er beginnt wieder damit, Diesel am Hinterkopf zu kraulen.

»Link war ein normaler Junge, dachten wir zumindest. Er hatte eine schöne Zeit hier. Hat sich neue Freunde gemacht, die Wildnis lieben gelernt. Nun, er war sogar ein kleines Vorbild für uns. Seine stetige Suche nach dem Extremen – bewundernswert. Nach den zwei Wochen fuhr er wie jeder andere dieses Camps mit dem Bus los. Er ließ sich bei seinem Abschied nichts anmerken. Ich wusste ja nicht, dass er …«

Magnus verstummt. Inzwischen ist Stella aufgestanden. Sie legt Holzstücke nach, damit das Feuer nicht ausgeht. Die einzige Lichtquelle an diesem trostlosen Ort.

»Im Bus haben sie Lieder gesungen. Sie sind in diesem Camp schließlich alle zusammengewachsen. Die Gruppe vor euch war taff und neugierig, das steht fest. Jedenfalls sind wir wie gewohnt durch den Wald zurück. Bei der heutigen Herfahrt müsstet ihr die Stelle sogar gesehen haben. Die Stelle, an der es damals passiert ist …«

Die Busfahrt. Die Scherben. Jetzt spricht niemand mehr darüber. Als hätten sie den Unfall verdrängt. Merkwürdig.

»Dort, wo die Bäume am dichtesten beisammenstehen. Dort, wo die Straße ruckeliger wird. Genau dort hat Link mich angefleht anzuhalten. Er müsse aufs Klo, hat er gesagt. Er könne es nicht länger hinauszögern.«

»Und du hast ihm die Tür geöffnet«, flüstert Kaja.

»Das habe ich. Aber Link … er hatte nicht vor, aufs Klo zu gehen. Von Anfang an nicht.«

Stella atmet so laut aus, dass es der halbe Kreis hören kann. »Diese Geschichte ist so aufregend, Magnus«, sagt sie mit zittriger Stimme.

Diesel hebt den Kopf, als hätte er etwas gewittert.

Magnus dreht sich zu seiner Mitarbeiterin um, wirkt verärgert. Man kann die Anspannung förmlich spüren.

»Aufregend? Ist es das? Ist es aufregend, wenn ein Jugendlicher in den Wald rennt und dort elendiglich verreckt?! Er wusste nicht, wo er war, hatte keine Orientierung. Dieser Wald hier ist riesig. Er verschluckt dich, wenn du ihn nur einmal allein betreten hast. Wir sind ihm nachgerannt, haben nach ihm geschrien. Aber es kam keine Antwort. Irgendwann, nach stundenlanger Suche, hörten wir Schreie. An einer Schlucht haben wir dann jede Spur und jedes Lebenszeichen von ihm verloren.«

Magnus ist aufgewühlt. Er wendet sich wieder zum Feuer. »Link ist in den Wald gerannt, als wäre er von etwas besessen. Die Suchtrupps fanden ihn nicht, die Polizei fand ihn nicht. Keine umgeknickten Äste, keine Fußabdrücke. Als hätte er sich aufgelöst. Er ist in diesem Wald gestorben, sag ich euch. Und sein Geist, seine Seele, das, was ihn dazu gebracht hat, sich selbst in den Wahnsinn zu treiben, irrt noch immer in diesem Wald herum. Als das Gerichtsverfahren vorbei war, haben viele Leute Kerzen am Waldrand aufgestellt. Friedhofskerzen.«

Mein Atem geht unregelmäßig, wirre Gedanken schießen mir durch den Kopf. *Der Wald der tausend Lichter*, wispere ich mehr mir selbst als den anderen zu.

Deswegen also der Name …

»Und das Camp wurde nicht geschlossen?« Die Frage kommt erneut von dem Jungen, der diese Diskussion überhaupt erst ins Rollen gebracht hat.

Magnus beginnt zu lachen. Ein tiefes Lachen. »Ich erzähle dir gerade, dass hier etwas Böses im Wald lauert, und du interessierst dich für rechtliche Fragen? Henry, so heißt du doch, oder? Warum glaubst du denn, dass ihr nicht rausdürft, wenn das Feuer ausgeht?«

Henry schweigt.

»Das hier ist kein gewöhnlicher Wald, keine erfundene Gruselgeschichte. Henry, das hier ist real. Das ist der Albtraum, den du nie haben wolltest. Wenn das Feuer ausgeht, kann es dich holen kommen. Das Ding, das auch Link in den Abgrund getrieben hat.«

Ich rapple mich auf. Mir wird es zu viel. Ich schwitze. Es ist heiß, so verdammt heiß. »Darf ich … darf ich ins Zimmer?«

Alle Augen sind auf mich gerichtet.

Ein kühles Lächeln umspielt Magnus' Mund, danach wirft er mir eine Taschenlampe zu. »Tu, was du nicht lassen kannst, Junge.«

Dankbar löse ich mich aus dem Kreis. Valentin will mich begleiten, doch ich halte ihn zurück. Ich muss einen Moment allein sein.

Unerwartet kommt mir eine Gestalt aus der Dunkelheit entgegen. Es ist Kaja. Ich habe gar nicht bemerkt, dass auch sie aufgestanden ist.

»Hey, Lukas! Alles okay? Komm, entfernen wir uns ein bisschen.«

Kaja nimmt mich am Oberarm und geht mit mir Richtung Unterkünfte. Gefährlich nahe an den Wald. Dann bleibt sie stehen und sieht mich an. Bloß das schwache Licht des Mondes erhellt ihr Gesicht.

»Was ist denn in dich gefahren? Das war eine Geschichte! Nur eine Geschichte!«

»Eine Geschichte, die wirklich passiert ist«, füge ich leise hinzu.

»Es verschwinden öfter Leute. Hier befindet sich aber nichts Böses im Wald. Wäre es so gefährlich, wie Magnus es sagt, hätten uns unsere Eltern nicht hierhergeschickt. Die Betreuer wollen uns doch nur Angst einjagen.«

Ich schaue mich um. Nichts. Nur Dunkelheit.

»Kaja, ich habe da einen Schatten gesehen, als wir hergekommen sind. Irgendetwas war in diesem Wald. Hast du überhaupt bemerkt, dass dieser Jacob verschwunden ist?«

Kaja schaut prüfend zum Lagerfeuerkreis. »Er ist doch da.«

Tatsächlich! Ist er wieder in den Kreis gekommen, während die Geschichte erzählt wurde?

»Aber er war eben noch …«

»Lukas, du hast vielleicht ein Tier im Wald gesehen. Ich glaube, du solltest einfach eine Nacht darüber schlafen.«

»Toll. Du hältst mich für verrückt.«

»Würde ich das tun, wäre ich dir jetzt nicht gefolgt. Ich bin da für dich, okay? Ich meine, wir kennen uns noch nicht wirklich, aber … du kannst mir vertrauen.«

Ich lächle leicht. »Und den zwei durchgeknallten Typen in meinem Zimmer, denen auch?«

Auch Kaja beginnt zu schmunzeln. »Ich schätze, die zwei gehen klar. Ruh dich jedenfalls aus, ich gehe wieder in die Feuerhöhle.«

Ich nicke und schlage die andere Richtung ein. Zielstrebig zur Hütte zwei. Vielleicht bilde ich mir das alles wirklich bloß ein. Vielleicht mache ich mir die Angst selbst.

Jetzt bemerke ich auch die Müdigkeit, die mich unaufhaltsam durchströmt. Ich freue mich auf das Bett … besser gesagt: die Matratze. Ich freue mich aufs Träumen. Ich freue mich, diesen Tag hinter mir zu lassen. Ich bin in Sicherheit.

Mir kann nichts passieren.

Bevor ich in unser Zimmer trete, höre ich ein Geräusch. Es kommt von der Hinterseite.

»Kaja, wolltest du nicht zum Feuer gehen?«

Schläfrig umrunde ich mit meiner Taschenlampe die Hütte. Unsere Unterkunft ist am dichtesten zum Wald erbaut und ich muss aufpassen, dass ich nicht über einen herabgefallenen Ast stolpere. Ich erwarte, Valentin, Kaja oder Arthur anzutreffen. Vielleicht ist es aber auch eine Maus oder ein kleines Nagetier, das in einem Laubhaufen herumirrt. Doch ich sehe weder meine Zimmerkollegen noch Kaja, noch eine Maus. Der Strahl meiner Taschenlampe trifft auf etwas anderes.

Ich zwicke mich am Arm, um mich zu vergewissern, dass ich nicht träume. Doch ich tue es nicht. Wie Magnus schon sagte: Das hier ist real! Mir wird schlecht.

Allmählich steigt mir auch der penetrante Geruch in die Nase.

Vor mir befindet sich an einer Kette aufgehängtes und noch blutendes Fleisch.

Tag 2 – Dienstag

Spuren

6

Die Matratze hat sich so angefühlt wie erwartet. Ich wurde in dieser Nacht drei Mal aus dem Schlaf gerissen und bin dennoch fest davon überzeugt, dass dies nichts mit dem unbekümmerten Schnarchen von Valentin zu tun hatte. Arthur hat im Tiefschlaf sogar einmal geredet. Nur bin ich mir bis jetzt noch nicht sicher, ob es ein unglaublich schlaues »Ich schlafe gerade«-Zitat war oder lediglich eine Aneinanderreihung von Buchstaben, die eigentlich keinen Sinn ergibt. Vermutlich liegen diese beiden Optionen näher beisammen, als man denkt.

Fazit: Ich hätte genauso gut auf einem Nagelbett schlafen können, während es Handgranaten regnet und Sumoringer meinen Rücken als Kampfring benutzen. An meinen Traum kann ich mich nicht mehr erinnern. Vielleicht ist es aber auch besser so. Nach dem, was ich gestern Abend hinter unserer Hütte entdeckt habe, kann es in dem Traum nicht um Zuckerwatte gegangen sein. Ich will es verdrängen. Das Fleisch. Das aufgehängte Fleisch.

Hat es sonst niemand gesehen?

Ich zucke zusammen, als sich Valentin neben mir auf die Matratze fallen lässt. Er muss erst vor wenigen Sekunden aufgewacht sein, sonst hätte ich ihn schon früher bemerkt.

»Der Morgen ist wie ein Regenbogen, wunderschön und doch vergänglich.«

Nachdem diese Worte Valentins Mund verlassen haben, hebt auch ein müde aussehender Arthur den Kopf. »Soll das etwa ein Zitat sein?«, fragt er gähnend.

»Ja, allerdings.«

»Und von wem, bitteschön?«

»Von dem romantischen Dichter Valentin Veith. Man nennt ihn auch das Doppel-V.«

Arthur kratzt sich irritiert am Kopf. »Kenn ich nicht.«

»Doch, tust du. Er sitzt gerade direkt vor dir.«

»Oh. Wenn das so ist, muss ich mich wohl oder übel ausbessern. Ich meine natürlich: Ich kenne ihn. Leider.«

Ich verkneife mir ein Lachen. Wenn ich den beiden so zuhöre, vergesse ich den letzten Abend fast schon wieder. Aber eben nur fast.

Arthur hakt nach. »Ich kann einfach nicht glauben, dass du dir selbst einen so idiotischen Namen gibst. Doppel-V könnte genauso gut für Veganer Vampir stehen.«

»Warum auch nicht!«, setzt Valentin die Diskussion fort. »Dein Anfangsbuchstabe steht womöglich auch für: arrogant, aufhetzerisch und anspruchslos. Nein! Weißt du was? Lass das *womöglich* weg. Doppel-V für Valentin Veith. Widerrede nicht gestattet.«

Arthur hört ihm gar nicht mehr zu, sondern ist mit den Gedanken woanders. Dabei nuschelt er vor sich hin.

Typisch!

»Hm, möglicherweise auch für Verhaltensblonder Vollpfosten oder für Verbaler Sondermüll.«

»Valentin Veith! Und könntest du mir nebenbei verraten, Arthur, wo das V in Sondermüll ist?«

»Widerrede nicht gestattet.«

Ich klopfe Valentin mitfühlend auf die Schulter und verlasse die Hütte. Es ist relativ frisch für diese Jahreszeit. Mir ist kalt. Wahrscheinlich liegt es aber auch daran, dass ich gerade erst aufgestanden bin. Wie spät es genau ist, kann ich nicht sagen. Zusammen mit meinem Smartphone habe ich wohl auch das Zeitgefühl verloren.

Der Tau legt sich wie eine riesige nasse Decke über die Wiese, manche Vögel stimmen ihren Morgengesang an und auch in der Feuerhöhle scheint sich etwas zu regen. Der Tag kann starten.

Der erste Tag im Camp Summerlake.

Ich nehme mir fest vor, jemanden auf das Fleisch hinter der Hütte anzureden, doch dieser Zeitpunkt ist noch nicht gekommen. Ich muss auf eine passende Gelegenheit warten. Irgendjemand aus dem Camp muss es dort aufgehängt haben, denn als ich gestern das Gelände erkundet habe, war es noch nicht dort.

Aber wieso? Was für einen Nutzen könnte man daraus ziehen, blutendes Fleisch aufzuhängen?

»Morgen!« Der Junge rennt so schnell an mir vorbei, dass ich seine Begrüßung nicht erwidere. Soweit ich es an den Haaren erkennen kann, ist es Henry. Der Mädchenschwarm. Der Prolet. Und jetzt geht er auch noch vor dem Frühstück joggen.

Ernsthaft?!

Ich meine, ich würde auch nicht *nach* dem Frühstücken joggen, aber das tut nichts zur Sache.

»Das macht er jeden Tag. Sagt er zumindest.«

Ich drehe mich überrascht um. Kaja.

»Bei dem Typen würde es mich erst wundern, wenn er es *nicht* tun würde. So wie ich ihn einschätze, hat er euch auch noch erzählt, dass er Müsli ausschließlich mit Mandeln, Kokosflocken, Leinsamen und Dinkelflocken isst.«

Kaja schaut mich amüsiert an. »Fast. Er isst es nämlich auch noch mit getrockneten Bananen.«

Ich wusste es!

Sie zeigt zur Vielfraßküche.

»Apropos Essen, du kannst dir vorne dein Frühstück abholen.«

»Was gibt es denn?«

»Einen ungenießbaren Haferschleim oder einen leeren Magen.«

Ich seufze. »Ich glaube, ich wähle den leeren Magen. Je weniger ich esse, umso länger kann ich die Bekanntschaft mit der Donnergrube hinauszögern.«

Sie schüttelt fassungslos den Kopf. »Entweder ist das klug oder vollkommen bescheuert.«

»Sicher beides.«

Kaja wirft mir ein beiläufiges Lächeln zu, bevor sie sich mit einer einfachen Handbewegung verabschiedet. Im nächsten Augenblick macht sie sich auch schon auf den Weg zu ihrer Unterkunft. Ich dagegen setze mich auf einen der umgelegten Baumstämme der Feuerhöhle. Momentan herrscht noch Ruhe auf dem Platz, doch nach und nach kommen immer mehr Leute aus ihren Hütten gekrochen. Auch Valentin bahnt sich einen Weg zur Vielfraßküche, um sich für das Frühstück anzustellen. Mit mir im Kreis sitzen noch Emil, Niklas und Jacob, der Betreuer mit der Augenklappe. Derjenige, der gestern den Lagerfeuerkreis verlassen hat und in den Wald gestürmt ist. Erst jetzt fällt mir die silberne Halskette an seiner Brust auf. Eine kleine Muschel ist daran befestigt. Vertieft schaut Jacob auf den Boden, scheint angestrengt über etwas nachzudenken.

Ich wende mich von ihm ab und als sich kurz darauf Diesel neben mir niederlässt, kraule ich ihn am Ohr. Sein Fell ist weich und ich finde schnell Gefallen an seiner Anwesenheit. Früher habe ich mir immer einen Hund gewünscht, doch meine Mom hat es mir verboten. Stattdessen hat sie mir einen Goldfisch gekauft und gemeint, der könne alles, was ein Hund auch kann. Eigentlich meinte sie damit nur, dass er sich nach links, rechts und geradeaus bewegen kann.

Ja, ich war ein naives Kind!

»Sag mal, Jacob. Woher kommt eigentlich die Augenklappe?«

Die Frage kommt von Niklas. Er steht mit seiner Schüssel Frühstückspampe auf und setzt sich neben den Betreuer. Ohne Hemmungen, ohne vorher gefragt zu haben.

Emil und ich sind nur wenige Meter entfernt und hören jedes Wort mit.

Jacob blickt auf, lässt seinen Blick über uns schweifen und wendet sich dann Niklas zu. »Erst sagst du mir, woher du deine Narbe hast.«

»Ein tragischer Zufall.«

Jacob ist mit der Antwort sichtlich unzufrieden. »Siehst du. Tragische Zufälle. So ist das eben.«

Niklas scheint nicht zu verstehen, worauf der Betreuer hinauswill. Kurzerhand beschließe ich, selbst das Wort zu ergreifen.

»Niklas, du hast mir doch gesagt, du bist in deine eigene Falle getreten. So wie ich das sehe, ist es leichter, alles auf den Zufall zu schieben, als zuzugeben, dass man unvorsichtig war.«

»Willst du damit sagen, dass ich nicht einmal auf mich selbst aufpassen kann?«

»Wenn du mich so geradeaus fragst … also, an dem Tag: Nein. Nein, konntest du nicht.«

Bevor Niklas widersprechen kann, mischt sich Jacob in das Gespräch ein.

Doch nicht so stumm, wie alle denken.

»Lukas, so lautet doch dein Name, oder? Jedenfalls hast du recht. Zum Teil war ich selbst schuld. Ich war hier in den Wäldern campen, ganz in der Nähe. Ist aber auch schon eine Ewigkeit her. Zu meinem Pech war da dieser Bär und …«

Emil springt von seinem Platz auf. »Es gibt hier Bären im Wald?!«

Ich kann kaum entschlüsseln, ob seine Augen vor Panik oder Neugierde funkeln.

Jacob beginnt zu lachen. »Bären sind hier das kleinste Problem, Brillenjunge.«

»Brillenjunge?! Hey! Ich heiße Emil.«

»Sag ich ja.«

»Nein, hast du …« Emil bricht seinen Satz abrupt ab und setzt sich wieder. Als wäre ihm schlagartig klar geworden, dass eine Diskussion keinen Sinn hat.

Ich wende mich wieder zu Jacob. »Ein Bär also?«

»Wie gesagt, ja. Es war tief in der Nacht. Ich habe ein Geräusch gehört. Draußen war Vollmond und auch wenn ich nicht an Märchen oder Schauergeschichten glaube, hatte es etwas Beklemmendes. Immer wieder war da dieses Kratzen. Ich machte mich, bloß mit einer Taschenlampe bewaffnet, auf den Weg. Vielleicht brauchte jemand Hilfe. Jedenfalls kam ich nach einiger Zeit auf eine Lichtung. In der Mitte, neben einer umgerissenen Tanne, lag ein Reh. Es war von oben bis unten aufgeschlitzt und ausgeweidet. Das war ein Massaker, sag ich euch. Kratzspuren am Baum, der Geruch von Blut in der Luft, der Moment, in dem einem klar wird, dass man soeben einen frischen Tatort betreten hat. Als ich mich umdrehte, um von diesem grausamen Ort zu verschwinden, war es schon zu spät. Etwas rannte auf mich zu.«

Jacob macht eine kleine Pause.

»Du … du hast einen Kampf mit einem Bären überlebt?«, fragt Niklas und wirkt dabei ziemlich beeindruckt.

»Es war nicht wirklich ein Kampf. Dieses Etwas war …«

Ich unterbreche ihn. »Dieses Etwas? Ich dachte, es war ein Bär?«

»Das dachte ich auch. Nun gut, Jungs. Ich muss los.«

»Aber …«

Jacob steht ohne einen weiteren Kommentar auf und trottet davon. Richtung See.

Niklas wirkt blass. Er stellt sein Frühstück auf den Boden und dreht sich zu Emil. »Meinst du … Charlie und Ben … sie …«

»Niklas! Hör auf!« Emil klingt gereizt.

Ich schaue sie fragend an. »Was? Wer sind denn die zwei?«

»Niemand«, giftet Emil in meine Richtung. Er steht auf, packt Niklas am Arm und beide verschwinden genauso schnell wie Jacob.

Grübelnd schaue ich ihnen nach.

Der Brief von meiner Mom.

Die Scherben auf der Straße.

Der Schatten im Wald.

Das aufgehängte Fleisch.

Die Geschichten, die über diesen Wald erzählt werden.

Charlie und Ben.

Ich bekomme ein unwohles Gefühl im Magen.

Dieser Ort macht mich langsam verrückt.

7

Nach dem Frühstück versammeln sich alle anderen ebenfalls in der Feuerhöhle. Selbst Henry trudelt nach einiger Zeit ein. Er sieht verschwitzt aus, doch das hindert ihn nicht daran, seinen Arm erneut um das nächstbeste Mädchen zu legen und sie anzuflirten.

Magnus ignoriert das, erhebt sich und fängt an zu zählen. Als er das zu seiner Zufriedenheit geschafft hat, beginnt er zu grinsen. »Wie ich sehe, hat wohl jeder die erste Nacht in einem Stück überstanden. Glückwunsch!«

Wieder der gleiche Witz! Sein Sinn für Humor ist noch schrecklicher, als ich dachte.

»Damit das Camp funktioniert, brauchen wir auch jeden von euch. Genau genommen für die sogenannten Camparbeiten. Ich werde euch im Anschluss in drei Gruppen aufteilen und euch verschiedene Aufgabenbereiche zuweisen. Diese habt ihr vormittags zu erledigen. Dabei sei gesagt, dass die Arbeiten jeden Morgen zwischen den Gruppen gewechselt werden.«

Stella unterbricht ihren Chef hektisch und springt förmlich auf. »Richtig! Ich … ich freue mich schon sehr darauf. Wir alle werden zu einer großen Familie heranwachsen, zu einem Team. Magnus? Darf ich verkünden, welche … welche spannenden Tätigkeiten auf uns alle warten?«

»Nein.«

»Ach, wie heißt es doch so schön: Ein Mann, ein Wort! Ich nehme an, Magnus wird sie euch selbst verraten wollen.« Stella kichert. »Ich will ihm schließlich nicht die Show stehlen.«

»Wie auch immer …« Magnus fährt fort und wirft einen kurzen Blick auf sein kleines Notizheft. »Eine Gruppe wird Feuerholz suchen und es hierherbringen. Ohne Holz kein Feuer und ohne Feuer frieren wir uns hier den Arsch ab, verstanden?«

Niemand reagiert.

»Gut. Die zweite Gruppe wird kochen. Gemüse schneiden, Kaffee aufstellen und uns allen eine warme Mahlzeit zubereiten. Heute in der Früh habe ich diese Aufgabe großzügigerweise selbst übernommen.«

Deswegen soll es so miserabel geschmeckt haben …

»Als Allerletztes haben wir da noch die Putz-Crew. Geschirr abwaschen, die Vielfraßküche und die Feuerhöhle sauber halten und die Dusche reinigen. Wenn wir am Vormittag alle mit anpacken, haben wir am Nachmittag genug Zeit für andere Dinge. Also, lasst uns beginnen! Der erste Tag im Camp Summerlake ist bereit, erlebt zu werden!«

Ich werde mit Kaja, meinen zwei Zimmerkollegen und noch einem anderen in die erste Gruppe eingeteilt. Bevor es in den Wald geht, gehe ich jedoch nochmals in die Hütte, um mein Messer zu holen. Jeder von uns musste eines mitbringen. Meine Mutter hat mir sogar extra eines besorgt, denn mit den stumpfen Messern, die wir zu Hause haben, hätte man mit Müh und Not gerade mal Butter zerschneiden können. Das heißt übersetzt so viel wie: Wäre mich ein wildes Tier angegangen, hätte ich ihm im Tausch gegen mein Leben höchstens ein Butterbrot schmieren können. Ich bin aber fest davon überzeugt, dass kein Tier auf dieses Angebot eingegangen wäre …

»Kommst du?«

Als ich aufschaue, sehe ich Valentin, der im Türrahmen lehnt und mich beobachtet. Mein Blick bleibt an einem kleinen Taschenmesser hängen, das er sich an den Gürtel geschnallt hat. »Was willst du denn damit schneiden? Grashalme?«, frage ich.

»Unterschätz das gute Stück lieber nicht, das hat mir schon öfter den Arsch gerettet, als du glaubst.«

»Warum kaufe ich dir das nicht ab?«

»Dürfte an deinem gesunden Menschenverstand liegen. Oder daran, dass es nicht stimmt. Ich habe das Messer eben auf der Wiese vor unserer Hütte gefunden. Hat wohl jemand verloren.«

Ich richte mich auf und verlasse gemeinsam mit Valentin unsere Unterkunft. »Hast du denn kein eigenes mitgebracht?«, will ich wissen.

»Nein, mein Vater hätte es nicht erlaubt. Es wäre idiotisch rübergekommen, wenn ich ihm gesagt hätte: Hey, Dad, ich brauche ein paar frische Unterhosen, ein Notizheft, eine Creme für Insektenstiche, meine Zahnbürste und, nicht zu vergessen, ein langes, spitzes, gefährliches Messer, mit dem man am besten alles zerschneiden kann, was sich einem in den Weg stellt.«

Während unseres Gesprächs betreten wir den Waldweg und versuchen, die anderen aus unserer Gruppe einzuholen.

»Er lässt dich auf ein Survivalcamp gehen, aber bei einem Messer wird er misstrauisch?«

»Ein paar Notlügen haben noch nie geschadet.«

Ich runzle die Stirn. »Solange du ihm nicht gesagt hast, dass du auf einen Ausbildungskurs für junge und motivierte Kaugummientferner gehst, wird er schon keinen Verdacht schöpfen.«

»Kaugummientferner? Bitte sag mir, dass es das nicht gibt.«

»Würde ich ja gerne, aber den Beruf gibt es tatsächlich.«

Valentin geht vorerst nicht weiter darauf ein, denn wir erreichen soeben den Treffpunkt für unsere Gruppe.

Jacob hat sich mitten auf den Weg gestellt und gibt Anweisungen. Wir sollen im näheren Umkreis alte und trockene Holzstücke sammeln, die für das Lagerfeuer geeignet sind. »Klingt simpel, ist es auch«, ist das Letzte, was Jacob von sich gibt.

Dennoch beschließen Valentin und ich, anfangs noch zusammenzubleiben. Als wir uns schon ein wenig von den anderen entfernt haben und in einem ruhigen Waldabschnitt angelangt sind, schüttelt mein Zimmerkollege fassungslos den Kopf.

»Was ist denn?«, frage ich.

»Na, ich kann es immer noch nicht glauben. Kaugummientferner. Ich meine, was hat man in diesem Beruf denn für Aufstiegschancen?«

Nachdenklich klaube ich ein Holzstück nach dem anderen auf. Valentin hat ungewollt einen Gedankengang in mir ausgelöst. Es wäre interessant zu wissen, was einem solchen Kaugummientferner durch den Kopf schwirrt. Ich liebe es, mich in andere hineinzuversetzen, so zu denken, so abzuwägen wie sie. Sind sich solche Menschen darüber im Klaren, was sie machen oder machen wollen? Oder ist es eher so: *Schon seit meiner Kindheit habe ich davon geträumt, Kaugummis von Straßen zu putzen. Egal, welche Farbe, welche Größe, wie gut gekaut, ich werde meinen Job mit so einer Präzision ausführen, dass anderen die Spucke – ach, was sage ich da, ich meine natürlich der Kaugummi – im Halse stecken bleibt.* Und dann hofft man sein halbes Leben darauf, zum Reiniger für Vogelkacke befördert zu werden.

Valentin sieht mich erst prüfend an, dann beginnt er zu reden. »Glaub mir, wenn du das im Internet postest, wird sich jeder darüber lustig machen. Die heutige Gesellschaft schaut sich diese Dinge in Massen an. Videos von Katzen, von Leuten, denen etwas passiert und die sich wehtun, von Menschen, die verarscht oder heimlich gefilmt werden, von Erfindungen, die niemand braucht, aber Hauptsache, sie existieren. Man macht sich lustig über diejenigen, die Fehler begehen. Über Leute, die vielleicht einen schlechten Tag haben oder nichts dafürkönnen, dass sie so sind, wie sie sind. Wir lachen, um vor unseren eigenen Problemen wegzulaufen, vor unserem Alltag, der Routine. Anstatt dass wir uns unseren inneren Konflikten und unseren Ängsten stellen, ergötzen wir uns am Leid oder auf Kosten von anderen. Krank!«

Ich höre ihm still zu. Er sagt die Wahrheit. Was gibt uns das Recht, über jemanden zu urteilen, den wir nicht kennen, oder etwas zu kritisieren, worüber wir so gut wie nichts wissen? Niemand wird Kaugummis von der Straße kratzen, weil man es unbedingt tun will. Vielleicht braucht die Person das Geld, vielleicht wurde sie innerlich so verletzt, dass sie zu nichts anderem mehr fähig ist. Oder aber niemand gibt ihr eine Chance, dass sie zeigen kann, wer sie wirklich ist. Es ist leichter, derjenige zu sein, der aus Stress, Lust oder Langeweile einen Kaugummi unter eine Parkbank klebt, als derjenige, der die Folgen unserer Laune wieder richten muss.

Während meiner Überlegungen habe ich gar nicht richtig wahrgenommen, dass ich mich auf einen Baumstumpf gesetzt habe und in den Himmel starre. In das Gewirr der Baumkronen. Valentin setzt sich neben mich, seine nächsten Worte klingen bedacht. »Ich bin froh, dass sie uns unser Handy weggenommen haben, weißt du? Wir machen uns nämlich nicht nur über alles Mögliche lustig, wir werden auch unter so starken Druck gesetzt, dass wir das psychisch auf Dauer nicht aushalten können. Früher hat man sich mit dem Besten aus der Schule verglichen oder mit seinen Geschwistern. Heute muss man sich mit der ganzen Welt messen. Egal was ich kann, was ich mache oder was ich will, im Internet gibt es jemanden, der macht es besser. Jemanden, der mehr Geld besitzt als ich, mehr Ruhm erlangt, mehr Zuneigung zu spüren bekommt. Zumindest wird mir das präsentiert. Jeden Tag. Und mit diesem Druck kann niemand umgehen, Lukas. Hier ist das anders, hier herrschen andere Regeln. Egal wie griesgrämig Magnus auch sein mag, aber die Magie und die Schönheit des Waldes kann er uns nicht nehmen. An diesem Ort kann man so sein, wie man ist. Ich musste herkommen, auch wenn der Preis, den ich zu zahlen habe, hoch ist. Niemand wird hier verurteilt, ausgelacht oder in eine Schublade gesteckt. Im Wald hat noch alles seine Ordnung, seinen Lauf, seine unausweichliche Bestimmung und Notwendigkeit.«

Wow!

»Diese Seite an dir ist mir neu.«

»Die lasse ich auch nicht jeden sehen.«

»Danke. Danke, dass ich an deinen Gedanken teilhaben darf. Ich weiß nur zu gut, was es heißt, etwas aussprechen zu wollen.«

Valentin lächelt. »Genug philosophiert. Lass uns das machen, wofür wir hergekommen sind.«

»An der Bestimmung des Waldes teilzuhaben?«

»Holz zu holen, Idiot.«

Wir beginnen beide zu lachen und stehen auf.

Die nächste Stunde reden wir kaum, sondern sind damit beschäftigt, das Lager mit Holz zu versorgen.

Ich hatte ja nicht die leiseste Ahnung, was in Valentins Kopf vor sich geht, worüber er sich im Stillen Gedanken macht. Und ich dachte, das Einzige, das seinen Mund verlässt, ist Sarkasmus, oder das Wort »Idiot«, wenn er mit *mir* redet.

Im Laufe des Vormittags wird das Holzlager immer voller und auch der Geruch von Gemüsesuppe breitet sich langsam, aber sicher über den Platz aus. Als ich mit Valentin schließlich ein letztes Mal in den Wald schlendere, muss ich wieder an das Fleisch denken. Das aufgehängte Fleisch, das wohl noch immer hinter der Hütte Nummer zwei baumelt. Ich werde Valentin darauf ansprechen, ihn bitten, mit mir mitzugehen und es sich anzusehen. Diesen Anblick.

Ich habe die leise Befürchtung, dass die Ruhe, die Valentin angesprochen hat, auf irgendeine Art und Weise gestört werden wird. Dass dieser Ort nicht das ist, was er vorgibt zu sein. Dennoch will ich keine vorschnellen Schlüsse ziehen, ich bilde mir die Dinge meist nur ein oder interpretiere zu viel in Kleinigkeiten. Diesmal muss ich mir ganz sicher sein.

Wir kommen wieder zu der Stelle, an der wir vorher das Gespräch hatten. Valentin will gerade ein größeres Stück Holz aufheben, als ich auf ihn zugehe.

»Valentin, ich muss dir etwas sagen.«

Er hebt den Kopf. »Dass du dich in Kaja verschaut hast?«

»Nein!«

»Das *Nein* kam dir aber ziemlich schnell aus.«

Ich schüttle den Kopf. »Ich kenne sie doch noch gar nicht richtig.«

Valentin legt sich das Holzstück auf den Arm und beginnt zu dichten. »Lukas, die Liebe kennt kein Erbarmen, du willst Kaja in deinen Armen.«

»Der Reim ist grausam.«

»Grausam ist die Liebe auch, denn oft ist einfach Schluss, der Lukas will doch nur – einen innigen Kuss.«

»Oh mein Gott!«

»Gott kann nicht …«

»Hör auf!«

»… beeinflussen, wohin die Lust dich lenkt …«

»Die Lust, dir eine reinzuhauen?«

»… mal sehen, ob Kaja die Liebe empfängt.«

Ich setze mich erneut seufzend auf den Baumstumpf.

»Wie kann man in einem Augenblick solch philosophische Worte von sich geben und im nächsten Moment Dinge sagen, die selbst Vierjährige peinlich finden würden?«

»Ich bin eben vielseitig.«

»Ja, und keine dieser vielen Seiten wurde mit Klugheit beschrieben.«

Ich bekomme gar nicht mit, dass sich Kaja neben uns gestellt hat und die Arme verschränkt.

»Worüber redet ihr zwei denn?«

Überrascht drehen wir uns zu ihr. »Wir … ehm …«

Ich werfe einen fragenden Blick zu Valentin.

»Wir reden über Kaugummis, Liebe und Gedichte«, sagt er schmunzelnd und zwinkert mir zu.

»Kaugummis und die Liebe haben ja auch so viel miteinander zu tun«, merkt sie an. »Ich bin jedenfalls wegen etwas anderem gekommen. Lukas, gehst du ein paar Schritte mit mir?«

Ich nicke und schaue noch ein letztes Mal zu Valentin. »Wir reden später, ja? Ich muss dir wirklich etwas zeigen.«

»Aye, aye, Käpten!«

Trottel!

Kaja und ich entfernen uns vom Camp. Wir sind vom Hauptweg abgebogen und befinden uns auf einem kleinen Trampelpfad, der immer tiefer in den Wald führt. Neben uns erstrecken sich Mooslandschaften. Ab und zu hört man ein Rascheln aus weiter Ferne, einen Vogel über uns, das Quaken eines Frosches, als wir an einem kleinen Tümpel vorbeigehen. Nur von Kaja hört man nichts, sie geht wortlos neben mir her.

Ich durchbreche die Stille und versuche mit einem Thema anzufangen. »Früher war ich öfter im Wald spazieren, meine Mutter hat mich dazu gezwungen.«

»Gezwungen?«

»Okay, gezwungen ist vielleicht zu hart ausgedrückt, ich wollte es schon. Eigentlich sollte ich meiner Mom dafür dankbar sein. Mir wurde in meiner Kindheit nie langweilig. Was ist mit deiner Familie? Warum bist du in diesem Camp, Kaja?«

Sie lässt ihren Blick über die Gegend wandern.

»Reden wir nicht über meine Familie, Lukas. Ich wollte mit dir über etwas anderes sprechen.«

»Und das wäre?«

»Ich habe dich heute beim Arbeiten gesehen und bemerkt, dass du bedrückt gewirkt hast. Keine Ahnung … vielleicht bilde ich mir das alles auch nur ein … aber du machst dir deinen Aufenthalt ganz sicher nicht leichter, wenn du mit deinen Gedanken ständig woanders bist. Lass dich auf dieses Camp ein. Ich meine, wir sind zwei Wochen hier, warum machen wir beide nicht das Beste daraus?«

Sie macht sich Gedanken über mich! Das wilde, freche und raffinierte Mädchen macht sich Gedanken über mich!

Anstatt zu antworten nehme ich ihre Hand. Sie lässt es zu. Langsam entspanne ich mich und bringe sogar ein Lächeln über meine Lippen.

»Ich bin ein verrückter Kauz, musst du wissen«, flüstere ich.

»Und das ist auch verdammt gut so. Nur sprich mit jemandem, wenn dich etwas bedrückt, okay? Sprich mit mir. Du verhältst dich anders als die restlichen Leute, denkst viel nach, studierst den Wald, als wäre er deine eigene Seele. Das sehe ich in deinem Blick.«

Hand in Hand kommen wir an einem Fuchsbau vorbei, sehen eine Amsel über Blätter tanzen und ein Eichhörnchen, das eine Nuss fest umklammert in seinen Pfoten hält.

»Ich weiß, was du damit sagen willst, Kaja. Ich werde versuchen …«

Und dann fällt mir etwas auf. Etwas, das nicht zu diesem Ort passt. Ein bisschen weiter von uns entfernt befindet sich eine Lichtung.

Irgendetwas stimmt daran nicht!

Ich lasse Kajas Hand los und verlasse den Trampelpfad.

»Lukas! Hey, warte auf mich.«

Auch Kaja scheint zu bemerken, was ich entdeckt habe. Sie folgt mir. Als ich mein Ziel erreiche, halte ich inne. Meine Sinne haben mich nicht getäuscht. Sofort gefriert mir das Blut in den Adern. In meinem Kopf beginnt es sich zu drehen, mir wird mulmig.

Kaja ist neben mich getreten. »Was zur Hölle …«, wispert sie noch, bevor sie sich niederkniet und fassungslos über die Lichtung blickt.

Mitten im Wald, fernab des Hauptweges, dort, wo sonst niemand hinkommen sollte, ist eine Lichtung voller Kreuze. Eine Art Friedhof. Die Kreuze bestehen aus einfachen Stöcken, die mit einem Garn zusammengebunden wurden. Auf jedem dieser Kreuze ist ein Name eingeritzt.

»Sind das …«

Nein, das kann nicht sein!

Ich schaue auf die Namen: *Arthur* steht auf einem geschrieben, auf dem anderen *Valentin*. Auf einem weiteren *Jacob*.

Ich zähle die Kreuze und stelle schockiert fest, dass es genauso viele sind wie Leute im Camp Summerlake.

»Lukas. Da sind unsere Namen eingeritzt, die Namen von uns allen!«

Und dann finde ich mein Kreuz.

Dort steht jedoch nicht Lukas, sondern ein Name, der eigentlich nicht dort stehen dürfte.

Ein Name, den niemand hier kennen sollte, der vor Jahren geändert wurde.

Auf dem Kreuz steht mein richtiger Name: *Achilles*.

8 Die Gemüsesuppe ist so heiß, dass ich sie eine Zeit lang bloß anstarre und darauf warte, dass sie abkühlt. Durch die Reisen meiner Mutter bekomme ich zu Hause meist ausgefallenere Gerichte aufgetischt. Und selbst wenn es einmal eine Gemüsesuppe geben sollte, würde meine Mom sie keinesfalls so nennen. Mary würde uns dann *Giselas Kräutergarten* servieren. Was eine Gemüsesuppe und der Name Giselas Kräutergarten gemeinsam haben, weiß ich selbst nicht recht. Wie ich meine Mutter kenne, vermutlich einfach nur den Anfangsbuchstaben. Ich weiß, sehr simpel. Dennoch folgt sie mit großer Begeisterung ihrem selbst ausgedachten Leitspruch: »Banal ist mir egal.« Eine Gemeinsamkeit von uns beiden.

Ich beschäftige mich meistens auch nur mit dem Ursprung eines Problems. Wenn ich in einem Lokal einen Kaffee bestelle, dann will ich – große Überraschung! – einen Kaffee. In diesem Moment ist es mir herzlich egal, welche Menge Milch dieser beinhaltet, wie viele Sterne er bei der Online-Bewertung vorweist und vielleicht sogar, wie oft die scheinheilige Kellnerin hineingespuckt hat.

Anderes Beispiel: Wenn mich einer meiner Freunde höflich fragt, ob ich denn etwas trinken will und ich diese Frage bejahe, will ich auch nicht, dass er damit anfängt, mir alle Säfte und Getränke aufzuzählen, die er in seinem bisherigen Leben kennengelernt hat, nur um mir dann im Nachhinein zu beichten, dass er neunzig Prozent der eben genannten Dinge ohnehin nicht besitzt. Die Lösung: Wasser. Ich kann mir nämlich nicht vorstellen, dass sich jemand *darüber* aufregt. Der menschliche

Körper besteht zu zirka siebzig Prozent aus Wasser, also wäre es doch ziemlich bescheuert, einen Hass gegen sich selbst zu hegen. Pessimisten und Misanthropen ausgenommen!

Ich werde außerdem ziemlich oft gefragt, was denn meine Lieblingsautomarke sei. *Ernsthaft?* Ich bin schon froh, wenn ich ein Auto von einem Fahrrad unterscheiden kann. Somit fokussiert sich mein gesamter Gedankengang auf wichtige Dinge. Auf Geheimnisse, Geschehnisse, Kaugummis, Lügen und gegebenenfalls auch auf ein Kreuz im Wald, auf das mein Name geritzt wurde.

»Du blickst so resigniert in die Suppe, alles okay?« Kaja setzt sich neben mich.

»Nein, es ist nicht alles okay. Du weißt selbst, was wir gerade gesehen haben. Niemand kann von mir erwarten, dass ich unbekümmert Giselas Kräutergarten schlürfe und so tue, als wäre nichts passiert!«

»Es *ist* ja auch nichts passiert. Da will uns jemand einen Streich spielen, Lukas. Und was zur Hölle meinst du mit Gisel… irgendwas?«

»Es heißt: Gisela.«

»Wer soll das sein?«

»Niemand.«

Kaja atmet genervt aus. »Lukas! Diese Kreuze sind beängstigend, das gebe ich zu, aber das ist kein Grund, die Nerven zu verlieren. Wir sind hier sicher. Das ist kein Kriegsgebiet, sondern ein Survivalcamp für Teenager.«

Ich lasse meinen Löffel gedankenversunken in der Schüssel kreisen. »Vermutlich hast du recht.«

»Natürlich habe ich das.«

Kaja streicht mir zärtlich die Haare aus dem Gesicht und lächelt. Als ich ihren Blick erwidere, frage ich mich still und heimlich, wieso unsere heutige Gesellschaft solch liebevolle Menschen verdient hat. Menschen, die *hin-* und nicht wegschauen. Die *machen* und nicht machen lassen. Welche, die wirklich an dich glauben und dir nicht nur das Gefühl geben, sie würden es tun.

Ich sollte nicht den Kopf verlieren, nur weil ein paar Kreuze im Wald aufgestellt wurden, weil ich einen Umriss im Wald gesehen habe und weil Fleisch hinter der Hütte Nummer zwei hängt. Wahrscheinlich hat jemand vergessen, es in den Wolfsbau zurückzubringen. Dennoch werde ich mich wohler fühlen, wenn ich dieses Wissen mit Valentin teile.

Nach dem Mittagessen begebe ich mich also zu meinem Zimmerkollegen, der es sich auf der Wiese vor dem Vogelnest bequem gemacht hat und in einem Buch blättert.

»Na, sieh mal einer an, ich wusste gar nicht, dass du lesen kannst.«

Valentin blickt auf und bemerkt mich. »Sehr lustig, Lukas. Aber verbreite keine Gerüchte, das ist ein Bilderbuch.«

Ich lasse mich belustigt neben ihm nieder. »Und ich dachte schon, du wärst gebildet.«

Natürlich kann Valentin lesen, sehr gut sogar. Ich habe gesehen, dass er neben Kleidung auch ein paar Bücher ins Camp mitgebracht hat. Hätte der Begriff »Sarkasmus« Beine, würde er ganz sicher vor Valentin auf die Knie gehen.

»War es schwer, dich ein paar Sekunden von Kaja zu trennen und zu mir zu kommen?«, fragt er gewitzt.

Statt zu antworten, lege ich mich auf den Rücken und beobachte die vorbeiziehenden Wolken. Wolken haben mit Menschen mehr gemeinsam, als man glaubt. Man kann Gegenstände, Tiere, Dinge am Himmel erkennen. Die Form einer Wolke so interpretieren, wie man es gerne hätte. Der eine wird einen Löwen sehen, der andere bloß ein Schaf. Und so ist es auch mit Menschen. Man kann jemanden wegen seines Aussehens verurteilen und in Entscheidungen oder in die Lebensart so viel hineininterpretieren, wie man will. Wissen, was im Herzen und im Kopf eines Menschen passiert, kann man nicht. Eines ist sicher: Jede Handlung, jeder Entschluss, jede Tat wird aus einem bestimmten Grund begangen. Bei den Wolken ist es der Wind, der sie formt, bei den Menschen sind es das Leben und die Bekanntschaften, die sie verändern.

»Musst du jetzt schon so oft an sie denken, dass du mir nicht einmal mehr antwortest?«

»Sorry, Valentin. Sie ist ein wundervoller Mensch, aber ich weiß noch nicht viel von ihr. Überhaupt habe ich gar nicht vor, mich im Camp zu verlieben.«

Valentin setzt ein Grinsen auf. »Das nimmt man sich auch nicht vor, das passiert.«

»Du machst mich echt fertig. Was ist denn eigentlich mit dir? Die große Liebe schon gefunden?«

Er legt das Buch beiseite und setzt sich in den Schneidersitz. »Ich hatte mal eine Freundin, ein ziemliches Biest, sag ich dir.«

Ich tue es ihm gleich, reiße mich von den Wolken los und setze mich ihm gegenüber hin.

»Wenn sie so schlimm ist, warum warst du dann mit ihr zusammen?«

»Es heißt ja: Wenn man einen Frosch küsst, dann verwandelt er sich in einen Prinzen oder in eine Prinzessin. Ich habe meine Ex-Freundin wirklich oft geküsst und nach einiger Zeit habe selbst ich verstanden, dass nichts Gutes dabei rauskommt. Es hat seine Zeit gebraucht. Gott hat die Welt in sieben Tagen erschaffen, also darf ich wohl das Doppelte brauchen, um die Liebe zu verstehen.«

»Und sonst? Was ist mit deiner Familie?«

Als Valentin das Wort *Familie* hört, verändert sich sein Gesichtsausdruck schlagartig. »Familie ist wichtig, das stimmt«, flüstert er. »Ich hatte jemanden, den ich sehr geliebt habe, aber alles geht vorbei. Es ist schwerer, ein Kartenhaus zu bauen, als es umzuwerfen. Wie schon erwähnt: Gott soll die Welt in sieben Tagen erschaffen haben, also könnte er sie auch mit einem Fingerschnipsen zerstören. Wenn man daran glaubt, jedenfalls.«

Valentin schließt für eine Sekunde die Augen, dann öffnet er sie und lächelt, als hätte er über Vanillepudding geredet. »Genug über die Liebe gequatscht, wir werden sie ohnehin nicht verstehen. Egal, wie lang wir darüber reden. Du wolltest mir vorhin etwas zeigen?«

Ich nicke und warte, bis Valentin sein Buch ins Vogelnest zurückgebracht hat. Dann machen wir uns auf den Weg.

Währenddessen schildere ich ihm den vorigen Abend. Ich erzähle ihm vom aufgehängten Fleisch. Über die Kreuze verliere ich kein Wort, Kaja hat recht, wir sollten es nicht herumerzählen. Unnötige Panik wäre an diesem Ort fehl am Platz.

Valentin hört mir aufmerksam zu und versucht sichtlich die Information zu verdauen. Als wir schließlich hinter der Hütte ankommen, mache ich eine beunruhigende Entdeckung.

Das Fleisch ist weg!

»Großartig! Jetzt hältst du mich wahrscheinlich auch für verrückt.«

Valentin schüttelt den Kopf und hockt sich hin, dann fährt er mit seiner Hand über die Wiese.

»Ich glaube dir. Hier, siehst du? Blut. Das muss von dem Stück Fleisch sein, das du beschrieben hast.«

Tatsächlich befindet sich auf dem Boden ein roter Fleck.

Gott sei Dank, ich habe es mir doch nicht eingebildet!

»Und was, meinst du, hat das zu bedeuten?«, frage ich.

»Ich weiß es nicht. Womöglich hat der Blutgeruch ein wildes Tier angelockt und es hat das Fleisch mitgenommen.«

»Mitsamt der Kette?«

Valentin zuckt mit den Schultern. »Wie gesagt, ich weiß es nicht. Sollte so etwas in der Art noch einmal passieren, rufst du mich einfach.«

»Und wenn es dann schon zu spät ist?«

»Dann werde ich dir bei deinem Begräbnis einen Frosch aufs Grab legen.«

Ich lächle. »Ich dachte, bei dir hat es nicht funktioniert, das mit der Prinzessin«, antworte ich provokant.

»Ach, dein Mädchen hast du ja schon gefunden, jetzt muss Kaja nur noch wissen, wo du begraben liegst.«

Lass dich nie auf ein Wortgefecht mit Valentin ein!

Unser Gespräch wird von Magnus' Rufen und Diesels Gebell unterbrochen. Er bestellt uns alle in die Feuerhöhle, um das Nachmittagsprogramm anzusagen. Diesmal sind wir die Ersten. Stella kommt überraschenderweise als Letzte, weil sie noch Yogastellungen vor dem großen Baum geübt hat. Dem Baum der tausend Gesichter! Welches genervte Gesicht er wohl gemacht hat, als ihm das Hinterteil der übermotivierten und unbeholfenen Betreuerin entgegengestreckt wurde …

»Danke, dass ihr alle mit angepackt habt. Durch eure Hilfe haben wir das Camp wieder auf Vordermann gebracht.«

Ein Danke von Magnus? Ist er krank?

»Für den Nachmittag haben wir uns etwas ganz Besonderes ausgedacht.« Stella kommt hinter Magnus hervor, in der Hand eine Glasschüssel. In dieser befinden sich zusammengefaltete Zettel.

»Ihr werdet wieder in Gruppen das Gelände erkunden«, redet Magnus weiter.

»*Ganz* besonders«, stichelt Henry und ein paar Mädchen kichern.

»Abwarten. Ihr werdet pro Gruppe einen Zettel bekommen, auf dem ihr ein Rätsel findet. Wenn ihr dieses löst, kommt ihr zum nächsten Hinweis. Die schnellste Gruppe findet am Ende eine Kiste mit einem Gewinn. Sozusagen eine Schnitzeljagd in der Wildnis. Somit wird dieser Ort zu eurem Abenteuer, euer Denken zu der einzigen Chance, als Gewinner schlafen zu gehen.«

Nach seiner Ansprache teilt Magnus die Gruppen mit einfachen Handbewegungen ein. Ich werde mit Emil und Arthur in ein Team gesteckt. Kein Valentin, keine Kaja. Bloß ein Literaturfreak und Harry Potter mit Mütze.

Das kann ja heiter werden!

Stella verteilt konzentriert die Zettel. Jede Gruppe bekommt dabei ein anderes erstes Rätsel. Das Ziel ist das gleiche.

Nach einiger Zeit reißt ihr Jacob ungeduldig die Schüssel aus den Händen. »Ich übernehme«, sagt er barsch und kramt im Behälter. Dann zieht er für uns einen Zettel heraus und überreicht ihn mir.

Nachdem alle Gruppen ihre Notiz erhalten haben, ergreift Jacob das Wort – der angeblich stille, ruhige Survivalexperte.

Wer's glaubt!

Er gibt auch nur einen Satz von sich, bevor die Jagd nach dem Gewinn startet: »Lasset die Spiele beginnen!«

9

Nimm vom Federnest die Feder und lass den Vogel darum kreisen, denn nur durch Worte kannst du dich beweisen. Das letzte Gesicht wird dir Antwort geben, auf deine Zahl, auf dein Bestreben.

Emil, Arthur und ich sind die Einzigen, die noch grübelnd in der Feuerhöhle verharren. Nach weiteren stummen Sekunden schnappt mir Emil den Zettel aus der Hand. »So schwer kann das doch nicht sein«, nuschelt er und rückt seine Brille zurecht. »Wir sollten uns die Bäume hier genauer ansehen, vielleicht finden wir irgendwo ein Nest, in das eine besonders auffallende Feder gelegt wurde.«

»Großartige Idee«, entgegnet Arthur sarkastisch. »Jeden einzelnen Baum abzusuchen ist sicher zielführend. Ich meine, wir befinden uns ja eh bloß in einem verdammten Wald.«

»Hast du einen besseren Vorschlag?«, raunt Emil.

Arthur wirkt entschlossen. »Alles nimmt ein gutes Ende für den, der warten kann. Leo Tolstoi.«

»Na wunderbar! Du findest meine Idee, Nester auf Bäumen zu suchen, bescheuert, aber schlägst vor, zu warten? Worauf überhaupt? Darauf, dass uns dieser blöde Hinweis auf den Kopf fällt?«

»Wenn er *dir* auf den Kopf fallen sollte und das bedeutet, dass du danach ruhig bist, ja. Dann würde ich selbst *darauf* warten.«

Ich mische mich in die Diskussion ein. »Jetzt beruhigt euch. Denken wir einfach ganz logisch, dann wird uns schon etwas einfallen.« Arthur will gerade antworten, als ich ihn stoppe. »Wenn du ein weiteres Zitat aufsagen willst, lass es. Das hilft uns gerade auch nicht weiter.«

Sein Mund bleibt verschlossen. Emil schmunzelt über meinen Kommentar und ich klopfe meinem Zimmerkollegen freundschaftlich auf die Schulter. »Ich kenne dich nach zwei Tagen schon ziemlich gut, was? Bald werde ich jedes Wort voraussagen können, das du …«

»Wort«, flüstert Arthur abrupt, als sei ihm ein Licht aufgegangen. »Möglicherweise hat es gar nichts mit wirklichen Nestern zu tun, sondern ist bloß ein Wortspiel.«

Ich lese die Passage nochmals: »*Nimm vom Federnest die Feder und lass den Vogel darum kreisen, denn nur durch Worte kannst du dich beweisen.* – Stimmt«, rufe ich aus.

Emil wirkt noch verwirrter als vorher. »Könnt ihr mich bitte einmal aufklären?«

Ich erläutere es ihm gelassen und gehe alles Schritt für Schritt in meinem Kopf durch. »Wenn du das Wort *Feder* vom Wort *Federnest* nimmst, kommt das Wort *Nest* heraus. Hängst du jetzt auch noch das Wort *Vogel* an, ergibt es den Namen *Vogelnest*. So heißt doch auch das Tipi hier.«

»Der Hinweis ist in der Bibliothek«, wispert Emil.

»Ganz genau!«, bestätige ich. »Also muss der nächste Zettel in einem Buch versteckt sein. Aber in welchem?«

Arthur winkt ab. »Darüber können wir uns gleich noch den Kopf zerbrechen. Machen wir uns erst mal auf den Weg.«

Gesagt, getan, kommen wir gleich darauf beim Tipi an und zwängen uns zu dritt in den engen Raum. Umgeben von Kisten, die mehrere Hundert Bücher beinhalten, versuche ich mich zu orientieren. Mein Blick bleibt erneut an der verschlossenen Truhe hängen, die Arthurs Neugierde geweckt hat, als wir gestern das Gelände erkundeten.

Ob der Hinweis dort versteckt worden ist?

Ich verwerfe den Gedanken und schaue mich weiter um. Beiläufig nehme ich einen Traumfänger wahr, der auf einer Schnur über uns befestigt wurde und sich wegen des leichten Windzugs im Kreis dreht. Außerdem liegt der Geruch von Lavendel in der Luft. Vermutlich soll er eine beruhigende Wirkung haben, doch im Angesicht der Tatsachen stresst er mich nur noch mehr.

»Wir brauchen ewig, wenn wir alle Bücher durchblättern«, jammert Emil und öffnet eine der vielen Kisten.

»Brauchen wir auch nicht«, meint Arthur. »Wir sollten die Lösung aus der zweiten Textstelle erkennen können. – *Das letzte Gesicht wird dir Antwort geben, auf deine Zahl, auf dein Bestreben.*« Arthur kneift seine Augen zusammen. »So oft ich mir diesen Satz auch durchlese, ich werde einfach nicht schlau daraus. Lukas, es liegt an dir. Von Emil werden wir nicht sonderlich viel Hilfe erwarten können.«

»Hey! Das habe ich gehört!«

»Wäre auch schlimm, wenn du es nicht gehört hättest. Dann wärst du nämlich nicht nur dumm, sondern auch taub.«

»Na warte, den Spruch bereust du noch!«

»Auf was denn *warten*? Ich dachte, *du* wolltest nicht warten?«

Ich deute mit einer Handbewegung an, dass sich beide beruhigen sollen. »Bei eurer Streiterei finden wir hier gar nichts.«

Als schlussendlich dann doch Ruhe einkehrt, versuche ich mich zu konzentrieren.

Gesicht. Antwort. Zahl. Ich muss es lösen, irgendwie. Alle sagen doch, dass ich so schlau bin, so raffiniert.

Wo bleibt mein logisches Denken, wenn ich es mal brauche?

»Gesicht. Antwort. Zahl«, flüstere ich.

Zahl! Es muss etwas mit einer Seitenzahl zu tun haben. Einer Seitenzahl als Antwort. Nur was ist mit dem Gesicht gemeint? Die Lösung des ersten Satzes hatte etwas mit einem Gebäudenamen zu tun, vielleicht hilft mir das auch beim zweiten Rätsel.

Ich kratze mich am Hinterkopf und werfe einen Blick aus dem Tipi.

Wofür könnte das Gesicht stehen? Welcher Ort könnte damit in Verbindung gebracht werden? Was könnten sich die Betreuer dabei gedacht haben?

Und dann fällt es mir ein!

Augenblicklich stürme ich zu der Kiste, auf der »Vögel« geschrieben steht. Ich öffne sie und hole das dickste Buch heraus. *Das Lexikon über Nester, Federn und Vögel.*

Wie erwartet finde ich zwischen den letzten beiden Seiten den nächsten Zettel.

»Krass«, bekommt Emil gerade noch aus dem Mund, bevor Arthur ihn unterbricht.

»Wie hast du das denn jetzt rausbekommen?«

Ich zeige triumphierend zum Ausgang. »Es gibt hier ja einen Baum, der den Namen ›Der Baum der tausend Gesichter‹ trägt. Das letzte Gesicht, also das tausendste, soll uns Antwort auf unsere Zahl geben. Hier ist eine Seitenzahl gemeint. Da es nur ein einziges Buch über Federn gibt, das genau tausend Seiten dick ist, war die Antwort relativ offensichtlich.«

»Genial!«, kommentiert Emil, noch immer beeindruckt. »Ich fasse es nicht, dass du das Rätsel im Bus nicht lösen konntest, aber das hier in wenigen Sekunden. Fernab meiner kleinen Meinungsverschiedenheiten mit Arthur muss ich gestehen, dass es mir langsam Spaß macht, mit euch im Team zu sein! Gemeinsam können wir das hier immer noch gewinnen!«

Arthur lächelt. »Wenn man wie eine Rose duften will, muss man sich mit Rosen umgeben.«

»Soll das etwa heißen, dass ich …«

Ich verhindere eine drohende Diskussion, indem ich die Notiz auf dem neuen Hinweis laut vorlese:

> Hinter des Stoffes Heimat liegt still und ohne Spur die Wohnung einer roten, flinken Kreatur. Mäuse sind am Speiseplan, doch, abgesehen von jedem Zank, nicht nur in des Waldes Obhut, sondern auch im Kleiderschrank.

Neben dem Hinweis liegt zusätzlich noch ein kleiner Fetzen Stoff, den ich auf den ersten Blick nicht zuordnen kann.

Arthur seufzt. »Und ich dachte schon, das erste Rätsel wäre schwer. Was hat denn die Heimat mit einer roten Kreatur zu tun? Oder ein Speiseplan mit einem Kleiderschrank?«

»Verlassen wir erst mal diese stickige Bibliothek, hier ist das Nachdenken unmöglich«, antworte ich und stecke den Zettel in meine Hosentasche.

Arthur nimmt währenddessen den Stofffetzen. Draußen angekommen, betrachtet er ihn genauer, tastet ihn ab.

»Keine Ahnung, was *das* sein soll«, ist der einzige Satz, den er von sich gibt.

Emil reißt ihm den Fetzen aus der Hand. »Aber ich schon.«

»Na, da bin ich mal gespannt«, vermerkt mein Zimmerkollege und beobachtet das Geschehen.

»Ich war gestern Abend noch duschen und ich glaube, dass das hier ein Stück von einem der Handtücher ist. Die schauen exakt so aus.«

»Der Fetzen eines Handtuchs?«, erwidert Arthur fragend.

»Ja, genau. Schon lustig. Vorher hast du von einem lieblichen Rosenduft gesprochen und im nächsten Moment kannst du nicht einmal ein Handtuch erkennen …«

»Guter Schachzug«, zischt Arthur kaum verständlich und dreht sich zur Dusche. »*Hinter des Stoffes Heimat liegt still und ohne Spur die Wohnung einer roten, flinken Kreatur.* – Vermutlich ist mit Heimat die Dusche gemeint. Dahinter, irgendwo zwischen den Bäumen, sollten wir unseren Schatz finden«, gibt er überlegend von sich.

»Worauf warten wir dann noch?«, ruft Emil aus und macht sich auf den Weg.

In der Zwischenzeit überlege ich mir, was für eine *Kreatur* gemeint sein könnte.

Ein rotes Tier, das Mäuse jagt – so viel steht fest. Aber was bedeutet der Kleiderschrank? Vielleicht ist damit nicht der Schrank an sich gemeint, sondern das, was sich darin befindet. Pelze! Der Pelz, der aus dem gesuchten Tier gemacht wird.

»Ein Fuchs!«

»Wie bitte?«, erkundigt sich Emil.

»Schauen wir uns nach einem Fuchsbau um. Ich nehme an, dass sich dort der Schatz befindet.«

Und ich habe recht. In dem Waldabschnitt hinter der Dusche ist zwischen den Wurzeln einer großen Eiche sorgfältig ein Loch gegraben. Ein verlassener Fuchsbau.

Emil geht ohne zu zögern auf die Knie und streckt seinen rechten Arm hinein. Zufrieden holt er ein Kästchen heraus. »Wir haben es geschafft!«

»Nun mach schon auf«, dränge ich voller Vorfreude und starre auf den Behälter vor uns.

Es kommt jedoch kein Schatz zum Vorschein, kein Gewinn. Bloß ein weiterer Zettel.

»Was soll das? Wollen die uns verarschen?«, flucht Emil und will das Kästchen gerade wieder schließen, als ich ihn stoppe.

»Lass mich die Notiz lesen! Schließlich ist das eine Schnitzeljagd …«

Ich nehme das zusammengefaltete Blatt und versuche das Geschriebene zu entziffern. Es ist in einer anderen Schrift geschrieben als die bisherigen Hinweise. *Seltsam.*

Lukas. Nette Aufgaben, oder? Das wirkliche Rätsel, das du lösen musst, hat jedoch nichts mit einer Schnitzeljagd oder anderen Aktivitäten zu tun, die sich die Betreuer für euch ausdenken. Es steht so viel mehr auf dem Spiel ... Löse das Geheimnis, das diesen Platz umhüllt. Ob dir die Wahrheit gefallen wird, das weiß niemand. Finde es heraus.
Dein Blutengel.

Hinter uns sind Freudenschreie zu hören. Eine andere Gruppe hat den Schatz gefunden, den echten Schatz. Ich gebe Emil und Arthur den Zettel, damit sie ihn lesen können.

Emil verliert jegliche Farbe im Gesicht. »Was um alles in der Welt hat das zu bedeuten? Blutengel? Geheimnis? Wir … wir sollten zu den Betreuern gehen … wir …«

»Nein, Emil«, antworte ich gelassen. »Es gibt jemanden, der mir oder uns Streiche spielt, der die Leute hier anscheinend in den Wahnsinn treiben will, aber wir sollten uns nicht darauf einlassen.«

»Korrekt«, fügt Arthur hinzu. »Diesen Zettel könnte jeder geschrieben haben. Vielleicht ein Jäger oder ein Teenager aus einem Dorf in der Nähe. Auch wenn ich nicht weiß, ob es ein solches überhaupt gibt. Wir wissen doch noch nicht einmal, wo wir sind. Überreagieren bringt jedenfalls niemandem etwas. Lassen wir den Zettel einfach verschwinden und schauen wir weiter.«

»Ich glaube zwar auch nicht, dass wir uns in ernsthafter Gefahr befinden, trotzdem ist es beunruhigend«, äußert Emil.

Ich seufze. »Leider können wir nichts mehr daran ändern, dass wir nicht gewonnen haben. Dennoch hat es Spaß gemacht, die Rätsel mit euch zu meistern.«

»Das hat es«, bestärkt mich Arthur und auch Emil nickt.

Obwohl ich so besonnen auf den Vorschlag reagiert habe, zu den Betreuern zu gehen, geistert mir die Nachricht im Kopf umher. Selbst wenn es irgendein Teenager aus einem Dorf geschrieben hat, ist es besorgniserregend. Woher kennt dieser Jemand meinen Namen? Und was bedeutet »Blutengel«?

Wie versprochen, verlieren wir kein Wort über unseren Fund. Als die Sonne langsam untergeht, sitzen wir still in der Feuerhöhle und schauen Magnus dabei zu, wie er das Abendessen zubereitet. Mit Hilfe von Jacob wurde eine riesige Pfanne über das Feuer gestellt, in der Kartoffeln und Gemüse schmoren, kleingeschnittene Karotten, Zwiebeln und Paprika, gewürzt mit einer selbst gemachten Kräutermischung.

Nach dem Essen und mit vollem Magen lauschen wir einer weiteren Geschichte von Magnus. Diesmal einer erfundenen, über einen Raben, der das Feuer entdeckte. Der Campleiter betont, dass die Geschichten, die er uns erzählt, über viele Jahrhunderte weitergegeben wurden.

Im Laufe des Abends bemerke ich, dass sich Jacob still und heimlich aus dem Kreis entfernt und in den Wald verschwindet.

Schon wieder!

Nur dieses Mal ist es mir gleichgültig. Ich genieße bloß die Wärme des Feuers und die Anwesenheit der Leute, die ich innerhalb von zwei Tagen ziemlich liebgewonnen habe. Es fühlt sich so an, als wäre ich schon viel länger hier – irgendwo im Wald der tausend Lichter, auf einem Platz, der Camp Summerlake genannt wird.

Als Magnus' Geschichte ihr Ende findet, löst sich unsere Zusammenkunft allmählich auf und die meisten verkriechen sich in ihre Hütten. Auch ich trotte nach einiger Zeit zu unserem Schlafraum. Heute darf ich im Hochbett schlafen und Valentin muss sich mit der Matratze zufriedengeben. Erschöpft falle ich ins Kissen und habe bloß einen Wunsch: einen angenehmeren Schlaf als letzte Nacht.

Ich bekomme ihn nicht, ganz im Gegenteil. Es ist noch mitten in der Nacht, als ich durch ein Geräusch außerhalb der Hütte geweckt werde.

Irgendjemand ist da draußen.

Nur wer?

Ich bemühe mich, Arthur und Valentin nicht aufzuwecken – *Die können wirklich schlafen?* – und klettere aus dem Hochbett. Das letzte Mal, als das Fleisch aufgehängt wurde, habe ich den Verantwortlichen knapp verpasst.

Diesmal nicht!

Leise ziehe ich mir meine Schuhe an, öffne vorsichtig die Tür. Es ist stockfinster und ich tue mir schwer damit, etwas zu erkennen. Dennoch umrunde ich unsere Hütte und schaue über den Platz.

Das Feuer brennt, auch wenn die Flammen nur noch glosen. Es ist aber eine andere Lichtquelle, die mich stutzen lässt. Am anderen Ende des Camps. Schwach und von hier aus fast nicht zu erkennen. Es muss beim Wolfsbau sein, dort, wo die Lebensmittel aufbewahrt werden. Irgendjemand hat das Licht angelassen. Ich erinnere mich an das *Betreten verboten* auf dem Plan und schaudere.

Dennoch will ich herausfinden, was los ist. Was jemand mitten in der Nacht dort zu suchen hat und wer in diesem Camp sein Unwesen treibt.

Ich mache mich auf den Weg. Vorbei an den anderen Hütten, der Feuerhöhle und der Vielfraßküche. Immer näher hin zum Wolfsbau. Es ist gespenstisch still. Das Geräusch von vorhin ist längst verstummt und zu hören ist nur mehr mein Atem. Kurz und schnell. Selbst mein Herz beginnt zu rasen, als ich vor dem Container stehe.

Was geht hier vor?

Behutsam mache ich einen Schritt nach dem anderen, immer weiter zu der halb offenen Tür.

Ich atme tief durch.

Niemand weiß, dass ich hier bin. Sollte ich schreien müssen, wäre niemand rechtzeitig hier. Niemand!

Ich setze alles auf eine Karte, reiße die Tür zur Gänze auf und schaue ins Innere.

Im ersten Moment fällt mir ein Stein vom Herzen. Niemand befindet sich darin, kein Mensch, der sich unerlaubt Zutritt verschafft hat.

Doch da ist noch etwas anderes …

Beim näheren Hinsehen bemerke ich den zerfetzten Sack am Boden. Reis quillt aus dem beschädigten Stoff. Ich schaue ihn mir genauer an. Krallenförmige Risse.

Irgendwer war vor Kurzem im Container!

Ein Geräusch hinter mir – ich stocke.

Dann werde ich von hinten gepackt.

Tag 3 – Mittwoch

Verbotene Pfade

10

Reflexartig mache ich eine halbe Drehung, befreie mich aus dem Griff und stürze mich mit voller Wucht auf die Person vor mir. Wir kommen beide zu Fall. Ich schaffe es nicht, mich dabei abzustützen, und mein Kopf prallt auf dem Boden auf.

Mir wird schwindelig. Übelkeit steigt in mir hoch. Trotzdem rapple ich mich benommen auf und versuche, den Unbekannten irgendwie am Boden zu halten. Dann höre ich seine Stimme.

»Verflucht.«

Und sie kommt mir verdammt bekannt vor. »Henry?!«

»Da kommst du ja ganz schön früh drauf. Sieh dir das an! Meine Hose ist von oben bis unten vollgesaut.«

Ich lasse schlagartig von dem rothaarigen Mädchenschwarm ab und verharre in meiner Position. Mein Kopf schmerzt weiterhin. Henry hievt sich auf die Beine und versucht vergeblich, sich die Erde von der Kleidung zu putzen.

»Diese Hose hat mich dreihundert Euro gekostet, nur dass du es weißt«, flucht er.

»Das tut mir *wahnsinnig* leid, wirklich. Ich wusste ja nicht, dass du so idiotisch bist und so viel Geld für eine Hose ausgibst. Meine Jeans schaut im Übrigen gleich aus und sie kostet gerade mal ein Zehntel von deiner«, sage ich, während ich aufstehe.

Henry wirkt über meine unerwartet aggressive Antwort etwas überrascht.

Er hat die letzten zwei Tage nur ausgeteilt, also muss er auch mal einstecken können!

»Ich habe ehrlich gesagt keine Lust, mich mit dir über Hosen zu unterhalten«, entgegnet er barsch.

»Dann sind wir uns ja einig. Also, was hast du hier zu suchen?«

»Ich?!« Henry scheint verwirrt. »Das Gleiche könnte ich dich fragen.«

»Ja, könntest du. Aber stattdessen hältst du mir einen Vortrag darüber, wie viel deine Unterwäsche kostet.«

»Meine Hose, nicht meine Unterwäsche. Meine Unterhose kostet nämlich nur …«

»Ich will es gar nicht wissen!«

»Schön …« Henry verschränkt beleidigt die Arme. »Ich hätte es dir auch nicht gesagt.«

Langsam verliere ich die Geduld.

So komme ich nicht weiter!

»Weißt du, was da los ist?«, frage ich mit Nachdruck und zeige auf den offenen Container. »Unsere Vorräte wurden aufgerissen, mitten in der Nacht. Findest du das nicht auch beunruhigend?«

Henry tritt näher zum aufgerissenen Sack Reis und kniet sich nieder. Er fährt mit seinen Fingern über den Stoff. »Deswegen hast du mich also zur Seite gestoßen, als ich meinen Arm auf deine Schulter gelegt habe.«

Ich nicke. »Sorry nochmal. Ich habe womöglich überreagiert. Zu meiner Verteidigung: Du hättest mich vorwarnen können.«

»Wäre wohl besser gewesen. Ich wollte halt nur keinen Lärm verursachen, aber mein Plan ging offensichtlich nach hinten los.« Henry reicht mir seine Hand. »Wir haben noch nie richtig miteinander gesprochen … also … ich bin Henry.«

Amüsiert schüttle ich sie. »Und was treibt dich und deine Dreihundert-Euro-Hose in tiefster Nacht zum Wolfsbau?«, erkundige ich mich.

Henry fährt sich verlegen durch die Haare. »Ich hatte einen Albtraum und bin schweißgebadet aufgewacht. Nun ja, der *wirkliche* Albtraum fing dann erst an. Da war dieses Geräusch. Diese schweren Schritte. Erst dachte ich, dass ich noch träume, aber dann …«

»Du hast es also auch gehört?«

»Ja, ich schätze schon. Kurzerhand habe ich mich angezogen und bin nach draußen gegangen. Ich habe das brennende Licht gesehen und … dich …«

»Verstehe, also hast du …«, ich gähne mitten im Satz, »tut mir leid. Bin echt ziemlich müde. Die zweite Nacht in Folge, in der ich nicht richtig durchschlafen kann.«

Trotz der Dunkelheit erkenne ich, dass Henry grinst.

»Ich habe eine Idee, wie du morgen dennoch fit und gut durch den Tag kommen wirst. Morgensport! Geh mit mir joggen, ich habe da ein paar nette Waldwege gefunden und es wäre echt schade, wenn ich sie nur für mich allein nutzen würde.«

»Warum eigentlich nicht«, murmle ich und schaue noch ein letztes Mal zum Reissack. Dann wende ich mich wieder meinem Gesprächspartner zu. »Sollen wir es den Betreuern sagen?«, frage ich unsicher.

»Ich glaube, die merken das schon selbst. Im Notfall sagen wir es ihnen morgen. Jetzt sollten wir aber wirklich schlafen gehen, vergiss nicht, wir müssen früh raus.«

Ich beherzige den Ratschlag und ein wenig später, eingerollt in die warme Decke, träume ich von Sport, Reis und überteuerten Hosen.

Ich werde von einem penetranten Klopfen an der Tür geweckt. Im nächsten Moment streckt auch schon ein motiviert aussehender Henry seinen Kopf in unsere Behausung. »Schönen guten Morgen euch allen!«

Valentin blinzelt verschlafen. »Mein Morgen wäre weitaus schöner, wenn ich nicht in aller Frühe von einer lebendigen Karotte geweckt werden würde. Was willst du, Kenny?«

»Ich heiße *Henry.*«

Arthur beginnt zu lachen. »Valentin hat es nicht so mit Namen. Willkommen in unserer Hütte, ich bin der Arthur.«

»Abgefahren!« Henry zieht die Augenbrauen hoch. »Du wurdest nach dem legendären Ritter und Drachentöter benannt?«

Fassungslos zieht sich Arthur die Decke über den Kopf. »Von Idioten umgeben, nur von Idioten«, stöhnt er. »Lasst mich gefälligst schlafen.«

»Jetzt fällt dir kein Zitat ein, was?«, neckt ihn Valentin.

Arthurs Seufzen ist sogar durch die Decke zu hören. »Al Bundy würde jetzt sagen: Viele Leute müssen mit ihrer Enttäuschung leben. Aber ich muss mit meiner schlafen.«

Valentin runzelt die Stirn. »Gut, überzeugt. Dir fällt immer etwas ein.«

Während meine Zimmerkollegen noch weiterreden, ziehe ich mir schnell meine Trainingssachen an und verschwinde aus der Hütte.

Als wir anfangen zu joggen, kommen wir an Kaja vorbei. Sie sitzt vor ihrer Hütte und starrt mich mit offener Kinnlade an. »Da haben wir wohl bald zwei im Camp, die ihr Müsli nur mit getrockneten Bananen essen.«

Ich ignoriere ihre Bemerkung und werfe ihr ein liebevolles »Bis später« zu.

Ich lasse Henry vorauslaufen und folge ihm, ohne zu wissen, wohin es ihn treibt. Dadurch habe ich die Möglichkeit, meine Umgebung besser wahrzunehmen.

Wir entfernen uns vom Camp, joggen erst auf einem schmalen Waldweg und kommen nach einiger Zeit auf eine Art Landstraße. Neben uns erstreckt sich ein Feld. Hohes Gras, Blumen in verschiedenen Farben und mit verschiedenen Düften, Bienen, die sich langsam, aber sicher an die Arbeit machen.

Wir passieren eine verlassene und heruntergekommene Scheune. Eine Krähe hat es sich auf dem Dach gemütlich gemacht und beobachtet uns. Sie verschwindet erst, als eine kühle Brise aufkommt und über das Feld fegt.

Die Gräser geben sich dem Wind hin, tanzen mit dem Luftzug, verschwimmen zu einem einzigartigen Gesamtbild. Ich kann diesen außergewöhnlichen Anblick jedoch nicht lange genießen, denn Henry biegt erneut in den Wald ab. Auf einen Weg, der sich, dicht begleitet von Bäumen und Büschen, auf eine Anhöhe schlängelt. Es wird steiler, und die Natur gibt zu erkennen, dass hier noch nicht so viele Menschen hergekommen sind. Der Weg wird zu einem schmalen Trampelpfad, der sich im Gestein und Gestrüpp verliert. Ich beginne allmählich zu keuchen.

Es ist anstrengender, als ich dachte.

Und als ich gerade um eine Pause bitten will, bleibt Henry stehen. Er setzt sich auf einen größeren Stein und blickt in die Ferne. Ich mache es ihm gleich und erkenne, was seine Bewunderung auslöst: der Ausblick. Wir sind zwar nicht auf dem höchsten Punkt, doch wir können über die Baumkronen hinwegsehen und weite Teile des Waldes erblicken. Er scheint endlos zu sein. Nur vereinzelt sieht man offene Stellen, wie das Feld oder unser Camp. Die vor Kurzem aufgegangene Sonne strahlt auf unsere Haut und ich schließe für einen Moment die Augen.

Was für ein Morgen!

Henry wendet sich mir zu. »Ein Mädchen im Arm zu haben ist schön, keine Frage. Doch wenn ich hier oben bin, kommen mir weitaus schönere Erinnerungen. Früher habe ich öfter mit meiner kleinen Schwester im Wald gespielt, also … als wir noch mehr Zeit hatten.«

»Du hast auch eine Schwester?«, frage ich.

»Ja, ihr Name ist Anna. Sie ist der gutherzigste Mensch, den ich kenne. Wenn sie älter ist, will ich ihr die ganze Welt zeigen. Zumindest habe ich diesen Gedanken im Kopf.«

Ich atme bedacht durch die Nase ein und nehme die kalte, frische Luft wahr. »Jede Reise beginnt im Kopf. Und wenn sie dort nicht beginnt, dann beginnt sie nirgends.«

Arthur hat schon mehr auf mich abgefärbt, als ich mir eingestehen will.

»Wohl wahr«, antwortet Henry verträumt. »Ich wünschte nur, ich hätte mehr Zeit für Anna. Meine Eltern sind … egal, vergiss es.«

»Du kannst es mir ruhig sagen, also, nur wenn du willst. Ich meine, du wirkst sehr selbstbewusst. Die Mädchen stehen im Camp für dich Schlange.«

»Ich bin auch selbstbewusst«, seine Stimme klingt hart und gleichzeitig verletzt, so, als hätte ich einen wunden Punkt getroffen. »Das muss ich auch sein. Mein Vater und meine Mutter interessieren sich einen Dreck für mich und meine Schwester. Sie sind Geschäftsleute, reisen fast das ganze Jahr durch die Welt, um Verträge abzuschließen und an Konferenzen teilzunehmen. Wo ich und meine Schwester bleiben, ist ihnen egal. Sie stecken uns zu Freunden, zu Omas und Tanten, oder wie jetzt, in irgendwelche Camps. Mich hierher und meine Schwester in einen Strickkurs am anderen Ende des Landes.«

Jetzt ist es raus!

»Deine Eltern wissen gar nicht, was das hier für ein Camp ist?«, frage ich vorsichtig.

»Nicht wirklich, nein. Sie brauchen nur einen Ort, an dem sie mich unterbringen können, während sie auf Reisen sind. Tja, wir haben eben alle unsere Gründe, weswegen wir hier sind.«

»Und deine Schwester, die verkraftet das so einfach?«

»Sie kennt es nicht anders. Ich schaffe das noch, hab mir eben eine harte Schale angeeignet. Aber meine Schwester ist neun. Sie hat das alles nicht verdient und sollte Eltern haben, die sich um sie kümmern.«

»Da hast du recht, das sollte sie. Weißt du, mein Vater hat sich auch nicht um mich gesorgt«, sage ich und merke, dass Henry und ich mehr Gemeinsamkeiten haben, als ich anfangs glaubte.

»Hat er sich aus dem Staub gemacht?«

Ich lache. »So dumm es klingt, aber: nein. Meine Mutter hat es getan. Und genau diese Mutter hat mich aus irgendeinem Grund hierhergeschickt. Wie du schon sagtest, wir haben alle einen Grund, weswegen wir hier sind. Ich, du, Valentin und vermutlich auch alle anderen.«

Meine Mutter hat mir obendrein noch einen Brief in die Hand gedrückt, bevor ich abgefahren bin …

Ich hatte es fast schon vergessen.

Henry schaut weiterhin in die Ferne. »Es gibt unglaublich viele Menschen auf dieser Erde, jeder mit seinen Freunden und Erlebnissen. Ziemlich beeindruckend, wenn man bedenkt, dass sich gerade achtzehn davon in diesem Camp treffen. Dort, wo sich Geschichten mit Persönlichkeiten kreuzen und Vergangenheit mit Gegenwart. Also philosophisch ausgedrückt. Und niemand kennt den anderen wirklich, aber wir haben schon ein Urteil über jeden hier gefällt.«

Ich teile seine Überlegung. Bis vor Kurzem hätte ich nicht geglaubt, dass Henry so ein einsames Leben führt. Dass er sich mit Mädchen umgibt, um Wertschätzung zu erlangen, um sein Selbstwertgefühl, sein Ego aufzupolieren.

»Manchmal kennen wir nicht einmal uns selbst«, flüstere ich ihm noch zu.

Dann steht Henry auf. »Komm, wir wollen doch nicht das Frühstück verpassen.«

Und als wir die Anhöhe wieder hinunterjoggen, könnte man denken, dass es dieses Gespräch nie gegeben hat.

Nicht nur Valentin hat Stimmungsschwankungen.

Ob Henry es bereut, mir das erzählt zu haben? Sich einem Fremden so geöffnet zu haben? Es hat ihn beschäftigt, das habe ich ihm angesehen.

Auf dem Rückweg nehmen wir eine Abkürzung. Wir joggen nicht mehr am Feld vorbei, sondern direkt durch den Wald. Dabei nehme ich einen weiteren Weg wahr, der von unserem abführt. Ich bleibe stehen.

»Komm, laufen wir weiter«, drängt Henry, als er sieht, dass ich gestoppt habe.

»Warte kurz.«

Vor der Abzweigung steht ein hölzerner Pfosten mit einem Schild, das in die Richtung des unbekannten Weges zeigt. Wenn ich mir diese Abzweigung so anschaue, kommt mir die Busfahrt in den Sinn. Und – das Rätsel: *Die Kreuzung mit dem*

Zwilling. Der eine Weg, der dich zu ewigem Reichtum führt. Der andere in den sicheren Tod.

Die Farbe auf dem Schild ist abgeblättert und nicht mehr leserlich. Mich stört allerdings etwas anderes. Eine Kratzspur. Von einem Ende zum anderen. Das gesamte Schild wurde quasi zerfetzt.

Genau wie der Reissack!

»Glaubst du, das hat etwas mit dem zu tun, was im Wolfsbau passiert ist?«, frage ich.

»Keine Ahnung. Ich glaube nur, dass es nichts Gutes bedeutet. Keine zehn Pferde würden mich dazu bringen, diesen Weg langzugehen.«

Tatsächlich sieht der Pfad beängstigend aus. Undurchdringbar, rätselhaft, wie in einem Gruselfilm.

»Wir werden jedenfalls nie rausfinden, was sich am anderen Ende befindet, also lass uns weitergehen«, sagt Henry und dreht sich in Richtung Camp.

Ich folge ihm und denke über seine Worte nach: *Wir werden nie rausfinden, was sich am anderen Ende befindet.*

Selbst als wir wieder beim Camp ankommen, spukt der Satz immer noch durch meinen Kopf. Irgendetwas stört mich daran.

Dann wird mir plötzlich klar, *was* mich daran stört.

Er ist falsch!

Ich kann sehr wohl herausfinden, was sich am anderen Ende befindet. Ich muss ihn nur betreten.

Und das werde ich!

11

Alle Bemühungen, rechtzeitig zum Frühstück zu kommen, waren umsonst. Dabei hätte es diesmal sogar etwas halbwegs Essbares gegeben.

Stella, die esoterisch angehauchte Betreuerin, bemerkt meinen enttäuschten Gesichtsausdruck und stolziert zu mir. »Lukas, mein Lieber, da haben wir anscheinend das ganze Essen verputzt, ohne an euch zu denken. Jammerschade!«

Inwiefern sollen mir diese Worte jetzt helfen?

»Dann werde ich wohl oder übel verhungern müssen«, antworte ich, gekünstelt hoffnungslos, merke jedoch schnell, dass Stella meine Aussage wortwörtlich nimmt.

»Verhungern? Nein! Nein, du … du …«

»Ich … das war nicht so gemeint.«

»Um Gottes willen. Hast du denn schon so wenig im Magen, dass du nicht mehr weißt, was du sagen willst? Hast du denn gestern den ganzen Tag nichts gegessen?«

»Doch, habe ich.«

»Aber?«

»Aber nichts.«

Sie schüttelt fassungslos den Kopf. »Ich weiß, es ist schwierig, über so ein Thema zu reden, Lukas. Trotzdem ist es meine Aufgabe, mich um dich zu kümmern. Isst du nichts, weil du Angst hast, dick zu werden?«

Ich kneife meine Augen zusammen.

Was genau will sie mit diesem Gespräch andeuten?

»Was? Ich habe keine Essstörung, falls du das denkst. Überhaupt habe ich viele übergewichtige Freunde, die alle …«

»Und *diese* Freunde wollen den Kontakt mit dir beenden, weil sie bei deiner strengen Diät nicht mitmachen können!«

Ich schaue hilflos zu Arthur, der mitbekommen hat, dass ich ein Gespräch mit der Betreuerin führe. Neugierig stellt er sich zu uns.

»Nein!«, beruhige ich Stella, »das werden sie nicht. Ich habe gestern etwas gegessen und bin heute nur zu spät zum Frühstück gekommen. Das war's.« Ich wende mich zu meinem Zimmerkollegen. »Arthur, hast du … hast du irgendein Zitat, das diese unangenehme Situation auflockern könnte?«

Arthur kommt ins Grübeln. »Lass mich nachdenken …«

Stellas Blick wechselt verdutzt von einem Gesicht zum anderen. »Zitat?«, fragt sie noch, bevor Arthur zufrieden zu verstehen gibt, dass er etwas Passendes gefunden hat.

Er räuspert sich und sagt: »Rund ist besser als eckig.«

»Großartig«, flüstere ich. »Eine ganz große Hilfe, dein Wissen.«

Überraschenderweise funktioniert es. Stella ist so verwirrt, dass sie uns nur mehr wohlwollend zunickt und zum Baum der tausend Gesichter verschwindet, um ihre Yogaübungen zu machen.

»Diese Frau ist mir ein Rätsel«, äußert Arthur halb lachend, als er mich zur Feuerhöhle begleitet.

»Ein Rätsel, das ich definitiv nicht lösen will«, antworte ich und sehe mich nach meiner restlichen Gruppe um. Heute habe ich Putzdienst.

»Ansichtssache. Weißt du, man sollte jemanden nie danach beurteilen, was er sagt.«

Ich schaue Arthur fragend an. »Wonach denn sonst?«

»Was Menschen sagen und was Menschen denken, das sind zwei verschiedene Dinge. Henry kam dir anfangs auch wie der übelste Kotzbrocken vor und dann bietet er dir an, dass du mit ihm joggen gehen kannst.«

»Das ist nicht dasselbe.«

»Doch, ist es. Stell dir vor, du bist schüchtern und musst vor einer großen Menschenmenge etwas vortragen. Du bekommst kein Wort heraus oder stammelst irgendeinen Blödsinn. Und in echt schwirren dir tausend Gedanken durch den Kopf. Über Vergangenes, Ziele, Wünsche oder Sehnsüchte. Und weil du weißt, dass du das, was du dir denkst, nie aussprechen wirst können, ziehst du dich in dich selbst zurück. Verlierst dich in hilflosen Gesten und unverständlichen Aussagen, wie das, was Stella gerade gesagt hat. Wir bejubeln immer nur die Leute, die hundert Gedanken über die Lippen bringen, aber vergessen dabei *die* Menschen, die hunderttausende im Kopf haben. Sie warten nur darauf, freigelassen zu werden.«

In jedem Menschen steckt ein kleiner Philosoph. Erst Valentin, dann Henry und jetzt Arthur.

Ich überlege. »Ich glaube, mir ist es lieber, mit *einem* ausgesprochenen Gedanken zu leben, als mit *vielen* unausgesprochenen zu sterben.«

Als ich meine Gruppe sehe, beende ich das Gespräch und verabschiede mich von Arthur.

Seine Worte beschäftigen mich noch während des Putzens. Meine Aufgabe ist es, die Dusche zu schrubben.

Immerhin muss ich nicht zur Donnergrube!

Die Leute in diesem Camp bringen mich oft zum Nachdenken, zum Reflektieren. Doch eigentlich sind es die Geschehnisse, die mir keine Ruhe lassen: der Bus mit den Scherben, die falsche Fährte bei der Schnitzeljagd, der Blutengel, das Kreuz mit meinem früheren Namen, der Brief meiner Mom und das aufgehängte Fleisch. Dann noch die Geschichte, die über den Ort erzählt wird. Link, der in den Wald gerannt ist, um zu sterben. Charlie und Ben, zwei Namen, die schon gefallen sind, aber keinen Bezug zur Gegenwart haben. Bis jetzt zumindest.

Was soll das alles?

Wo führt das noch hin?

Magnus unterbricht mich in meinem Gedankengang. Er steckt seinen Kopf in die Dusche. »Hey, Junge.«

Er lernt es nie!

»Bitte bring meine Taschenlampe in die sechste Hütte. Ich habe noch etwas zu erledigen. Wirf sie einfach aufs Bett, ja?«

Der Betreuer wartet gar nicht auf eine Antwort, sondern legt mir die Taschenlampe vor die Füße und verschwindet wieder.

Natürlich komme ich seiner Bitte nach und so stehe ich ein wenig später auch schon vor der Hütte Nummer sechs. Vorsichtig trete ich ein. Sie ist schöner als unsere. Es gibt sogar einen normalen Schrank und auch die Betten schauen einladender aus. Sonst unterscheiden sich die Hütten nicht wirklich. Den Schlafplatz von Magnus finde ich schnell, da über seinem Bett ein Bild von ihm hängt. Ein altes Foto, soweit ich das auf den ersten Blick erkennen kann. Neugierig betrachte ich es genauer. Magnus war also tatsächlich beim Militär. Man sieht ihn salutierend und in einer Uniform vor einem zerbombten Gebäude. Dahinter: Wüste.

Muss wohl ein Einsatz gewesen sein.

Zu seinen Füßen kauert Diesel. Das bestätigt, dass sich die zwei schon länger kennen.

Kann ich von mir und Bruno, meinem Goldfisch, nicht behaupten.

Ich lege die Taschenlampe auf sein Bett, und gerade als ich die Hütte wieder verlassen will, komme ich mit meinen Füßen an einem Gegenstand an. Ein dumpfes Geräusch ist zu hören. Ich zucke zusammen. Ungeschickt wie ich bin, muss ich wohl etwas umgestoßen haben.

Mist!

Ich beuge mich hinunter und fange an, alles einzusammeln. Da fährt mir der Schreck in die Glieder! Ich erkenne, was *genau* sich auf dem Fußboden befindet. Was *genau* unter dem Bett versteckt wurde. Meine Augen weiten sich, mein Herzschlag wird schneller. Langsam und voller Angst wird mir bewusst, was meine Entdeckung zu bedeuten hat.

Nein! Das kann nicht sein, das darf nicht sein!

Scherben! Eine ganze Kiste voll damit!

Nicht irgendwelche Scherben, sondern genau solche, die den Bus vor zwei Tagen zum Stehen gebracht haben. Genau die, mit denen unsere Fahrt in das Camp Summerlake sabotiert wurde.

Aber warum sollte Magnus so etwas tun? Warum sollte er seine eigenen Reifen zum Platzen bringen? Warum?

Schritte von draußen!

Ich werde hektisch, mein Puls rast. Magnus darf nicht wissen, was ich herausgefunden habe. So schnell ich kann, sammle ich den Scherbenhaufen ein und verstaue ihn in der kleinen Kiste. Zu schnell. Die spitzen Kanten stechen mir die Fingerkuppen auf. Blut.

Verdammt nochmal!

In der nächsten Sekunde höre ich auch schon das Quietschen der Tür, die sich schleichend, aber unaufhaltsam öffnet.

»Ich kann alles erklären … ich …«

Vor mir steht nicht Magnus. Vor mir steht Valentin.

»Hey, Lukas. Hab gesehen, wie du reingegangen bist. Was willst du hier? Und warum kniest du am Boden?«

Beruhigt atme ich aus und stelle alles wieder dorthin, wo es gestanden hat. Dann packe ich Valentin am Arm und zerre ihn nach draußen.

Frische Luft! Endlich!

Ich kann Kaja erkennen, die ein wenig entfernt vor ihrer Hütte sitzt und zu uns schaut.

»Valentin, siehst du diesen kleinen Waldweg? Hinter dem Wolfsbau und der Dusche? Wir treffen uns in fünf Minuten dort, ich muss dir etwas zeigen. Dann kann ich dir auch erklären, was ich soeben entdeckt habe.«

Valentin wirkt zwar verwirrt, doch er nickt bloß und verschwindet. Dann renne ich zu Kaja, umarme sie und schaue in ihr lächelndes Gesicht.

»Was bist du denn so stürmisch? Ist etwas passiert?«, fragt sie mich.

»*Du* bist passiert.«

»Ach, dafür kannst du meinen Eltern danken.«

»Tu ich. Ich bin froh, dass du hier im Camp bist. Du bist wie ein Anker.«

Sie legt ihre Stirn in Falten. »Ein Anker? Ein verrosteter, alter, mit Algen bedeckter Anker? Lukas, das ist das Schönste, was ich je von dir gehört habe.«

Ich lasse mich seufzend auf die Wiese fallen. »Du weißt, was ich meine. Du gibst mir Halt. Heute in der Früh habe ich dich gesehen, als ich mit Henry losgejoggt bin. Dein Blick gibt mir immer das Gefühl, das Richtige zu tun. Und … als ich eben in der Hütte war … jedenfalls habe ich dich jetzt auch gesehen und weiß nun, was ich zu tun habe.«

»Und das wäre?«

»Ich denke, ich muss anfangen, Dinge selbst in die Hand zu nehmen. Ich muss anfangen, die Rätsel, die mir dieser Wald stellt, zu lösen.«

Nach dem Gespräch mit Kaja gehe ich mit Valentin an dem zerfetzten Schild vorbei, genau in die Richtung, in die es zeigt. Nicht ahnend, was mich erwartet. Doch ich erhoffe mir Antworten, welche genau, das weiß ich noch nicht. Ich schildere Valentin meine Beobachtung in der Hütte und er hört mir aufmerksam zu. Ich schätze diese Eigenschaft sehr an ihm, auch, dass er mir vertraut und mit mir diesen verschlungenen Weg entlanggeht. Vermutlich will auch er Antworten.

»Vielleicht hat Magnus die Scherben gar nicht auf die Straße gelegt, sondern jemand anderer«, überlegt er nach einiger Zeit.

»Und warum waren sie dann unter seinem Bett?«

»Da gibt es viele Möglichkeiten. Es könnte sie ihm jemand untergejubelt haben.«

»Unwahrscheinlich.«

»Ich weiß, aber wir sollten dennoch alles in Betracht ziehen.«

Während wir unsere Spekulationen anstellen, wird der Weg immer schmäler, immer mystischer. Schließlich mündet er auf einem größeren freien Gelände: einem verlassenen Friedhof mit einem kleinen Haus! Moos bedeckt einige Stellen der Wand und auch der restliche Zustand des Anwesens lässt zu wünschen übrig. Als ich Rauch aus dem Schornstein aufsteigen sehe, weiß ich wenigstens eines: Der Friedhof ist doch nicht so ausgestorben, wie ich dachte.

12

»Komm, schauen wir uns hier ein bisschen um«, flüstere ich und grinse.

»Warum flüsterst du?«

»Ich will nicht, dass mich die falschen Leute hören. Wir wissen ja nicht, wer in diesem Haus lebt.«

»Du hast es erfasst. Und genau aus diesem Grund sollten wir schleunigst von hier verschwinden. Deine fröhliche Art passt übrigens auch nicht hierher. Das ist ein Friedhof, Lukas.«

Ich befolge Valentins Rat nicht, ganz im Gegenteil, vorsichtig und noch immer schmunzelnd betrete ich den Ort. Ich gehe geduckt, wähle meine Schritte mit Bedacht. Dabei nimmt mein Blick jede noch so kleine Bewegung wahr, jedes Blatt, das vom Wind durch die Gegend gewirbelt wird. So gehe ich also von Grabstein zu Grabstein, schaue mir alles genauer an. Langsam vergeht mir das Grinsen.

Es ist kein normaler Friedhof. Einige der Gräber sind offen, die Steine schief und mit Unkraut bedeckt. Die alten Jahreszahlen lassen annehmen, dass hier schon lange niemand mehr begraben wurde. Die meisten der Inschriften kann man ohnehin fast nicht entziffern. Alles ist vergilbt und mit Moos bedeckt.

»Verflucht, ich komme schon«, gibt Valentin nach einer Zeit von sich und folgt mir. Ihm war vermutlich unwohl dabei, allein im Wald zu warten. *Verständlich.*

»Schau dir das an«, staune ich. »Hier wurde eine gewisse Lea begraben. Das Mädchen war gerade einmal acht, als es gestorben ist.«

»Soll das so eine Art Kinderfriedhof sein?« Valentin schaut sich skeptisch, fast schon verängstigt um. Ich kann seinen Atem hören.

Ich zucke mit den Schultern und schleiche weiter. Immer näher zum Haus. Ich kann mir nicht vorstellen, dass das ein Friedhof für Kinder ist. Ich habe vorhin auch schon einen Grabstein gesehen, auf dem eine längere Lebenszeit eingraviert war.

Und warum sollten in dieser Gegend so viele Kinder gestorben sein?

Hier gibt es doch kein Dorf in der Nähe? Was hat dieser Friedhof zu bedeuten?

Ich schüttle kaum merklich den Kopf, um mich auf andere Gedanken zu bringen. Ich schaffe es nicht: Mein Blick bleibt bei einer unschönen Entdeckung hängen …

Valentin scheint zu merken, dass etwas nicht in Ordnung ist. Ich selbst bin wie versteinert, verharre reglos in meiner geduckten Haltung. Unsicher folgt mein Zimmerkollege meinem Blick. Dann erkennt auch er, was mich ins Stocken gebracht hat. Ein Käfig. Ein großer, mit rostigen Gitterstäben bestückter und leerer Käfig. Direkt neben dem Haus.

»Lukas … was … was ist das?«

»Ich weiß es nicht«, hauche ich. Zumindest will ich es nicht wissen.

»Wofür braucht man hier einen Käfig? Kann es sein, dass dort …«

Weiter kommt Valentin nicht, denn die Tür des Hauses wird gewaltvoll aufgerissen und ein Mann erscheint.

»Duck dich«, zische ich meinem Freund noch zu, bevor ich selbst in Deckung gehe. Er tut es. Hätte er eine Millisekunde langsamer reagiert, wäre es zu spät gewesen. Und so pressen wir unsere Rücken an einen der Grabsteine. Dicht nebeneinander. Jetzt höre ich nicht nur den Atem von Valentin, sondern auch sein Herz. Er hat Angst. Genau wie ich.

Schwere Schritte sind hinter uns zu hören. Eine weitere Tür geht geräuschvoll auf. Ein Rumpeln, danach lange Zeit nichts. Dann wieder die Schritte.

Jetzt ja keinen Laut machen!

Mein Hals ist so trocken, dass ich verzweifelt versuche, Spucke hinunterzuschlucken. Doch selbst das Schlucken hört sich in meinen Ohren zu laut an.

Als die Schritte wieder aufhören, will ich an dem Grabstein vorbeispähen, doch Valentin packt mich am Arm. »Was, wenn er uns gehört hat?«, wispert er.

»Wie meinst du das?«

»Was, wenn er bemerkt hat, dass wir uns hier versteckt haben und deswegen stehen geblieben ist?«

»Blödsinn«, sage ich, obwohl ich es mir selbst nicht glaube. Dann, aufmerksam und auf alles vorbereitet, schaue ich am Grabstein vorbei. Ich sehe ihn.

Der Mann scheint etwas älter zu sein. Er hat einen dezenten Bart und braune Haare, die ihm bis zu den Schultern gehen. In den Händen hält er einen Sack.

Einen Sack mit einer Leiche?

Ich reiße meinen Blick von ihm los, presse mich noch enger an den Grabstein als zuvor.

Als hätte ich dadurch mehr Schutz.

Es fühlt sich so an, als würde mein Herz jeden Moment aus meiner Brust springen. Als würde ich mit jedem Atemzug, den ich mache, immer weniger Luft bekommen, bis ich irgendwann ersticke.

»Was, um alles in der Welt, hast du gesehen?«

Ich kann nicht antworten, kämpfe gegen eine Träne an. Einatmen, ausatmen. Einatmen, ausatmen. Statt meiner Antwort bekommt Valentin etwas anderes.

Das Geräusch einer Schaufel. Sie reißt eine Ladung Erde nach der anderen aus dem Boden.

Warum schaufelt er ein neues Grab, wenn es schon offene Stellen gibt?

»Er … hat …«, ich unterbreche wieder. Nach jedem Wort muss ich atmen. *Verdammt.* Ich *muss* mich zusammenreißen. »Leiche … Grab … er …«, ich schaffe es nicht.

Auch Valentin wagt einen kurzen Blick.

»Ach du Scheiße! Was ist das hier?«

Wie auf ein Zeichen hin hört das Geräusch des Buddelns auf. Die Schritte entfernen sich. Die Tür des Hauses wird geöffnet und im nächsten Moment wieder geschlossen.

Dann herrscht Stille.

Ich bleibe noch geduldig in meinem Versteck. Es vergehen nur einige Sekunden, doch sie fühlen sich wie eine halbe Ewigkeit an. Valentin wagt einen erneuten Blick.

»Die Luft ist rein«, versichert er mir und erhebt sich. Zögernd richte auch ich mich auf. *Tatsächlich!* Im Haus ist Licht angegangen und der Mann scheint sich verzogen zu haben. Das Grab wurde jedoch nicht komplett ausgehoben. Der Sack liegt noch immer daneben.

»Jetzt lass uns von hier verschwinden, bevor dieser Typ wieder rauskommt.«

Diesmal widerspreche ich Valentin nicht. Ich antworte mit einem Nicken.

Meine Konzentration ist weg und ich blicke bloß sehnsüchtig auf den Wald. Ich will in die Sicherheit der Bäume, ins Camp.

Wir laufen los. Vorbei an dem Leichensack, vorbei an dem Grab von Lea. Ich mache einen Schritt nach dem anderen, spüre dabei die harte Erde unter meinen Füßen, den Luftzug auf meinem Gesicht. Bei einem meiner Schritte – spüre ich nichts unter mir. Bloß Luft. Es ist zu spät – kein Halt, keine Vorbereitung. Ich falle in ein offenes Grab.

Ein Schrei. Ein kurzer, schriller Schrei, doch das tut nichts zur Sache. Er ist laut. *Zu* laut.

Ich kann mich mit den Händen abfangen und das Schlimmste verhindern. Dennoch habe ich mich beim Sturz aufgeschürft. Meine Hand brennt. Ich spüre die Erde auf meiner Haut, der Dreck hat sich wortwörtlich durch den Stoff gefressen.

Valentins Hand kommt mir zu Hilfe. »Raus da, schnell!«

Ich nehme sie und ziehe mich mit geballter Kraft nach oben. Mein Blick geht zum Gebäude, ich halte inne. Für den Bruchteil einer Sekunde setzt mein Herz aus.

»Das Licht … es … es ist wieder ausgegangen«, stammle ich gerade noch. Kurz danach geht die Tür auf und wir sehen ihn aufs Neue. Den Mann, der den Leichensack auf den Schultern getragen und das Grab gebuddelt hat.

Bei einem bin ich mir jedenfalls sicher: *Wir haben etwas gesehen, das nicht für unsere Augen bestimmt war.*

Wir verharren in Schockstarre. Es sind nur noch wenige Meter zum Wald. Eine unerträgliche Spannung liegt in der Luft. Dann, plötzlich und ohne Vorwarnung, beginnt der Friedhofswärter zu rennen. Direkt auf uns zu.

»Los, lauf!«, schreie ich Valentin zu und wir kommen in Bewegung. Ich schaue nicht zurück, nur nach vorne. Zweige zerbrechen unter meinen Schritten, tiefhängende Äste schneiden in mein Fleisch. Neben mir höre ich Valentin keuchen. Es geht immer weiter. Ich laufe sogar noch, als ich gar keine fremden Schritte mehr vernehme. Keine Schritte, die hinter uns herhetzen. Es geht vorbei an dem Schild. Richtung Camp. Richtung Lagerfeuer. Richtung Menschen. Richtung … Kaja.

Wir kommen mit so einem Tempo auf der Lichtung an, dass wir neugierige Blicke auf uns ziehen. Meine Beine schmerzen, meine Hose ist dreckig und ich bin völlig außer Puste. Kaja kommt angerannt, fragt, ob alles okay ist. Sie bringt mir und Valentin ein Glas mit Wasser. Ich trinke es gierig in einem Zug aus.

Dann lasse ich mich auf einen Baumstamm in der Feuerhöhle fallen. Die Betreuer schauen zwar skeptisch, doch sie fragen nicht weiter nach. *Das hier ist kein Kindergeburtstag*, hätte Magnus gesagt. Und jetzt stimme ich ihm völlig zu. Auf einem Kindergeburtstag wäre definitiv kein Mann, der einen Leichensack auf den Schultern trägt. Zumindest wäre es ein schlechter Geburtstag.

13

Nach dem Mittagessen sitze ich mit Valentin und Kaja auf der Wiese vor dem Vogelnest. Es ist schon fast wie ein Rückzugsort geworden, ein Platz zum Nachdenken. Kaja schüttelt ungläubig den Kopf.

»Also, nochmal ganz langsam: Ihr seid einen Weg entlanggegangen, auf den ein zerfetztes Schild hingewiesen hat. Quasi eine Warnung. Unterbewusst wart ihr euch also schon darüber im Klaren, dass der Weg zu einem schrecklichen Ort führen könnte. Und jetzt wundert ihr euch, dass er euch zu einem schrecklichen Ort geführt hat?«

»Wenn *du* das sagst, klingt das gleich dumm«, murmle ich.

»Schrecklich ist übertrieben. Vielleicht wollte der alte Mann ja bloß einen Kaktus einpflanzen?«, fügt Valentin hinzu.

»Ein Kaktus im Wald? Warte, ich formuliere die Frage anders: einen Kaktus, auf einem verdammten Friedhof?«, kontert Kaja.

»Ich hätte bis jetzt auch nicht gedacht, dass man einen Schminkkoffer in Form eines Menschen im Wald vorfindet.« Valentin deutet zu Stella. »Außerdem habe ich heute in der Früh eine Tasse mit der Inschrift ›Für die feurige Fiona‹ mitten auf einer Lichtung liegen gesehen. Glaubst du, dass sie jemand weggeworfen hat? Warte, ich formuliere die Frage anders: Glaubst du, der Wald hat sich an den Geburtstag irgendeiner Fiona erinnert und hat ihr als Geschenk diese Tasse aus der Erde wachsen lassen?«

Sein Sarkasmus ist unbezahlbar!

»Kaja ist sich dessen sicher bewusst, dass man nicht nur natürliche Dinge in einem Wald vorfindet. Aber warum ist uns der Typ dann nachgerannt?«, frage ich. »Wollte er uns deiner Meinung nach bloß aufhalten, um uns sagen zu können: ›Hey, schön, dass ihr auf die Sekunde genau kommt und an meiner Ich-pflanze-einen-Kaktus-Show teilhabt. Abgehalten auf einem Friedhof, weil ich die Anwesenden dann glücklicherweise nicht mehr zu Tode langweilen kann.‹«

»Wow, ich wusste gar nicht, dass du so viel Humor hast«, sagt Valentin lächelnd und fährt fort. »Mir ist auch klar, dass er keinen Kaktus einpflanzen wollte. Es war mehr eine Metapher. Was ich damit sagen will, ist, dass wir nicht gleich vom Schlimmsten ausgehen sollten.«

»Zum Teil hast du ja recht«, antwortet Kaja. »Bis jetzt ist noch nichts Tragisches passiert.«

»Also sollen wir darauf warten, bis etwas total schiefläuft?«, flüstere ich betroffen.

»Wir schauen uns die Situation einfach mal weiter an. Beizeiten sprechen wir mit einem der Betreuer, würde ich sagen«, gibt sie als abschließendes Resümee.

Ich werde Kajas Rat befolgen und mit den Betreuern reden. Nur anders, als sie es sich vorstellt. Den Friedhof erwähne ich nämlich nicht. Ich werde Jacobs Verschwinden und die zerrissenen Vorräte ansprechen. Dinge, die direkt im Camp stattgefunden haben und womöglich noch immer stattfinden.

»Okay«, sage ich und lege meinen Fuß so hin, dass ich ganz leicht, kaum merkbar, Kaja berühre. Sie bekommt es mit und wirft mir ein Lächeln zu. Ein Lächeln, das nicht nur sagt*: Du bist etwas Besonderes für mich*. Nein, auch ein Lächeln, das mir vermittelt: *Wenn dir jemand wehtun will, dann schlitze ich ihm die Kehle auf!* Und das erweckt in mir die romantischsten Gefühle, die ich mir ausmalen kann.

Das Nachmittagsprogramm wird diesmal von Stella veranstaltet. Bogenschießen. Drei runde Zielscheiben werden neben dem Baum der tausend Gesichter aufgestellt. Die Gruppe versammelt sich bei der Vielfraßküche. Es gibt haufenweise Bögen und Pfeile, präziser ausgedrückt: *spitze* Pfeile. Stella weist uns deshalb in die Sicherheitsvorschriften ein, obwohl ich ihr kaum zuhöre, sondern eher auf ihren zu dick aufgetragenen Lippenstift starre. Wäre dieser essbar, könnte man vermutlich eine ganze Kleinstadt davon ernähren. Über Jahre hinweg.

Ich bin besser in sarkastischen Sprüchen, als ich dachte. Valentin, aufgepasst!

Und als Stella auch noch die einzelnen Haltungen erklärt, schweife ich mit meinen Gedanken vollkommen ab. Ich denke an meine Mutter, die Bogenschießen liebt. Es wurde ihr auf einer ihrer vielen Reisen beigebracht. Sie hat im Freien Pfeile verschossen, während ihre Kinder sich die Augen aus dem Kopf geheult haben. Manchmal, weil meine Schwester und ich Hunger hatten, manchmal, weil wir einfach die Anwesenheit unserer Mutter vermissten.

Ich bemerke gar nicht, dass Arthur neben mir steht, bis er eines seiner Zitate in die Runde wirft. »In der Liebe fühlt sich der Mann als Bogen, er ist aber nur der Pfeil.«

»Gibt es eigentlich ein Thema, zu dem du kein Zitat kennst?«, frage ich.

»Nicht, dass ich wüsste.«

»Vielleicht über die Tatsache, nichts zu wissen. Gibt es dazu überhaupt einen Spruch?«

»Es gibt zu allem irgendwas. Am Ende unserer Zeit wissen wir voraussichtlich nur sechs Prozent vom Leben. Von vierundzwanzig Prozent wissen wir, dass wir es nicht wissen. Und von siebzig Prozent wissen wir nicht einmal, dass wir es nicht wissen.«

»Erschreckender Gedankengang«, entgegne ich.

»Wie man es nimmt. Lass uns erst mal versuchen, einen Pfeil auf diese idiotischen Zielscheiben zu schießen, bevor wir uns über den Sinn des Lebens unterhalten.«

Bei mir bleibt es faktisch nur beim Versuchen. Egal wie oft ich es probiere, wie sehr ich mich anstrenge, der Pfeil geht immer ins Leere. Kaja steht neben mir und beobachtet das Geschehen.

»Da ist sicher etwas mit dem Pfeil falsch«, fluche ich nach weiteren vermasselten Schüssen.

»Ach, ist das so?«, fragt sie mich. »Lass mich mal probieren.«

Ich gebe ihr den Bogen und trete einen Schritt zurück.

Kaja stellt sich auf. Greift, spannt, atmet und schießt. Direkt auf die Zielscheibe. Mitten rein.

Verflucht.

»Hm, also ob es am Pfeil liegt, weiß ich nicht so recht.«

»Woher kannst du das so gut?«

»Wir haben doch alle unsere Geheimnisse«, sagt sie augenzwinkernd und legt den Bogen wieder zurück.

Sie muss auch immer zwinkern!

»Bevor ich es vergesse: Darf ich dir eine Freundin von mir vorstellen?« Kaja wartet nicht auf meine Antwort, sondern holt ein schüchtern wirkendes Mädchen aus der Gruppe etwas entfernt von uns.

»Das ist Alea.«

Ich kenne sie. Das Mädchen mit dem Stofftier am Lagerfeuer, das Mädchen, das im Bus zu weinen begonnen hat. Das Mädchen, das wohl am wenigsten hierher passt. Ausgenommen Stella.

»Hey, Alea«, sage ich freundlich und reiche ihr die Hand. Sie reicht mir stumm ihre.

Nicht sonderlich gesprächig.

Ich hätte ihr am liebsten eine Augenklappe geschenkt und wie wild geschrien: *Schaut her! Jacob hat eine Tochter!* In echt lächle ich bloß.

Kaja kommt näher an mein Ohr und beginnt zu flüstern. »Sie hat es schwer hier. Vielleicht unterhältst du dich mal mit ihr. Wenn sie ein paar Gespräche führt, dann fühlt sie sich garantiert gleich wohler.«

Wie könnte ich diesem Mädchen eine Bitte abschlagen!

»Komm, Alea. Ich will dir etwas zeigen«, wende ich mich einladend an Kajas Freundin und deute zum See.

Etwas verunsichert schaut Alea zu Kaja, doch als diese ihr bestätigend zunickt, antwortet sie. »Klar, gerne. Warum nicht.«

»Weißt du, warum Kaja so gut schießen kann?«, frage ich, als ich mit ihr außer Hörweite bin.

»Keine Ahnung. Entschuldige.«

»Dafür musst du dich doch nicht entschuldigen.«

»Werde ich nicht mehr. Sorry.«

»Schon wieder«, scherze ich. »Mach dich locker, Alea. Du musst noch ein paar Tage mit uns auskommen. Also, weißt du sonst nichts über Kaja?«

»Ich kenne sie nicht wirklich. Und da ihre Familie nicht … tut mir leid, das kann ich dir nicht sagen.«

Was denn sagen? Warum weiß ein zurückhaltendes Mädchen mehr über Kaja als ich?

Als wir während unseres Gesprächs am großen Baum vorbeigehen, höre ich ein Zischen. Alles passiert in wenigen Sekunden, doch in meinem Gehirn läuft es in Zeitlupe ab.

Ein Pfeil!

Niklas hat den Bogen gespannt, auf mich gerichtet und losgelassen. Wie in einem Film fliegt dieser tödliche Pfeil auf mich zu. So spitz, dass man jedes Lebewesen ohne Mühe hätte durchbohren können. Ich kann nicht ausweichen, nicht reagieren. Es sind nur wenige Augenblicke, für meinen Verstand jedoch ein ganzer Blockbuster. Ich kann sogar den Luftzug spüren, als der Pfeil knapp an mir vorbeirast und sich neben mir in eine der Zielscheiben bohrt.

Stella beginnt zu schreien. »Lukas! Was machst du da neben den Zielscheiben? Geh da gefälligst weg! Beide!«

Bei dem Gespräch mit Alea habe ich gar nicht bemerkt, dass wir gefährlich nahe an die Zielscheiben gekommen sind. Niklas muss mich dennoch gesehen haben, bevor er geschossen hat. Entweder ist er ein ziemlich guter Schütze oder – er hat sein Ziel soeben verfehlt.

Selbst als die Dunkelheit hereinbricht, wird noch mit dem Bogen geschossen. Ich bin einer der Ersten, der sich in der Feuerhöhle einfindet und in das Feuer starrt. Sich aufwärmt, Geschichten aus den Flammen liest. Auch Henry ist erstaunlich früh unter der Plane. Als er an mir vorbeikommt, kniet er sich einen Moment neben mich hin. Er spricht so leise, dass uns sonst keiner hören kann.

»Lukas. Ich danke dir nochmals, dass ich dir das heute in der Früh alles sagen konnte. Über meine Eltern und meine Schwester. Aber bitte schau, dass das unter uns bleibt, ja? Ich hatte einfach einen emotionalen Ausreißer, mehr nicht.«

Ich klopfe ihm auf die Schulter und wir schauen uns einen Wimpernschlag lang intensiv in die Augen. Es braucht kein ausgesprochenes Wort, kein Versprechen. Ein tiefsinniger Blick macht so viel mehr mit einem Menschen. Er versteht meine Antwort und verschwindet dankbar.

Dann, als ich zum Wald schaue, merke ich, wie finster es geworden ist. Die Sonne geht hier schnell unter, die Tage fliegen dahin. Es ist schon der dritte Tag, der sich zu Ende neigt.

Und als sich alle unter der Plane versammeln, kommt ein wenig das Gefühl einer Gemeinschaft auf. So wie es Stella prophezeit hat. Ein Team.

Es gibt allerdings noch Dinge, die mich stören, die mir Angst machen. Gerade deswegen werde ich Stella zur Rede stellen. Gleich morgen in der Früh. Heute bin ich zu müde, zu erschöpft. Und als sich Kaja neben mich auf den Boden setzt, ich einen Arm um sie lege und sie ihren Kopf an meine Schulter lehnt, da habe ich auch gar keine Lust mehr, mich mit solchen Problemen zu beschäftigen.

Jacob geht nach einiger Zeit wieder in den Wald. Es stört mich nicht, zumindest in diesem Moment. Soll er doch machen, was er will.

Soll dieser Mann auf dem Friedhof so viele Kakteen einpflanzen, wie er will.

Soll der sogenannte Blutengel von der Schnitzeljagd noch mehr Kreuze aufstellen, von mir aus den ganzen Wald vollnageln.

Hauptsache, die Menschen, die ich in diesen drei Tagen schätzen gelernt habe, bleiben bei mir.

Unglaublich, was die Wildnis mit einem macht.

An diesem Abend braten wir Marshmallows über dem Feuer, lauschen dem Knistern der Flammen. Ein Gefühl der Vollendung überkommt mich. Was wie ein Kalenderspruch wirkt, wird zur Wirklichkeit. Ich darf einfach nur sein.

Wir rennen unser ganzes Leben lang vor uns selbst weg und glauben, uns dadurch immer besser zu kennen. Wir brauchen stetige Ablenkung, weil wir uns nicht einmal mehr mit uns selbst beschäftigen wollen. Ja, wir konsumieren Musik, Videospiele, Gespräche oder Filme, die uns davor bewahren, mit unseren Gedanken allein zu sein. Aber genau das ist wichtig. Dass du dir bewusst wirst, wer du bist, wo dich andere sehen und was du selbst einmal sein willst. Die Antworten auf diese Fragen können wir uns nur selbst geben. Also müssen wir uns auch die Zeit nehmen, damit wir sie uns stellen können.

Nach einiger Zeit holt Emil eine Gitarre aus seiner Hütte und stimmt ein Lied an.

Ich wusste gar nicht, dass er ein Instrument spielt.

Ich nehme jedes Wort dieses Liedes auf, jede Strophe. Die gesamte Melodie.

Im finsteren Tal, still und leise,
singt ein Vogel, auf eine Art und Weise,
die selbst die Bäume zum Tanzen bringt.
Das Vögelchen singt, das Vögelchen singt.

Fernab vom Feuer, an einem Ort ohne Licht,
erlischt zwar die Wärme, die Musik aber nicht.
Denn weil der Klang allein die Hoffnung bringt.
Das Vögelchen singt, das Vögelchen singt.

Zerstören wir die Bäume, werfen Müll und toben,
singt der Vogel, verletzt am Boden.
Er will nur, dass wir die Schönheit der Natur nicht vergessen,
und dann wird der Vogel vom Fuchs gefressen.

Und so fühle ich mich auch. Wie ein Vogel, der versucht, das Richtige zu tun, obwohl die Welt neben ihm zugrunde geht. Der Fuchs lauert noch im Wald, aber eines weiß ich mit Sicherheit: Wenn er versucht, mich zu fressen, dann weide ich ihn aus!

Tag 4 – Donnerstag

In der Nacht,
da kommen sie

14

»Stella?«, frage ich müde und reibe mir den Schlaf aus den Augen. Ich bin am Abend direkt nach dem Lied eingeschlafen, noch neben dem Feuer. Arthur und Valentin haben mich dann, sozial wie sie sind, in unsere Hütte getragen. Das behaupten sie zumindest. In Wirklichkeit haben sie mir vermutlich die Augen verbunden und mich so lange hin und her geschubst, bis ich zufällig in die richtige Richtung getorkelt bin. Und beim Aufwachen habe ich mir dann natürlich gedacht, ich hätte bloß einen beschissenen Albtraum gehabt.

Meine blühende Fantasie kennt offensichtlich keine Grenzen.

Vielleicht bin einfach ich der Verrückte.

»Stella! Hallo?«

»Pssst! Hörst du das?«

Ich verstumme und versuche angestrengt zu horchen. Die Vormittagssonne brennt mir dabei unbarmherzig auf den Rücken.

»Also ich höre gar nichts.«

»Richtig! Nichts. Die Kraft des Waldes definiert sich aus der Ruhe selbst.«

»Und was genau soll mir das jetzt sagen?«

Sie lächelt. »Na, dass du mich gefälligst in Frieden lassen sollst, damit ich meine Yogaübungen beenden kann. Einfach leise sein, danke!«

Ich lasse nicht locker und versuche sie zu überlisten. Ungeniert stelle ich mich neben sie, nehme dieselbe Position ein und gebe ein stimmvolles »Om« von mir.

»Om, was?«

»Om Gottes willen, Yoga ist anstrengender, als ich dachte.«

Ich fasse es nicht. Stella macht auf Yogalehrerin und kennt dabei nicht einmal den wichtigsten Ton!

Om!, wie: Meine *Om*a wüsste es besser als sie.

»Wenn du mich schon nicht meine Übungen machen lässt, dann sag mir wenigstens gleich, was du willst«, gibt sie nach einiger Zeit nach.

»Nicht was *ich* will, sondern was *Jacob* will. Jeden Tag, nein, jede Nacht. Im Wald. *Das* ist die viel bessere Frage.«

Stella kratzt sich am Hinterkopf. »Wie ging dieser Ton noch einmal?«

»Lenkst du gerade ab?«

»Hom!«

Ich schüttle den Kopf. »Man spricht das H nicht aus. Und er ist tiefer. Stell dir vor, du wärst eine dicke Hummel auf der Jagd.«

Sie schaut skeptisch. »Was sollten dicke Hummeln denn bitte jagen?«

»Ehm, zum Beispiel …«

Ganz dünnes Eis, Lukas! Ganz dünnes Eis!

»Also, Blumen, schätze ich.«

»Blumen? Stimmt, die können dir ja auch verflucht schnell entkommen, wenn du mal nicht aufpasst. Ich glaube, du hast den Begriff *Jagd* noch nicht so wirklich verstanden.«

»Und *ich* glaube, du weichst meiner Frage aus. Also, was will Jacob jede Nacht im Wald? Du bist doch im Betreuerteam, du müsstest das doch wissen. Dir vertraue ich.«

Tue ich nicht, aber irgendetwas muss ich ja sagen!

»Also gut«, sie seufzt. »Aber nur, weil du mir dieses *Hom* gezeigt hast.«

»Om!«

»Sag ich ja.« Sie würgt mit einer Handbewegung jeden Widerspruch ab. »Wie auch immer. Jedenfalls redet Jacob schon eine geraume Zeit von irgendeiner Beobachtung. Einer Entdeckung. Seinem kleinen Geheimnis im Wald.«

»Und was ist dieses Geheimnis?«, frage ich.

»Du hast also nicht nur bei dem Wort *Jagd* keinen Plan, sondern weißt anscheinend auch nicht, was ein *Geheimnis* ist. Er hat es mir nicht verraten. Frag ihn selbst, Lukas!«

Mir fällt der barsche Ton auf, den sie anschlägt. Streng. Etwas respektlos.

Jetzt nicht aufregen. Cool bleiben, einfach cool bleiben!

»Und die Vorräte? Ihr habt doch sicher mitbekommen, dass sie zerrissen wur…«

»Wir sind die Betreuer, nicht du. Das geht nur uns etwas an, okay?«

Stella hat nun aufgehört, ihre Übungen zu machen. Sie nimmt wie immer einen Lippenstift aus ihrer Bauchtasche und zieht sich damit die Lippen nach. Ohne Spiegel. *Sieht man.*

»Genieß die Zeit hier. Lern etwas von uns. Stell nicht zu viele Fragen. Mehr brauchst du nicht zu tun.«

»Verstanden«, presse ich hervor und will gerade wieder verschwinden, als sie mich aufhält.

»Ach ja. Und stör mich nie mehr bei meinem Yoga. Ich bin hier das *Om* am Platz.«

Nein, sie ist nicht das *Om* am Platz. Höchstens eine *om*inöse Frau, die sich bei mir gerade noch unbeliebter gemacht hat.

So bissig habe ich sie noch nie erlebt!

Ich nicke und entferne mich. Stellas Art war völlig anders als gestern, ihre Worte sorgfältig gewählt, ihre Schrulligkeit wie weggeblasen. Vielleicht hat nicht nur Jacob etwas zu verbergen? Vielleicht noch viel mehr Personen, als ich zuerst angenommen habe? Nur, wie soll ich die Geheimnisse herausfinden, sie entschlüsseln? Ich zaudere.

Oder wollen die Geheimnisse sogar gefunden werden?

Bei den Camparbeiten steht heute Kochen am Programm. Meine Lieblingsbeschäftigung. *Mehr oder weniger*. Eher weniger.

Die Herausforderung liegt darin, die Zutaten nicht gleich vorm Zubereiten zu verspeisen, deswegen versuche ich erst gar nicht zu helfen. Ich habe es mir in einer Ecke der Vielfraßküche gemütlich gemacht und bestaune fasziniert meine Gruppenmitglieder. Ab und zu gebe ich Kommentare von mir, wie: »Die Nudeln kochen sich nicht von allein, zum Glück gibt es euch Helferlein«, oder: »Ihr dürft nicht verzagen, denn mir knurrt jetzt schon der Magen.« Trotz meiner genialen Reime stoßen diese Bemerkungen auf taube Ohren.

Mein Kochstreik hat aber auch einen Grund. Das letzte Mal, als ich versucht habe, etwas zuzubereiten, habe ich unsere halbe Wohnung abgefackelt.

Ist aber eine ganz andere Geschichte.

Als ich mich nach einiger Zeit dann doch schlecht fühle, stelle ich mich neben Valentin und beginne eine Tomate zu schneiden. *Dabei kann ich wenigstens nichts anzünden.*

Falsch gedacht. Ich lasse dabei etwas viel Schlimmeres explodieren: Jacobs Geduld.

»Schau dir diese Tomaten an, die kann man doch nicht mehr essen«, regt er sich bei mir auf. »Du sollst sie schneiden und nicht zerstampfen, Lukas. Wenn du deine zukünftige Ehefrau auch so behandelst, dann wirst du nach ein paar Jahren nicht mehr viel von ihr haben.«

Wunderbar. Er vergleicht eine Frau mit einer Tomate.

»Keine Sorge«, antworte ich. »Ich hatte ohnehin nicht vor, meine Ehefrau zu zerschneiden, aber danke für den Tipp.«

»Du weißt, wie ich das meine. Mach deine Arbeit nicht so halbherzig.«

Valentin flüstert mir etwas zu. »Genauso halbherzig wie der Bär, der seine Augen fressen wollte? Eines hat er übriggelassen.«

»Was hast du gesagt, Valentin?«, erkundigt sich Jacob barsch.

»Ach, nichts. Nur, dass du statt dem Frauenvergleich einen Hundevergleich hättest machen sollen. Das ist wohl das einzige gutmütige Lebewesen, das es neben Lukas auf Dauer aushält!« Er wird wieder leiser. »Außer Kaja natürlich.«

Jacob beginnt zu lachen. »Na, ihr seid mir aber zwei Scherzkekse. Wenn die Nudeln genausoviel Humor besitzen wie ihr, dann werde ich gar nichts runterbekommen, sondern bloß den Witzen lauschen, die sie mir erzählen.« Er gibt erneut einen Lacher von sich und klopft uns auf die Schulter. »Macht weiter, Jungs. Macht weiter.« Dann entfernt er sich.

Valentin dreht sich zu mir. »Bitte sag mir, dass du seinen Witz gerade auch so unlustig gefunden hast wie ich.«

»Habe ich. Vermutlich sogar *noch* unlustiger.«

»Kann sein. Aber er ist schon okay, dieser Jacob. Er hat seine Ecken und Kanten, aber im Inneren hat er ein gutes Herz.«

Und vom Äußeren her betrachtet zwei gesunde Beine, die ihn jede Nacht in den Wald befördern …

»Wenn du das sagst«, entgegne ich und wende mich wieder meinen Tomaten zu. Tatsächlich erkennt man diese nur mehr mit Mühe.

Es muss nicht gut aussehen, es muss schmecken!

Dennoch kommt in mir der Verdacht auf, dass es beides nicht tut.

Meine Gedanken werden von einem Geräusch gestört. Leise, kaum hörbar. Ein feines Klirren, mehr ein Rascheln. Ich drehe mich um und schaue auf den Boden. Ein Schlüsselbund.

Niemand anderer scheint es bemerkt zu haben …

Nicht einmal Jacob, der die Schlüssel eben noch in seiner Hintertasche eingesteckt hatte. Er unterhält sich mit Stella.

Meine Chance!

Ohne wirklich zu wissen, warum ich es tue, hebe ich den Schlüsselbund unauffällig auf. Ein schneller Blick auf meinen Fund. Das Wort *Vogelnest* ist auf einem der Schlüssel eingraviert.

Die Truhe! Die verschlossene Truhe im Vogelnest. Ich hatte sie fast schon vergessen. Aber eben nicht ganz.

»Ich gehe nur kurz aufs Klo«, teile ich Valentin mit und er ruft mir noch ein »Mein Beileid. Nicht zu sehr zurücklehnen« hinterher. Ich gehe jedoch nicht zur Donnergrube, ich gehe zu der Truhe. Wenn mir Stella keine Antworten geben will, dann hole ich sie mir selbst.

Gleichzeitig kommt mir ein leiser Zweifel: *Was, wenn Jacob die Schlüssel absichtlich fallen gelassen hat?* Nein, ausgeschlossen – warum sollte er das tun?

Ich bin so mit meinen Überlegungen beschäftigt, dass ich gar nicht bemerke, dass mir jemand den Weg abschneidet.

»Hey, Kleiner.«

Es gibt nur eine Person, die mich »Kleiner« nennt. Niklas. Neben ihm, wenig überraschend, Emil.

»Ich habe gerade keine Zeit«, sage ich und will an ihnen vorbei, als sich mir Niklas in den Weg stellt.

»Nicht so schnell. Wohin geht es denn?

»Zum Klo.«

»Zum Klo?«, wiederholt Niklas. »Dann gehst du aber in die falsche Richtung. Das Klo ist da drüben.«

»Ich muss mich vor euch nicht rechtfertigen.«

Emil schnauft und bringt sich in das Gespräch ein. »Niklas, lass ihn doch in Ruhe. Er kann machen, worauf er Lust hat.«

Emil ist auf meiner Seite! Er ist doch immer für eine Überraschung gut.

»Kann er«, antwortet Niklas, »doch ich würde gerne wissen, was er in der Vielfraßküche aufgehoben hat. Ich habe dich gesehen, Lukas.«

»Geht jetzt weiter, ihr zwei. Ich habe noch etwas zu tun.«

Als Niklas zu meiner verschlossenen linken Hand greifen will, um den Schlüsselbund an sich zu reißen, packe ich mit meiner rechten zu. Schneller als er. Ich fasse mir sein Handgelenk und ziehe ihn näher an mich. Unsere Köpfe sind nur wenige Zentimeter voneinander entfernt. Sein Atem riecht unangenehm.

»Hör mir zu, Niklas. Ich will keinen Streit mit dir, aber ich lasse auch nicht zu, dass du mir hinterherspionierst oder in meinen Sachen wühlst. Entweder du verschwindest jetzt oder wir zwei haben gleich ein echtes Problem. Verstanden, Großer?«

Nicht nur Emil ist für eine Überraschung gut, ich überrasche mich auch selbst!

Niklas sieht mir in die Augen und knirscht mit den Zähnen. »Verstanden«, knurrt er. »Wollte dich nicht belästigen, sondern bloß fragen, wohin du unterwegs bist.«

»Sagte ich doch: zum Klo«, murmle ich, lasse ihn los und setze provokant meinen Weg fort. Und so entferne ich mich immer weiter von der Donnergrube.

Die Hand, mit der ich Niklas gepackt habe, zittert. Mein Körper und mein Geist waren anscheinend nicht der gleichen Meinung, was das Thema Streitschlichtung angeht. Dennoch habe ich es getan, ein Machtwort gesprochen. Niklas ist sicher kein schlechter Mensch, doch manchmal muss man ihm eben Grenzen setzen.

Als ich das Vogelnest betrete und mich zu der Truhe durchkämpfe, denke ich noch immer an den Vorfall. Ich hole den Schlüssel aus meiner Hosentasche, stecke ihn in das Schloss – *tatsächlich, ich hatte recht, es ist der richtige Schlüssel!* Anschließend drehe ich ihn einmal um und ziehe ihn wieder heraus. Dann ist der Gedanke an Niklas und Emil verflogen.

Die Truhe ist offen!

Was die Betreuer wohl vor uns geheim halten wollen?

Vorsichtig öffne ich sie, halte den Atem an. Vor drei Tagen hätte ich die Kiste noch nicht geöffnet.

Die Zeiten haben sich geändert!

Behutsam greife ich ins Innere und befördere den Inhalt nach draußen. Dokumente, Listen, Bilder, Adressen und Unterlagen zum Camp. Doch nicht nur irgendwelche Dokumente, sondern Aufnahmen und Aufzeichnungen von den früheren Jahrgängen. Da gibt es Bilder von den einzelnen Gruppen, aber auch Listen mit den Namen der Leute, die schon an diesem Camp teilgenommen haben.

Ich finde recht bald ein Bild, auf dem Link zu sehen ist. Der Junge, der ohne Grund in den Wald gerannt ist und dort starb. Alle Teilnehmer sind in einem Halbkreis vor der Feuerhöhle aufgestellt. Die Namen der jeweiligen Jugendlichen stehen klein darunter. Auch Magnus ist zu sehen.

Ich lasse meinen Blick darüberschweifen und bleibe an zwei weiteren Gesichtern hängen, die mir bekannt vorkommen.

Das ergibt doch alles keinen Sinn!

Vor mir befinden sich, klein und in Farbe, Niklas und Emil. Beide neben Link. Und noch zwei weitere Jungs stehen neben ihnen, deren Namen ich schon gehört habe. Ben und Charlie. Als Jacob am Anfang der Woche den Bären erwähnte, da waren die zwei Jungs kurz Thema.

Was ist mit ihnen passiert? Sind sie auf die gleiche Art gestorben wie Link? Nur – was hat sie getötet?

Und warum sagen mir Niklas und Emil nicht, dass sie schon einmal im Camp waren?

Ich schaue mir noch ein älteres Foto an. Erneut sind die vier zu sehen. Emil, Niklas, Ben und Charlie. Sie müssen etwas miteinander zu tun haben.

Nur was?

Ich nehme das Foto an mich. Wer weiß, wofür ich es noch brauchen werde.

Energisch beginne ich weiterzusuchen, die Dokumente zu durchwühlen. Ich brauche Hinweise. Meine Mühe zahlt sich aus, denn wenig später halte ich eine Liste in der Hand, die ebenso von der letzten Gruppe stammen muss. Ganz links in der Spalte stehen die vollen Namen der Teilnehmer. Rechts die Telefonnummern und die Namen der Erziehungsberechtigten. Nur bei vieren, da steht rechts kein Name. Und wieder sind es dieselben: Emil und Niklas, die beide im Camp sind, und Ben und Charlie, die ich noch nicht kennengelernt habe.

Wenn es dafür nicht schon zu spät ist …

Bei ihnen allen wurden die Namen der Mütter oder Väter nicht aufgeschrieben. Nicht, weil Magnus einen Fehler gemacht hätte. Es gibt einfach keine. Neben jedem der vier Jugendlichen steht in Klammer: »AKJ – Anstalt für Kinder und Jugendliche, ohne lebende Familienmitglieder.«

Sie sind Waisen. Elternlos.

Niklas und Emil haben etwas gemeinsam. Sie sind beide in diesem Camp. Und sie haben beide keine Familien mehr. Niemanden.

Ich spüre die Träne, die sich einen Weg über meine Wange bahnt. *Hätte ich das früher gewusst …*

Ich zwinge mich, nicht weiter darüber nachzudenken, wische mir über die Wange und verstaue die Dokumente. Nur das Foto behalte ich.

Dann trete ich nach draußen, eile zurück zur Vielfraßküche und lege den Schlüssel an einer etwas verdeckten Stelle auf den Boden. Unbemerkt. Jacob wird denken, er hätte ihn verloren. *Hat er ja auch!*

Danach beobachte ich Niklas und Emil, wie sie sich mit Henry unterhalten. Diesel liegt vor ihnen, lässt sich von ihnen streicheln. Er scheint es zu genießen. Ich erinnere mich an Stellas Worte: *Wir alle werden zu einer großen Familie heranwachsen.*

Und langsam verstehe ich, warum die zwei hier sind.

15

»Ihr habt das Camp kennengelernt, habt Rätsel gelöst und durftet Bogenschießen«, startet Magnus seine Ansprache. Wir haben uns alle in der Feuerhöhle versammelt, um uns anzuhören, was er zu sagen hat.

»Diese Tätigkeiten hatten alle ihren Zweck, waren jedoch nicht sonderlich anspruchsvoll. Heute wird das Nachmittagsprogramm nicht so aussehen. Besser gesagt: Es wird keines geben. Ihr werdet heute Nachmittag nichts anderes zu tun haben, als euren mitgebrachten Schlafsack und eure Isomatte herauszusuchen. Dann, wenn ich es sage, geht ihr los.«

»Und wohin? Zu einem Wildnis-Flohmarkt für Schlafzubehör?«, scherzt Henry lässig.

Eines der Mädchen kichert.

Würde ich ihn nicht besser kennen, könnte ich ihn vermutlich nicht leiden.

Auch Magnus beginnt zu grinsen. »Ja. Zu einem Flohmarkt für wilde Tiere. Du bist dabei die Ware. Die Tiere können sich dann nämlich aussuchen, ob sie lieber deine Niere oder deine Leber verspeisen wollen.«

Wie überaus freundlich!

Er räuspert sich und spricht weiter: »Nein, jetzt im Ernst. Weil ihr so eine starke Truppe seid und sich der eine oder andere sichtlich unterfordert fühlt, mache ich einen Versuch mit euch. Normalerweise gibt es am Ende der Wildniswochen eine Nacht im Wald, diesmal wird sie aber vorgezogen. Und zwar auf heute. Schluss mit den Streicheleinheiten, Zeit für die Wildnis. Noch Fragen, Henry?«

Dem Mädchenschwarm bleibt sichtlich die Spucke im Hals stecken. »Ich bin schon ruhig«, sagt er noch, bevor er sich eingeschüchtert zurückzieht.

Magnus weiß, wie man jemanden zum Schweigen bringt.

Zu welchen Mitteln würde er greifen, wenn seine Worte nichts nützen?

Der Betreuer fährt fort. »Also, ihr wollt wissen, wie diese Nachtaktion aussieht und wohin ihr gehen müsst? Das ist meine Antwort.« Er zeigt zum Wald. »Mindestens zwei Kilometer weg von hier. Jeder bekommt eine andere Richtung zugeteilt. Und dann, wenn ihr euren Weg gegangen seid, werdet ihr eine Nacht da draußen verbringen. Im Wald. Allein.«

In der Feuerhöhle ist es komplett still geworden. Alle müssen die Worte von Magnus verdauen.

Er will, dass wir uns einzeln auf den Weg machen. Dass wir unsere Grenzen austesten, die Natur so kennenlernen und wahrnehmen, wie wir es noch nie getan haben. Ich muss an Alea denken, das zurückhaltende Mädchen. Ein leichter, immer stärker werdender Drang, ihr zu helfen, macht sich in mir breit. Ihr Halt zu geben. Sie wird einsam sein, da draußen!

Ich werfe ihr einen Blick zu, doch ich kann nicht recht entschlüsseln, ob die Ankündigung sie getroffen hat oder nicht. Ihre Augen schauen ins Leere, ihr Gesichtsausdruck ist nichtssagend. Ich wende mich von ihr ab. Der zweite Gedanke, der mir kommt, ist irrsinnig. Dumm. Völlig unbegründet. Ich erinnere mich an die Geschichte von Jacob. Die Erzählung, wie der Betreuer mit der Augenklappe auf einen Bären getroffen ist. Wie eines seiner Augen zerkratzt oder herausgerissen wurde …

Ich strenge mein Gedächtnis noch mehr an. Ein weiteres wichtiges Detail aus dem Gespräch kommt mir in Erinnerung. Einer der letzten Sätze von Jacob, bevor er fluchtartig aus der Feuerhöhle verschwunden ist. In dem Satz hat er angedeutet, dass es gar kein Bär war, der ihn so zugerichtet hat.

Nur: Was soll es sonst gewesen sein? Was sonst könnte in diesem Wald sein Unwesen treiben?

Arthur wendet sich mir zu, flüstert: »Darf er das überhaupt? Uns in den Wald schicken, ohne Aufsicht?«

Ich drehe mich zu ihm und verdränge meine Gedanken zu Jacob vorerst. »Es ist zumindest niemand hier, der es ihm verbieten könnte.«

Mein Zimmerkollege zeigt zum Feuer: »Kannst du dich noch an die Regel erinnern?«

Natürlich kann ich das!

Wenn das Feuer ausgeht, dürfen wir auf keinen Fall, unter gar keinen Umständen, die Hütte verlassen. Das ist die einzige Regel, die uns Magnus ins Gehirn gebrannt hat, als wir hier angekommen sind. Und jetzt bricht er sie selbst. Dort draußen gibt es keine Feuerstelle, keine Lichtquelle, die Sicherheit bietet. Dort draußen hat man nur sich selbst.

Magnus klatscht in die Hände. »Na gut, ihr habt gehört, was euch heute Abend erwartet. Jetzt könnt ihr euch aber noch den Bauch vollschlagen. Die Koch-Crew soll wieder etwas Fantastisches gekocht haben.«

Da hat er meine Tomaten noch nicht gesehen …

Ich schüttle ungläubig den Kopf. Was für ein Widerspruch! Von außen mag dieses Camp wie eine heile Welt wirken, wie ein Platz für Jugendliche, an dem sie Freunde finden können. Doch die Fassade bröckelt. Ich frage mich, ob das außer mir noch jemand mitbekommt.

Dieses Camp verändert mich. Ich werde misstrauischer. Im Wald gibt es einen Friedhof mit einem Käfig, ein Kreuz mit meinem echten Namen, blutendes Fleisch an einer Kette und überall diese Kratzspuren. Dieser Ort hat eine schockierende Vergangenheit, ein Geheimnis. Doch es wird nicht bei dieser Vergangenheit bleiben.

Die wirklich beängstigende Geschichte hat begonnen, als ich in diesen schwarzen Bus gestiegen bin. Und jetzt ist sie nicht mehr aufzuhalten.

Diesmal habe ich mich mit dem Essen zurückgezogen und auf den Steg gesetzt. Ich lasse meine Füße baumeln und schaue melancholisch in die Ferne. Dabei kann ich mit meinen Zehenspitzen sogar das Wasser berühren. Kalt, aber angenehm. Manchmal muss man Kälte zu spüren bekommen, um zu merken, wie sich die Wärme anfühlt. Wie turbulent unser Leben verläuft! Es gibt immer zwei Seiten, zwei Wege. Und wenn wir uns für den einen entscheiden, glauben wir, dass der zweite Weg keine Rolle mehr spielt. Das ist nicht so. Der zweite, nicht ausgewählte Weg, ist wie die Sonne. Ständig da, manchmal angenehm, manchmal kaum auszuhalten. Jedenfalls erinnert sie uns daran, dass es sie gibt. Und das ist wichtig so. Es ist wichtig, dass es den Mond und die Sonne gibt und nicht nur einen von beiden. Ich selbst fühle mich voller Motivation. Wie eine Mischung aus kalter Notwendigkeit und heißer Sehnsucht. Es geht mir gut. Das könnte natürlich auch daran liegen, dass ich eine Schüssel Nudeln in der Hand halte. Vor mir ein riesiger See, ein Berg und ein Wald. Die Natur.

Etwas weiter weg sehe ich Emil, der sich von der Feuerhöhle entfernt hat. Er sitzt am Rande des Sees und schaut aufs Wasser. Diesmal ohne Niklas.

Was ihm wohl gerade durch den Kopf geht?

Das mit seiner Familie tut mir leid. Generell scheint es viele im Camp zu geben, die Probleme mit der Familie haben. Henry, dessen Eltern sich nie Zeit für ihn und seine Schwester nehmen. Niklas und Emil, die in einem Jugendheim aufwachsen. Meine Mutter, die in meiner Kindheit selten bis gar nicht für mich da war. Dann ist da natürlich noch Kaja, die sehr abweisend auf dieses Thema reagiert. Irgendetwas muss bei ihr zu Hause passiert sein. Irgendetwas, das ich noch herausbekommen möchte. Ich will ihr helfen, wirklich.

Es ist naheliegend, dass einige ein Problem mit ihrer Verwandtschaft haben. Familie ist alles. Sie ist Sicherheit, Trauer, Liebe, Hass, Konflikt, Versöhnung, Streit, Leben und Tod. Familie ist wie ein Körperteil, wie das rechte Ohr oder eine krumme Nase. Sie ist da. War zumindest da. Und wird normalerweise immer da sein. Die Frage ist nur, wie man mit ihr umgeht, wie man mit ihr lebt. Viele zählen auch Freunde oder Tiere zu ihrer Familie. Dieses Wort sprengt die Grenzen. Es ist mächtig, vermutlich das mächtigste Wort, das es gibt.

»Hey, alles klar?«

Völlig unerwartet setzt sich Valentin neben mich. »Hast du dir die Nudeln geholt, um sie anzustarren oder um sie zu essen?«, fragt er mich, als er meine volle Schüssel sieht.

»Ich habe einfach nur Angst, dass meine miserablen Kochkünste meinen Geschmacksnerv abtöten könnten.«

»Ach, ich habe die Nudeln schon gegessen. Was soll ich sagen … ich lebe jedenfalls noch.«

Ich schmunzle und nehme eine Gabel Nudeln in den Mund.

»Nicht so schlecht«, schmatze ich.

»Das Essen nicht, dein Anblick schon. Lukas, du wirkst wie eine verwesende Zimmerpflanze. Alles gut?«

»So gut wie jetzt ging es mir noch nie«, antworte ich. »Ich schaue nicht verkrampft, sondern konzentriert. Das ist ein Unterschied. Ich bewundere die Umgebung hier.«

Valentin runzelt die Stirn. »Schon faszinierend. Im Internet sehen wir die schönsten Orte der Welt, und dennoch kann uns ein einfacher See zum Staunen bringen.«

»Der Moment fühlt sich echt an.«

»Er *ist* auch echt.«

»Du musst auch immer das letzte Wort haben. Und da glaubst du noch, dass du in den Himmel kommst?«, scherze ich.

»Ja, glaube ich. Also, dass ich in den Himmel komme, damit mir Gott in den Arsch treten kann, um mich *anschließend* in die Hölle zu schicken.«

Himmel und Hölle. Wärme und Kälte. Sonne und Mond.

Es gibt kein böses Wort, bloß andere Einstellungen.

»Wie dem auch sei«, beendet Valentin das Gespräch. »Ich werde mich mal duschen gehen.«

Und so schnell wie er gekommen ist, ist er auch schon wieder verschwunden.

Ich bleibe noch eine Weile auf dem Steg, sehe verschiedene Campteilnehmer an mir vorübergehen. Selbst Diesel trottet einmal zum Ufer, um sich abzukühlen. Als ich mich umdrehe und Kaja beim Baum der tausend Gesichter erblicke, winke ich sie zu mir.

»Na sieh mal einer an, dahin hast du dich also verkrochen«, gibt sie von sich, während sie zu mir schlendert.

»Ich musste einfach ein bisschen allein sein.«

»Heute müssen wir einzeln in den Wald. Also werden wir ohnehin die ganze Nacht allein sein, hab ich recht?«

»Wir sollten, aber wir müssen nicht.«

Kaja hebt die Augenbrauen und setzt sich neben mich.

»Willst du etwa die Regeln brechen, nur um bei mir sein zu können?«, fragt sie mit einem solch entschlossenen Gesichtsausdruck, dass ich sie nur beneiden kann. So ehrlich! Ja, so *verdammt* einzigartig, dass ich meine Gedanken sogar mit einem Schimpfwort untermauern muss.

»Vielleicht will ich das tatsächlich«, gestehe ich.

»Nein, sag das nicht. Kein *Vielleicht*. Nur *Ja* oder *Nein*. Das Leben ist doch viel zu kurz, um dir nicht sicher zu sein. Du musst wissen, was du willst, Lukas.«

Ich schüttle den Kopf und stelle meine Schüssel neben mich. »Das ist leichter gesagt als getan. Am liebsten würde ich mich jetzt auch, ohne zu überlegen, in den See werfen. Unter der warmen Sonne im kalten Wasser schwimmen, sozusagen.«

»Und warum machst du es nicht einfach?«

»Nun ja. Dann wäre meine Kleidung nass und ich …«

Kaja unterbricht mich. »Du denkst definitiv zu viel nach«, sagt sie noch, bevor sie mich in den See schubst.

Einen kurzen Augenblick ist da nichts.

Nur Wasser.

Überall Wasser. Es umgibt mich wie eine zweite Haut. Völlige Stille tritt ein. Dann schwimme ich an die Oberfläche, in Richtung Licht. Als ich auftauche, sehe ich gerade noch, wie Kaja aufsteht und ebenfalls in den See springt. Auch sie taucht wieder an die Wasseroberfläche und beginnt zu lachen. »Ist das nicht herrlich, Lukas? Ist das nicht das beste Gefühl der Welt?«

»Zu schwimmen?«

»Nein«, wieder lacht sie. »Etwas zu machen, ohne darüber nachzudenken.«

Und *ohne darüber nachzudenken*, bleiben wir noch ein wenig im Wasser, schwimmen am Ufer entlang. Einige der anderen Jugendlichen beobachten uns fassungslos.

Ich hatte es mir kälter vorgestellt, doch das ist es nicht. Das Gefühl ist unbeschreiblich. So muss es sein, wenn man erfolgreich aus dem Gefängnis ausgebrochen ist. So befreiend. Nach einiger Zeit klettern wir dann doch aus dem See. Mein T-Shirt haftet an mir, mein Haar trieft vor Nässe, und tausende Wassertropfen suchen sich den schnellsten Weg zum Boden.

»Du bist schon verrückt«, flüstere ich.

»Vielleicht«, gibt sie mir als Antwort und zwinkert. »Wir sehen uns.«

Während ich ihr so nachsehe, wird mir wieder bewusst, dass mir alles egal ist, wenn sie bei mir ist. Ich kann mich völlig auf sie konzentrieren, sie wahrnehmen.

Das Wenigste, was ich jetzt benötige, sind Gefühle für sie.

Und doch stellen sich die verkehrtesten Entscheidungen oft als die richtigsten heraus.

Ich mache mich auf den Weg zur Dusche. Dort wird wohl noch ein sauberes Handtuch liegen, mit dem ich mich abtrocknen kann. Danach werde ich mich umziehen und mein Gewand in die Sonne legen. Bei dem Wetter sollte es nicht lange dauern, bis es wieder trocken ist.

Schon von Weitem erkenne ich, dass Niklas und Emil in der Nähe der Dusche stehen.

Nicht schon wieder!

Sie machen jedoch nicht den Eindruck, als wollten sie mich erneut aufhalten und zur Rede stellen. Sie beobachten bloß. *Glaube ich zumindest.*

Ich wende mich von ihnen ab und gehe weiter. Kurz bevor ich bei der Dusche ankomme, stürmt Valentin aus der Tür. Er sieht aus, als hätte er einen Geist gesehen. Pures Entsetzen spiegelt sich in seinen Augen. Valentin kommt auf mich zu, packt mich an der Schulter und sieht mich an. »Das musst du dir anschauen, Lukas. In der Dusche … ich …«

Er schaut zu Emil und Niklas, dann wieder zu mir. »Wenn die zwei etwas damit zu tun haben, dann …«.

Er verstummt für einen kurzen Atemzug, dann fährt er fort. »Das Fleisch, das du hinter der Hütte gesehen hast. Es könnte sein, dass …«

Wieder bringt er seinen Satz nicht zu Ende. So habe ich Valentin noch nie erlebt, so aufgebracht. Ich kenne ihn als die Ruhe in Person, als jemanden, den man nicht so leicht aus der Fassung bringen kann.

Was zur Hölle hat er gesehen?

»Hey! Alles ist gut. Beruhige dich«, antworte ich gelassen. »Erzähl mir einfach, was passiert ist.«

Valentin schließt die Augen und atmet einmal tief ein und aus. Dann öffnet er sie wieder. »Du weißt ja, dass ich vorhin duschen gehen wollte. Ich habe mir nach unserem Gespräch mein Gewand geholt und bin in die Duschkabine. Dann habe ich es gesehen.«

»*Was* gesehen? Was meinst du?«

Er deutet zur Dusche. »Schau es dir selbst an.«

Ich lasse von ihm ab und gehe die letzten paar Schritte. Ohne zu zögern und auf alles gefasst, öffne ich die Tür und trete ein. Ich komme in den kleinen grünen Raum. Links ist ein Schrank mit gestapelten und einfärbigen Handtüchern. In der anderen Ecke ist die Dusche angebracht – wenn man einen einfachen Duschkopf so bezeichnen kann. Als ich einen weiteren Schritt mache, sehe ich, was Valentin gemeint haben muss. Der Anblick lässt mich erstarren.

Das Waschbecken. Es ist nicht mehr weiß, es ist rot. Ich halte inne.

Überall Blut.

16

Wie riecht Blut?

Da das sogenannte Bad im Camp aus einem abgedichteten Raum besteht, können sich Gerüche jeder Art nicht so schnell verflüchtigen. Und so kommt es, dass ich den Tatort nicht nur sehe, sondern auch rieche. Ganz leicht, kaum merkbar. Das Waschbecken riecht nach frischem Schweiß, nur nicht so salzig, sondern eher süß. *Ekelhaft!*

Ich reiße mich zusammen und verlasse die Dusche. Draußen angekommen, bemerke ich Valentin, der noch immer einige Schritte vom Container entfernt steht und wild fuchtelnd mit Jacob diskutiert. Neugierig gehe ich zu ihnen.

»Ihr müsst doch etwas unternehmen! Immerhin ist das ganze Waschbecken voller Blut!«, gibt Valentin lautstark von sich.

»Und was *genau* sollen wir machen?«, fragt ihn Jacob unbeeindruckt. »Putzen?«

Valentin verschränkt die Arme. »Du weißt genau, was ich meine. Ein bisschen Ernsthaftigkeit wäre angebracht.«

»Nur weil hier jemand nicht weiß, wie man mit einem Rasierer umgeht, müssen wir nicht gleich …«

»Vielleicht stammt das Blut gar nicht von einem Menschen, sondern von einem Tier«, kontert Valentin.

»Ein Tier, das bei uns duschen wollte?«

»Ich weiß es ja auch nicht. Ich weiß nur, dass im Waschbecken eine Menge Blut klebt. Mehr nicht.«

»Genauso habe ich es auch verstanden. Ich werde mich darum kümmern. Es wird sich schon aufklären, wer oder was das gewesen ist. Im Moment solltet ihr euch aber für heute Abend vorbereiten.«

»Tun wir«, schnauft mein Zimmerkollege, packt mich am Arm und zerrt mich weg. Als wir uns ein Stück entfernt haben, fängt er erneut an sich aufzuregen. »Der hält mich wohl für dumm. Eines kann ich dir versichern. Wenn jemand erstochen wird, würde er auch nicht mehr von sich geben als: ›Oh, da ist ja wirklich ein Toter. Beruhigt euch alle, wir holen einfach einen nassen Fetzen und putzen. Problem gelöst.‹«

»Jacob ist doch auch überfordert«, meine ich.

»So sieht er aber nicht aus. Schau ihn dir an. Als wäre es ihm gleichgültig, dass im Bad Blut klebt, als wüsste er es bereits.«

»Du willst andeuten, dass …«

»Ich weiß es nicht, Lukas. Pass einfach auf dich auf, ja?«

»Und du auf dich. Ich brauche dich hier.«

Valentin bleibt stehen, sieht mir in die Augen und nimmt mich im nächsten Moment auch schon in den Arm. Er drückt mich so fest an seine Brust, dass ich fast keine Luft mehr bekomme.

»Danke! Wirklich! Ich bin so froh, dass ich dich …«, fängt Valentin seine Dankesrede an, bevor ich versuche ihn zu unterbrechen.

»Ich … Va … Valentin … ich …«

»Ja! *Du*, Lukas. Diesmal geht es um *dich*. Weil *du* ein verdammt tapferer Mensch bist und …«

Wie lange will mich der Trottel noch umarmen?

»Nein … ich … Luft …«

»Was?! Luft? Ja, die Luft hier ist wirklich gut. Wir sind immerhin in der Natur. Wir …«

»Ban … Ban … Bananenbaum …«

Valentin lässt mich los. »Bananenbaum?«

Frische Luft. Ich lebe!

Meine Atmung beruhigt sich. »Ja. Bananenbaum ist ein Wort, das dich so sehr verwirrt hat, dass du mich loslassen musstest. Es hat keinen tieferen Sinn. Du hast aber auch einen ziemlich festen Griff, weißt du das?«

»Oder du bist einfach zu verweichlicht«, grinst er.

»Kein Wunder, dass du keine Freundin hast«, ziehe ich ihn auf. »Nach der ersten Umarmung mit deinem Schwarm kannst du die nächsten Dates nur noch auf einem Friedhof abhalten.«

»Nein, ich glaube nicht, dass es daran liegt.«

»Woran dann?«

»An meinem schrecklichen Charakter«, gibt Valentin ironisch von sich. »Ich muss jetzt mal meinen Schlafsack raussuchen. Später erzählst du mir dann, was es mit dem Bananenbaum auf sich hat.«

Nichts! Absolut nichts!

»Ich kann's kaum erwarten, dir davon zu erzählen.«

Und dann ist er auch schon verschwunden.

Ich kann jedoch nicht glauben, dass sich die Mädchen von Valentin fernhalten. Er sieht gut aus, was natürlich auch daran liegen kann, dass er eine gewisse Ähnlichkeit mit mir hat. Er hat Humor, Kraft und ist auch noch sympathisch. Die Menschen, die sagen, sie wären *nicht* sympathisch, sind für mich meistens die sympathischsten. Auch wenn mir bewusst ist, dass Valentin es nicht ernst gemeint hat und unfassbar selbstbewusst ist.

Ich frage mich, was Kaja an mir findet. Hier im Camp gibt es spannende Jungs, starke Jungs, witzige Jungs. Und doch will sie *mich.*

Vielleicht will sie mich gar nicht? Möglicherweise sieht sie nur einen Freund in mir.

Bevor mir richtig bewusst wird, dass ich wieder über Gefühle nachdenke, kommt das Zeichen von Magnus.

In zehn Minuten geht es los! *Los, in den Wald!*

Ich gehe noch schnell in die Hütte, um meinen Schlafsack rauszusuchen. Auch Arthur ist in unserer Unterkunft, liegt auf dem Bett und liest. Ich spreche ihn darauf an. »Solltest du nicht deine Sachen vorbereiten?«

Zurück bekomme ich nur ein Handzeichen, dass ich leise sein soll.

»So spannend?«, hake ich nach. »Besiegen sie gerade den Bösewicht?«

»Leider.«

Leider?

»Wie meinst du das?«, frage ich ihn, etwas verdutzt über seine Aussage.

Arthur legt seufzend sein Buch beiseite. »Ob ein Mensch klug ist, erkennt man an seinen Antworten. Ob ein Mensch weise ist, erkennt man an seinen Fragen«, antwortet er. »Das Zitat ist von Nagib Mahfuz und trotz seines komplizierten Namens hat er den Nagel auf den Kopf getroffen.«

»Willst du damit sagen, dass du dumm bist?«

»Nein! Ich will damit sagen, dass *du* nicht weise bist!«

Ich muss lachen.

Genial! Eigentlich sollte ich mir Arthurs Zitate aufschreiben.

»Nun sag schon. Warum findest du es schade, wenn sie den Schurken zur Strecke bringen?«, frage ich ein letztes Mal.

»Weil die Autoren meist viel mehr Liebe und Details in die bösen Figuren stecken. Es wird erklärt, *warum* sie so geworden sind, *was* sie verloren haben und *weshalb* sie keinen anderen Ausweg finden. Meistens sind es düstere Vergangenheiten. Jedenfalls werden die Guten dagegen nur oberflächlich beleuchtet. In diesem Buch gibt es beispielsweise einen Studenten, der plötzlich durch die Zeit reisen kann. Schön und gut, aber die Geschichte, die Hintergründe des Helden, die erfährt man selten oder nur sehr schwammig.«

»Deswegen bist du auf der Seite der Bösen?« Ich lehne mich amüsiert gegen das Stockbett.

»Nicht immer.«

»Aber meistens?«

»Gott! Du bist ja schrecklich. Du drehst mir das Wort im Mund um und schaffst es immer wieder, mich aus der Fassung zu bringen. Schon einmal überlegt, einen Roman zu schreiben?«, fragt mich Arthur, der sich nun auch erhebt und in seinem Koffer wühlt.

»Nein, eigentlich nicht. Worüber sollte ich denn schreiben?«

»Na, über dieses Camp hier.«

Ich lache ein zweites Mal. »Das wäre aber weniger spannend. Keine Entführungen, keine Toten, keine wilden Bestien. Nicht einmal eine tragische Liebesgeschichte. Und das ist auch gut so. Bis auf ein paar Zwischenfälle ist noch niemand zu Schaden gekommen.«

Arthur runzelt die Stirn. »Man sollte den Tag nicht vor dem Abend loben«, murmelt er und klemmt sich seinen eingerollten Schlafsack unter den Arm. »Wenn wir nach den zwei Wochen glücklich und unversehrt diesen Wald verlassen, dann sprechen wir uns wieder, Lukas.«

»Das werden wir. Ganz sicher.«

Was übersetzt so viel heißt wie: Ich hoffe es. Ich hoffe es wirklich.

Es ist schon später Nachmittag, als jeder von uns einen kleinen Knopf bekommt. Einen Peilsender. Sollten wir morgen in der Früh nicht rechtzeitig erscheinen, können uns die Betreuer ausfindig machen. Ich weiß aber noch immer nicht, ob mich dieses Ding beruhigen oder verunsichern soll.

Sie ziehen in Erwägung, dass uns etwas passieren könnte. Das Tier, von dem Jacob sprach: Existiert es wirklich? Ist es da draußen? Wartet es schon auf uns?

Ich atme langsam und intensiv ein und aus. So, wie ich es immer mache: Einatmen, ausatmen. Einatmen, ausatmen. Und dann startet die Nachtaktion.

Jeder von uns Jugendlichen geht an der Stelle in den Wald, die uns die Betreuer vorschreiben. Emil beispielsweise zwischen dem Hauptweg und dem Vogelnest. Ich selbst muss nahe am Fuß des Berges in die Wildnis. Ist mir recht. So habe ich immer einen Anhaltspunkt, kann mich nicht so schnell verlaufen.

Als Magnus etwas ruft, das ich nicht ganz verstehe, weiß ich eines: Der Abend ist hereingebrochen. Bald schon die Nacht. Deswegen sollte ich mich schnell auf den Weg machen, bevor es stockdunkel wird und ich keinen passenden Schlafplatz mehr finde.

Ich gehe los.

Normalerweise kann ich einen Spaziergang im Wald genießen. Diesmal nicht. Ich bin angespannt, schaue mich oftmals um, obwohl ich weiß, dass da nichts ist. Es fängt an zu dämmern. Die Luft wird kühler und eine bedrückende Stimmung breitet sich aus. Beängstigend. Selbst die Vögel zwitschern kaum mehr.

Diese Stille macht mich verrückt.

Ich komme an einem riesigen umgestürzten Baum vorbei. Die Wurzeln wurden aus der Erde gerissen und scheinen jetzt förmlich nach mir zu greifen. Sie sehen aus wie lange, alte Finger, die sich jede Sekunde in Krallen verwandeln können. Der Wind weht durch die Blätter. Zischt, ruft meinen Namen. Von Weitem sehe ich ein Reh, das den Waldboden absucht. Als ich näher komme, hebt es seinen Kopf und schaut in meine Richtung. Ein kurzer Blickkontakt, bevor es schnell und geschickt im Dickicht verschwindet. Solche kleinen Entdeckungen machen den Wald für mich angenehm lebendig. Doch als ich hinter mir das Knacken eines Astes höre, wird es unheimlich. *Zu* lebendig. Ich drehe mich um. Nichts. Ich lasse meinen Blick in die Bäume schweifen. Nichts.

Vielleicht ein Eichhörnchen?

Ich gehe weiter, überquere einen schmalen Bach, der sich durch den Waldboden schlängelt. Dabei wird es immer finsterer. Die Dunkelheit bricht ziemlich schnell herein. Zumindest schneller, als ich laufen kann. Ich muss einen geeigneten Schlafplatz finden, eine Lichtung oder ein Feld. Ungern würde ich mich hier hinlegen. So oder so, ich bin umgeben von den Tieren der Nacht. Darauf muss ich mich einlassen.

Ein weiteres Geräusch hinter mir.

Verflucht!

Ich drehe mich einmal im Kreis, suche meine Umgebung ab.

Wieder nichts!

Nun horche ich beim Weitergehen ganz genau hin. Mir wird allmählich bewusst, was ich hinter mir höre. Was sich hinter meinem Rücken abspielt.

Es sind Schritte.

Irgendjemand folgt mir!

17

Ich bleibe stehen.

»Wer auch immer mir folgt, soll jetzt gefälligst rauskommen«, stottere ich.

In meinem Kopf klang der Satz weitaus selbstsicherer.

»Ich weiß, dass hier jemand ist.« Diesmal habe ich mehr Druck in der Stimme, mehr Sicherheit.

Stille.

Ich will fast aufgeben, als ich sie erneut höre. Die Schritte. Nur sind sie lauter, kommen näher. Ich schnelle zur Seite, sehe ihn. Den Menschen, der mir hinterhergelaufen ist. Schon die ganze Zeit lang. Ich verharre reglos.

Mist! Ich hätte es mir denken können! – Kaja.

»Und ich dachte, du würdest mich nicht hören«, behauptet sie und tritt näher an mich heran.

»Da musst du wohl noch ein bisschen üben.« Ich verschränke die Arme und schaue sie erwartungsvoll an. »Was zur Hölle machst du hier?«

»Mach dich locker.« Kaja geht weiter, ich folge ihr widerwillig. »Du hast doch gesagt, dass wir diese Nacht gemeinsam durchstehen sollten«, weist sie mich zurecht.

Während unseres Gesprächs wird es dunkler. Immer, immer dunkler.

»Aber … ich habe nicht gedacht, dass …«

»Dass ich es wirklich machen würde?«

»Ja … so in etwa.«

»Ich bin eben nicht das brave Mädchen, das die meisten in mir sehen. Ich brauche Abenteuer.«

Und ich brauche dich …

»Wie auch immer. Schön, dass du hier bist. Wir sollten uns jetzt aber sputen, sonst finden wir nie eine geeignete Stelle.«

Kaja nickt. Sie weiß, dass ich recht habe. Wir haben uns sicher schon weiter vom Camp entfernt, als wir sollten. Ich werde unruhig. Kurz spiele ich mit dem Gedanken, zur Feuerhöhle zurückzukehren, doch es ist jetzt schon zu finster. Wir würden den Weg nicht finden, uns verirren. Als ich mich damit zufriedengeben will, keine passende Schlafstelle zu entdecken, ruft mich Kaja zu sich.

»Hier, schau!«

Ich sehe sie. Eine kleine Lichtung, umgeben von Gehölz. Moos bedeckt den Boden und in der Mitte des Platzes befindet sich eine alte Feuerstelle. *Eine Feuerstelle?*

»Irgendwie beunruhigend«, sage ich.

»Solche Feuerstellen gibt es öfter. Ich glaube nicht, dass hier vor Kurzem jemand gewesen ist. Komm schon, lass uns ein Feuer machen.«

»Und wie? Überhaupt wäre das viel zu gefährlich. Wir haben nichts, womit wir es dann wieder löschen können.«

Kaja holt eine Wasserflasche und ein Feuerzeug aus ihrem kleinen Rucksack.

»Es wird nur ein kleines Feuer, okay?«

Das Licht würde alles und jeden anlocken. Man würde merken, dass wir hier sind. Jacobs Geschichte … die Lichtung im Wald … das zerfetzte Reh …

Ich gebe nach. »Okay, von mir aus. Aber könntest du mir verraten, woher du das Feuerzeug hast? Mir ist ohnehin schon aufgefallen, dass dein Reiserucksack für das Camp größer ist als der aller anderen. Hast du denn vor, länger zu bleiben? Länger als die zwei Wochen im Camp?«

»Ich habe vor zu leben. Nicht mehr und nicht weniger.«

Ich schüttle fassungslos den Kopf. »Ich liebe deine nichtssagenden Antworten.«

Nicht reden – beeilen. Feuerholz, wir brauchen Feuerholz!

Und tatsächlich, wir legen uns so ins Zeug, dass nach wenigen Minuten alles für die Nacht bereit ist. Wir haben genug Feuerholz, Isomatten, die wir auf dem Moos ausgebreitet haben, gemütliche Schlafsäcke und sogar ein kleines, wärmendes Feuer – ein Nachtlager in letzter Sekunde, denn als wir uns nach getaner Arbeit an das Feuer setzen, ist die Sonne komplett hinter dem Berg verschwunden. Der Mond und die Flammen spenden uns Licht. Wie Kaja sagte: Nicht mehr und nicht weniger!

Das ist die Wildnis.

Kaja kuschelt sich an mich, legt ihren Kopf auf meine Brust. Ich streiche ihr dabei durch die Haare. Der nächtliche Ausflug ist schöner als gedacht. Auch die Stille ist verschwunden und die Geräusche der Nacht sind zurückgekehrt: ein Zirpen, ein Rascheln, das leichte Knacken des Holzes, das im Lagerfeuer vor sich hin brennt. Wir hören sogar eine Eule. Der Platz hat etwas Magisches. Und doch, wenn ich in das Blätterdickicht blicke, fällt mir wieder ein Gespräch ein, das ich am ersten Tag hier geführt habe. Es war immer in meinem Unterbewusstsein, nun spreche ich es an.

»Weißt du, eine Freundin von Valentin hat sich in einem Wald das Leben genommen. Von einem Tag auf den anderen war sie tot. Seltsam, irgendwie lässt mich diese Geschichte nicht los«, flüstere ich.

»Wahrscheinlich, weil du Angst vor dem Tod hast.«

Ich schaue ins Feuer. Sehe, wie es lodert und brennt. Wie die Funken tanzen.

»Hast du denn keine Angst davor?«, frage ich sie.

»Ob ich Angst vor dem Tod habe? Nein. Warum sollte ich vor etwas Angst haben, das ich nicht kontrollieren kann? Da kannst du gleich einen Mann ohne Beine fragen, ob er Angst davor hat, zu laufen. Er wird dich auslachen.«

»Du kannst doch nicht den Tod mit einem Mann ohne Beine vergleichen.«

Sie strahlt. »Doch, du siehst ja, wie ich das kann. Ein anderes Beispiel: Wenn du einen richtig guten Film anschaust, machst du dir auch keine Gedanken darüber, dass er in ein oder zwei Stunden wieder aus ist. Sonst verbringst du den ganzen Film damit, etwas zu bedauern, was schon feststand, bevor der Film überhaupt begonnen hat.«

Kajas Worte fesseln mich. Sie muss sich vorher schon Gedanken über den Tod gemacht haben.

»Eine Sache wollte ich dich noch fragen«, sage ich vorsichtig. Ich überlege meine nächsten Worte genau. »Du weichst immer aus, wenn es um deine Familie geht. Ist bei dir zu Hause alles gut?«

Schweigen.

Ich merke, wie Kaja in meinen Armen zu schlottern beginnt. Es kann nicht von der Kälte kommen. Das Feuer ist ziemlich warm.

»Was ist denn heutzutage schon gut, Lukas?«

Das ist keine Frage, auf die sie eine Antwort will.

Sie redet weiter. »Gut wäre es, wenn wir so leben könnten, wie wir es gerne hätten, und nicht, wie es uns andere vorschreiben. Weshalb bist du in diesem Camp?«

»Wegen meiner Mom.«

Der Brief. Er liegt noch immer in der Hütte.

»Eben. Wieder hast es nicht du entschieden.«

»Wir sind auch noch nicht vollends erwachsen. Bald schon, dann wird alles anders.«

»Alles anders?« Kaja klingt traurig. »Wenn wir kein enormes Glück haben, müssen wir sofort einen Job annehmen, um über die Runden zu kommen. Die Leute, die in der Gesellschaft über uns stehen, sagen uns dann, was wir bezahlt bekommen und was wir dafür machen müssen. Dann haben wir Geld. Geld für Unterkunft, Lebensmittel, Familie. Manchmal dürfen wir sogar in den Urlaub fahren. Dieser sogenannte Urlaub erinnert uns daran, dass die restlichen Tage im Jahr ebenfalls anders, befreiender laufen könnten, aber wir wissen nicht wie. Unsere Möglichkeiten werden plötzlich zu Privilegien umfunktioniert. Unsere Wünsche zu Fehlern. Du musst doch nur den Fernseher einschalten und richtig hinhören, Lukas. ›Machen Sie dies, zahlen Sie das. Kaufen Sie dies, verkaufen Sie das.‹ Das Gehirn speichert unterbewusst. Und dann, eines Tages, bist du vielleicht in einer Beziehung und solltest das machen, was den Partner nicht verärgert. Wenn dein Partner tolerant ist, hast du zwar viel Freiraum, aber machst du dann wirklich das, was du machen willst, oder das, was andere von dir erwarten?«

Ich sage nichts. Mir fällt nichts ein. *Was soll ich darauf antworten?*

Kaja richtet sich auf. »Tut mir leid, ich plappere dich schon wieder voll. Mit philosophischem Blödsinn, den du gar nicht hören willst.«

»Doch! Will ich. Ich will dir zuhören, wirklich. So wie du mir zuhörst. Und es ist okay, wenn du mir nichts über deine Familie erzählen willst. Es ist alles okay. Nur rede mit mir. Wenn du mit mir redest, bin ich in einer ganz anderen Welt. In einer Welt, in der nur wir zwei existieren.«

Was sage ich da bloß? Verdammt, werde ich rot?

»Du bist schon süß, Lukas«, sie lacht und kuschelt sich wieder an mich. Und so bleiben wir eine Zeit lang. Schauen bloß in den Nachthimmel oder ins Feuer.

Kurz bevor ich einschlafe, stehe ich noch einmal auf.

»Wohin gehst du?«, fragt mich Kaja etwas beunruhigt.

»Alles gut, ich gehe nur eben aufs Klo.« *Zu viel Wasser getrunken!*

Ich entferne mich so weit von der Lichtung, dass ich das Licht des Feuers gerade noch sehe. Dann stelle ich mich zu einem Baum.

Kaja ist schon einzigartig, das kann niemand bestreiten. *Was sie nur mit den Freiheiten gemeint haben könnte? Sind ihre Eltern so streng zu ihr?* Ich verwerfe meine Gedanken.

Ein Geräusch. Direkt vor mir. Ich schaue an dem Baum vorbei, in die Dunkelheit.

Ein Fehler. Das hätte ich nicht tun sollen.

Ein Umriss, nur wenige Meter entfernt von mir. Jemand, der zwischen den Bäumen steht und mich beobachtet. Ich erkenne fast nichts. Es ist zu dunkel, viel zu dunkel.

Ich beruhige mich. Die Schritte von vorhin waren auch von Kaja, vielleicht ist sie mir gefolgt und beobachtet mich. *Aber würde sie das tun?* Ich habe ihr doch gesagt, dass ich nur aufs Klo gehe. Ich schnaufe.

»Gefinkelt, Kaja. Ich hätte dich fast nicht entdeckt. Du wirst immer besser.«

Keine Reaktion.

Dabei steht ganz sicher eine Person vor mir. Breitbeinig, völlig auf mich fokussiert. Sie ist nicht einmal in Deckung, versucht gar keinen Schutz zu finden.

Ich werde etwas lauter.

»Kaja? Hey! Ich sehe dich!«

Sie antwortet mir.

Kaja antwortet mir!

Doch ihre Stimme kommt nicht von dem Umriss vor mir, ihre Stimme kommt von hinten. Sie ist noch immer auf der Lichtung.

»Alles okay bei dir, Lukas?«

Das vor mir ist nicht Kaja!

Mir steigen Tränen in die Augen. Ich kann mich keinen Millimeter bewegen. Jede Stelle meines Körpers ist angespannt. Mir läuft es kalt den Rücken hinunter, meine Nackenhaare sträuben sich. Gänsehaut. Der immer gleiche Satz geht mir durch den Kopf:

Das ist nicht Kaja!

Und jetzt, da sich meine Augen besser an die Dunkelheit gewöhnen, wäre es mir auch ohne die Stimme aufgefallen. Die Person vor mir ist viel größer als Kaja. Das Gesicht erkenne ich nicht. Ist mir in diesem Moment auch völlig gleichgültig. Mein Herz schlug noch nie so schnell. Es scheint jeden Augenblick zu explodieren. Meine Lippen sind trocken, ich traue mich nicht zu schlucken. Ich traue mich nicht einmal zu atmen. Und doch wäre es egal, denn die Gestalt vor mir hat mich sowieso schon gesehen. Die ganze Zeit. Die ganze Zeit, während ich mit Kaja beim Lagerfeuer gesessen bin. Sie hat nur darauf gewartet, dass ich mich entferne.

Ich bin ihr direkt in die Falle gelaufen!

Und dann renne ich! Alles geht so verflucht schnell. Ich komme beim Feuer an, packe Kaja am Arm.

»LAUF!«

Ihr ist das Entsetzen ins Gesicht geschrieben. Sie hinterfragt meine Aufforderung nicht, sie läuft. So, als wären es die letzten Schritte ihres Lebens. Wir lassen alles hinter uns: die Isomatte, den Schlafsack, das Feuer. Mit einem enormen Tempo preschen wir durch den Wald. Mitten durch die vollkommene Dunkelheit. Ich höre Schritte.

Sind es die von Kaja?

Zerbrechende Äste, peitschende Zweige, aufgewühltes Laub. Mein Fuß prallt gegen einen Stein. Ich falle hin, rapple mich auf. Mein Knie schmerzt. Ich greife mir einen Stock.

»Lukas?! Alles okay?!«

Ich antworte nicht, ich renne.

Wir dürfen keine Kraft verschwenden, müssen weiter. Immer weiter. Ich umfasse das Stück Holz, so fest ich kann. So fest, dass es wehtut.

Dann packt mich jemand an der Schulter. Kaja schreit.

Mit voller Wucht schleudere ich den Stock in meiner Hand gegen die Gestalt hinter mir. Ein weiterer Schrei, nicht von mir, nicht von Kaja. Ich höre, wie jemand zu Boden geht.

»Weiter, Kaja! Einfach weiterrennen!«

Und das tut sie. Das tun wir beide. Nach einiger Zeit sind wir atemlos.

Keine Schritte mehr hinter uns.

Habe ich ihn so hart getroffen? Ihn ausgeschaltet?

Vom Mondlicht beleuchtet, bemerke ich den Baum mit den großen Wurzeln, an dem ich vorher vorbeigekommen bin.

»Unter die Wurzeln!«, bringe ich noch hervor.

Wir quetschen uns zu zweit an das schützende Ende des umgefallenen Baumes. Und dann, völlig ungeplant, drehe ich mich zu ihr und küsse sie. Sie wehrt sich nicht, sie lässt es zu. Ich spüre ihre warmen Lippen, ihre weiche Haut.

Unpassend! In dieser Situation! Doch um einen Menschen zu küssen, sollte es nie falsche Momente geben.

»Wofür war *das* jetzt gut?«, wispert sie, noch immer außer Atem.

»Falls wir jetzt sterben, hätte ich es bereut, wenn ich es nicht getan hätte.«

»Du bist verrückt, Lukas. Das alles hier ist verrückt«, sagt sie noch, bevor sie sich zu mir beugt und mich ebenfalls küsst.

Und so bleiben wir unter den Wurzeln des Baumes. Für Sekunden, Minuten, Stunden. Ich bin eng an Kaja geschmiegt, mitten in einem Wald. In einem Wald, der alles daransetzt, mir Schaden zuzufügen.

Doch ich kann hier nicht weg. Bis die zwei Wochen vorbei sind, bin ich eingeschlossen. Außer die Betreuer merken, was hier wirklich abgeht.

Oder haben sie es schon bemerkt? Wissen sie es und tun trotzdem nichts dagegen? Stecken Jacob, Stella und Magnus unter einer Decke?

Vielleicht hat dieser Geistesgestörte im Wald auch nichts mit dem Camp zu tun. Aber warum dann die Kreuze? Es waren alle unsere Namen darauf.

Ich werde müde davon, mir Gedanken zu machen. Die letzten Tage waren anstrengend. Doch ich darf nicht einschlafen, zumindest jetzt noch nicht.

Einfach wach bleiben.

Einfach … immer … wach bleiben.

Ich … darf … nicht … schlafen.

Ich … ich … darf nicht.

Und ich schlafe ein.

Tag 5 – Freitag

Lichterloh

18

Er will nur, dass wir die Schönheit der Natur nicht vergessen, und dann wird der Vogel vom Fuchs gefressen.

Schlagartig reiße ich meinen Kopf nach oben. Sonnenstrahlen blenden mich und ich muss meine Augen zu schmalen Schlitzen verengen, um überhaupt etwas sehen zu können. Meine Gelenke schmerzen, eine Schweißperle tropft mir von der Stirn. Orientierungslos greife ich neben mich. Nichts.

»Kaja?«

Ich raffe mich auf und drehe mich einmal im Kreis. Keine Kaja, nur Bäume.

Wo kann sie nur sein?

Wir müssen wohl die ganze Nacht hier verbracht haben. Am Boden eingeschlafen, angelehnt an die Wurzeln eines Baumes.

Hat uns der Irre doch noch gefunden? Sie mitgenommen?

Ich hätte kein Auge zumachen dürfen, hätte auf Kaja aufpassen sollen. Und jetzt … jetzt ist sie …

»Da sieh mal einer an, wer auch schon aufgewacht ist.«

Ich drehe mich um. Kaja erhebt sich hinter dem umgefallenen Baum und grinst. Dann hält sie unsere Schlafsäcke und die Isomatten in die Höhe.

»Bist du wahnsinnig?«, fahre ich sie an. Schreckliche Szenarien gehen mir durch den Kopf. »Warst du wieder bei dieser Lichtung? Kaja, dieser Typ hätte noch dort sein können, er …«

»Hey, mir geht's gut. Beruhige dich«, flüstert sie sanft und ich werde unverzüglich leiser.

»Sorry«, antworte ich. »Aber wenn dir etwas passiert wäre, dann könnte ich mir das nie verzeihen.«

»Du könntest es *dir* nicht verzeihen? Also könnte ich auch in ein Casino fahren, tausende Euros aus dem Fenster werfen und es wäre *dein* Problem, ob du mein verspieltes Geld wieder auftreiben kannst?«

Ich schüttle fassungslos den Kopf. »Du weißt, wie ich das meine.«

»Kann sein. Macht aber doppelt so viel Spaß, wenn ich so tue, als würde ich es nicht wissen. Ich war vorsichtig, wirklich. Wir wissen doch noch nicht einmal genau, wer oder was uns da gestern verfolgt hat. Außerdem wollte ich dich nicht wecken.«

»Mich nicht wecken?«, wiederhole ich belustigt. »Du hättest mir als Morgengruß in den Bauch schlagen können und ich wäre nicht so aufgebracht gewesen wie jetzt. Du ziehst gar nicht in Betracht, dass es etwas anderes als ein Happy End geben könnte. Für dich ist das Glas immer halb voll.«

Kaja schnallt sich ihren Rucksack auf die Schulter und drückt mir meinen Schlafsack in die Hand.

»Nein«, entgegnet sie mir. »Bei mir ist das Glas nicht halb voll. Nicht einmal halb leer, sondern ganz leer. Die wichtigsten drei Regeln in der Wildnis lauten: Trinken, trinken und noch mehr trinken. Kein Wasserglas wäre da vor mir sicher.«

»Das war eine Redensart.«

»Ich weiß«, sagt sie amüsiert und macht sich auf den Weg.

Dieses Mädchen macht mich wahnsinnig!

Es herrscht ein ziemlicher Betrieb im Camp, als wir dort ankommen. Die meisten sind schon zurückgekommen. Einige wirken müde, doch sonst kann ich keine Veränderungen feststellen. Nur in der Feuerhöhle befinden sich ungewöhnlich viele Personen.

Dort treibt sich doch sonst kaum jemand herum …

Und als uns auch noch ein aufgebrachter Arthur entgegenkommt, wird mir klar, dass irgendetwas passiert sein muss.

»Was ist denn los?«, frage ich meinen Zimmerkollegen irritiert.

»Die Liebe und ihre Schattenseiten, das ist los.«

»Existiert denn eine Antwort, die ich auch verstehe?«

Arthur verschränkt die Arme. »Existieren tut sicher eine, aber ob ich dir den Gefallen tue, sie dir auch zu geben, ist die andere Frage.«

Kaja schmunzelt. »Genau mein Humor«, verkündet sie und blickt abermals zu der Menschenansammlung.

»Dann sehe ich eben selbst nach«, erwidere ich und mache mich auf den Weg.

Bevor ich aber außer Hörweite bin, gibt Arthur mir eine verständliche Antwort. »Henry ist ausgezuckt.«

»Was? Weswegen denn?«, frage ich bestürzt.

»Ich habe es nur teilweise mitbekommen, aber ich glaube, dass ein Mädchen ihm falsche Hoffnungen gemacht hat. Vorhin hat er dann beobachten können, wie sein Schwarm Alea geküsst hat!«

Kaja ist jegliche Farbe aus dem Gesicht gewichen. »Geht es allen gut?«, stammelt sie.

»Weiß ich nicht. Die anderen versuchen die Situation zu beruhigen.«

»Und du?«, hake ich nach.

»Ich würde nicht einmal beim Armdrücken mit einem Marienkäfer gewinnen, deswegen halte ich mich da lieber raus.«

Ich ignoriere Arthurs Kommentar und laufe zusammen mit Kaja in die Feuerhöhle.

Tatsächlich. Das Erste, was ich sehe, ist Henry. Er hat einen knallroten Kopf. »Du hättest es mir sagen können«, ruft er lautstark in Richtung eines schwarzhaarigen Mädchens. »Die ganzen Tage hast du dich an meine Schulter geschmiegt, hast mich angehimmelt, und jetzt muss ich herausfinden, dass du mit einem anderen Mädchen rummachst. Und dann auch noch mit Alea. Die sagt kein Wort, aber ihre Zunge in deinen Mund stecken kann sie.«

Valentin ist aus der Menge getreten und geht schnurstracks auf Henry zu. »Beruhige dich«, sagt er und will Henry am Arm nehmen, als dieser ihn mit Gewalt zur Seite schubst. Valentin torkelt rückwärts, fällt über einen Baumstamm und schlägt ungeschickt auf dem Boden auf. Augenblicklich greift er sich an den Fuß, gibt einen schmerzerfüllten Laut von sich. Ich renne zu ihm. Inzwischen hat Valentin seine Hose hochgekrempelt. Eine Wunde. Er muss sich an einem Hering aufgeschnitten haben, der zur Befestigung der Plane im Boden steckt.

»Das kann ich jetzt gar nicht brauchen«, flucht er und wirft einen wütenden Blick zu Henry.

Dieser scheint genauso bestürzt zu sein. Er hält sich die Hand vor den Mund. »Das … das wollte ich nicht …«

Dann erscheint Magnus.

Viel zu spät.

»Was ist hier eigentlich los?«

Doch bevor eine weitere Diskussion ausbrechen kann, gehe ich zu Henry, packe ihn am Oberarm und ziehe ihn von der Feuerhöhle weg. Ich schleife ihn so lange neben mir her, bis wir beim Vogelnest angekommen sind. Er wehrt sich nicht, ganz im Gegenteil, er fängt an zu schluchzen.

»Ich … es … es tut mir leid.« Er bricht zusammen, atmet schwer.

»Mir musst du das nicht sagen, Henry. Valentin und dieses Mädchen haben eine Entschuldigung verdient.«

»Ich weiß«, schnieft er. »Sie heißt Sarah, falls es dich interessiert. Das Mädchen mit den schwarzen Haaren. Bildhübsch, oder?«

Von außen gesehen spielt er den Alleskönner, den Proleten, doch ich kenne das Gesicht hinter der Maske. Seine Geschichte.

Ich setze mich neben ihn. »Was war denn los?«

»Keine Ahnung. Ich habe überreagiert. Sarah und ich haben uns die ganze Zeit gut verstanden und sie ist aus den Mädchen hier hervorgestochen. Ich flirte gerne, das gebe ich auch zu, aber weißt du, irgendwann will ich einen Menschen finden, mit dem ich es ernst meinen kann. Ich habe da so einen Tick. Du weißt doch, dass meine Eltern nie für meine Schwester und mich da sind. Und jetzt habe ich den Drang, unbedingt für jemand anderen da sein zu wollen. Vielleicht, weil ich dieses Gefühl selbst nie hatte. Ach, Lukas. Ich weiß doch nicht einmal, wie sich Geborgenheit anfühlt. Ich weiß nichts über die Liebe. Klar, ich liebe meine Schwester, würde alles für sie tun, aber zwischen Geschwistern ist das etwas anderes. Ich brauche einen Menschen an meiner Seite, der mich so annehmen kann, wie ich bin. Und nicht so, wie ich mich präsentiere. Bis vor Kurzem habe ich gedacht, Sarah könnte diese Eine sein. Ein Mädchen, das alles verändert.«

»Du bedauerst, dass dich niemand so wahrnimmt, wie du wirklich bist, dabei hältst du diese Seite vor allen verborgen. *Du selbst* gibst niemandem eine Chance«, werfe ich ein.

Henry lässt sich ein bisschen Zeit mit seiner Antwort. »Das ist Schutz, denke ich.«

»Nein, das ist Verschwendung.«

Er blickt mir in die Augen. Wieder kullert eine Träne über seine Wange.

»Verschwendung von einem einzigartigen, philosophischen und humorvollen Charakter«, füge ich hinzu.

Henry wischt sich die Träne aus dem Gesicht. »Danke. Deine Worte lösen etwas in mir aus, das kannst du mir glauben. Du müsstest auch gar nicht mit mir reden, hättest zusehen können, wie Magnus mich zusammenschreit.«

»Hätte ich. Aber das hast du nicht verdient.«

»Es ist wirklich sonderbar. Ich werde als ein anderer Mensch aus diesem Camp gehen. Auch Sarah wird ihren Weg finden …«, beteuert er.

»Das wird sie«, versichere ich. »Überhaupt liegt es nicht an dir. Sie steht halt nicht auf Jungs.«

Er lächelt. »Ich kann's verstehen. Frauen sind ja auch wundervoll, da gebe ich ihr recht. Siehst du, Sarah und ich haben etwas gemeinsam.«

»Keine Gemeinsamkeit, auf die man eine Beziehung aufbauen könnte«, sage ich grinsend.

»Vermutlich. Aber das Leben geht weiter, auch nach diesem Camp. Ich vermisse meine Schwester ohnehin schon. Ich kann es kaum erwarten, dass ich sie in einer Woche wiedersehe, sie in die Arme nehmen kann.«

Ich klopfe Henry auf die Schulter und stehe auf. »Du wirst sie früh genug sehen. Und jetzt geh rüber und entschuldige dich«, sage ich zum Abschluss und will selbst zur Feuerhöhle zurückkehren.

Es war eine anstrengende Nacht. Eine Nacht, die mir noch mehr Fragen in meinen Verstand gehämmert hat, als ich sowieso schon hatte. Jetzt brauche ich wieder jemanden zum Reden.

Ich muss die derzeitige Lage besprechen, die Möglichkeiten.

Kurz gesagt: Ich *muss* zu Kaja und Valentin.

Doch ich komme nicht weit, eigentlich nur ein paar Schritte. Niklas steht breitbeinig vor der Vielfraßküche und visiert mich an.

Seine Haltung. Seine Größe. Sein Umriss. Wäre es jetzt dunkel, dann würde er so aussehen wie …

»Lukas, wir hatten einen holprigen Start, ich weiß.« Der Junge mit der Narbe kommt näher. »Vielleicht wird unser Verhältnis besser, wenn ich dir etwas zeige.«

Ich halte an, stelle mich vor Niklas. *Er will mir etwas zeigen?* »Was denn?«, frage ich skeptisch.

»Das musst du wohl selbst herausfinden.«

Ich muss gar nichts!

Andererseits herrscht hier gerade viel Trubel. Der Streit von Sarah und Henry wird die Stimmung sicherlich nicht verbessern. Ablenkung wäre also nicht schlecht. Überhaupt könnte ich so mehr über Ben und Charlie herausfinden. Die ideale Chance, sozusagen.

»Von mir aus«, verkünde ich. »Aber nur, wenn du mir ein paar Fragen beantwortest.«

»Wie du willst. Wir treffen uns in einer Viertelstunde am Waldrand hinter dem Wolfsbau«, gibt er zurück.

»Ist gut. Wir sehen uns«, sage ich. Dabei starre ich in sein vernarbtes, entstelltes Gesicht.

Das kann was werden.

Um zu verschnaufen, setze ich mich unter den Baum der tausend Gesichter. In den letzten Tagen ist so viel passiert, dass ich nie dazugekommen bin, über die Erlebnisse nachzudenken.

Ich lasse die vergangenen Tage Revue passieren.

Meine Mutter hat mich mit einem Brief in dieses Camp geschickt.

Seitdem ich hier bin, passieren unerklärliche Dinge. Die Kreuze, der Friedhof, das Fleisch.

Aber auch Dinge, die eigentlich schon aufgedeckt sein sollten. Beispielsweise die Scherben, die unter Magnus' Bett versteckt sind. Dennoch passen sie in kein logisches Schema.

Ist hier bloß ein Irrer im Wald oder steckt da mehr dahinter?

Was hat es mit Ben und Charlie auf sich?

Bald schon werde ich das alles herausfinden. Muss ich! Sonst werde ich verrückt!

Die Leute in der Stadt haben jetzt andere Probleme. Sie stehen vor der weltbewegenden Entscheidung, ob sie ihren Burger heute blutig oder gut durch bestellen werden. Ob die Hosen vom Second-Hand-Laden ihren Arsch eh genug betonen. Ob es den Verkäufer vom Second-Hand-Laden überhaupt interessiert, dass ihr Arsch betont wird, oder es ihm nur um Profit geht? Ob es *überhaupt* jemanden interessiert, dass sie einen Arsch besitzen? Und dann gehen die feinen Leute fort, trinken Alkohol und tanzen. Meine Mutter ist auch so ein Mensch. Sie ist bei jeder Party dabei, geht bei jeder Musik ab. Manchmal habe ich mit dem Gedanken gespielt, ihr zu sagen, dass sie beim Tanzen nicht cool aussieht, sondern eher wie ein Flamingo auf Drogen. Ein *toter* Flamingo auf Drogen. Nein. Ein behinderter Flamingo, der sich auf Drogen den Tod wünscht und jetzt seinen letzten Regentanz anstimmt, um danach in einer Pfütze zu ersaufen.

Es ist wohl keine Überraschung, wenn ich zugebe, dass ich das nie über meine Lippen gebracht habe. Die Leute sollen das machen, was ihnen Spaß macht. Jedoch glaube ich, dass das viele nicht tun und es dennoch vorgeben. Wenn ein Mann eine Frau an der Bar anspricht, um sie ins Bett zu kriegen, dann beginnt er erst mal mit ihr zu flirten. Wenn man ihn fragte, ob ihm das Flirten Spaß macht, würde er die Frage bejahen. *Eine Lüge!* Ihm macht nicht das Flirten Spaß, sondern der Sex, den er nach getaner Arbeit und zu einer sehr geringen Wahrscheinlichkeit bekommt. Ausnahmen bestätigen die Regel.

Also ist nicht der Weg das Ziel. Der Weg ist beschissen, und wenn du das Ziel erreicht hast, dann bist du fest davon überzeugt, dass der Weg gar nicht so schrecklich war. Ein Beispiel aus der Praxis: Der Weg, der dazu führt, das Rätsel um dieses Camp zu lösen, ist auch beschissen. Wenn ich es dann schlussendlich doch gelöst habe, wenn alles seine Richtigkeit hat, werde ich allerdings auf den heutigen Tag zurückblicken und sagen, dass es ohnehin nicht so schwer und kompliziert war. Und irgendwann werde ich …

»Sie sind krank! Absolut krank!« Die Stimme gehört Magnus.

Langsam drehe ich mich um und spähe an dem Baum vorbei. Etwas entfernt steht eine besorgt aussehende Stella, die den Campleiter beobachtet. Magnus hingegen wirkt nicht besorgt, er wirkt wütend. Ohne mich zu bemerken, geht er an dem Baum vorbei. Richtung Wald. In seiner Hand ein Handy, das er sich gegen das Ohr presst.

Ich weiß nicht genau, warum ich ihm folge, doch ich tue es. Die Neugier überkommt mich.

Wer könnte angerufen haben? Auf wen könnte er so wütend sein?

Ich behalte einen sicheren Abstand bei, denn ich weiß mittlerweile nur zu gut, wie schnell man als Verfolger auffliegen kann. Immer weiter entfernt sich Magnus vom Camp. Nicht einmal bei der Waldgrenze macht er halt und verschwindet im Schutz der Bäume. Ich bleibe ihm weiterhin dicht auf den Fersen, passe auf, dass ich keinen falschen Schritt mache.

Irgendwann bleibt Magnus stehen.

Ich lehne mich mit dem Rücken gegen einen Baum, horche angestrengt.

Schnell merke ich, dass das Gespräch noch ernster ist, als ich angenommen habe. Ein wenig bereue ich es, mitgegangen zu sein. Wenn ich mich jetzt aus dem Staub mache, wird er es hören. Deswegen muss ich jedes Wort mitbekommen, kann die Illusion nicht mehr aufrechterhalten, dass bei den Betreuern alles in Ordnung wäre.

Jedes einzelne Wort bohrt sich tief in meinen Verstand.

Jedes.

19

Magnus hat damit angefangen, nervös von einem Punkt zum anderen zu gehen. Wie ein aufgeregtes Tier in einem Käfig, das nur darauf wartet, gefüttert zu werden. Auf und ab. Immer und immer wieder. Die Stimme aus dem Handy ist zu leise, als dass ich sie verstehen könnte. Daher höre ich nur die aufgebrachten Kommentare vom Campleiter.

»Sie wissen absolut gar nichts, also tun Sie nicht so. Niemand hat auch nur einen blassen Schimmer von der Vergangenheit dieses Camps. Und darf ich Ihnen etwas sagen? Das wird auch so bleiben. Ich nehme das Wissen mit unter die Erde, wenn es sein muss.«

Keinen blassen Schimmer von was?

»Sie drohen mir? Nein, so läuft das nicht. Sie sind derjenige, der hier Schaden anrichtet, nicht wir. Das muss ein Ende haben, sofort.«

Magnus ist sichtlich bemüht, sich zu beherrschen. Er hört sich die Antwort seines Gesprächspartners geduldig an, verzieht dabei das Gesicht und startet einen weiteren Angriff. »Sie haben sich mit dem Falschen angelegt. Wenn Sie glauben, dass ich Ihr Spiel mitspiele, dann haben Sie sich geschnitten. Das ist mein Camp und hier gelten meine Regeln. Verstecken Sie sich hinter Ihrer verzerrten Stimme, hinter Ihrer roten Maske in den Videos, doch Gott sind Sie keiner. Sie können niemanden wiederbeleben, Sie können nur töten.«

Ich werde unruhig.

Töten?

Magnus entfernt sich ein wenig und ich stehe auf. Vorsichtig verlagere ich mein Gewicht und stütze mich gegen einen tiefhängenden Ast, um die Situation im Blick zu behalten. Das Holz knarrt. Ich ignoriere es, denn meine volle Konzentration ist auf das Telefonat gerichtet.

»Ach, das werden Sie? Nein. Ich glaube, das ist nur heiße Luft, nur wirres Gerede. In Wirklichkeit können Sie rein gar nichts verändern. Wenn Sie so weitermachen und Ihre Drohungen in die Tat umsetzen, werden Sie sich damit nur selbst schaden. Geben Sie es endlich auf. Wir wissen beide, dass das alles …«

Der Ast bricht unter meinem Gewicht zusammen und ich stürze mit voller Wucht nach vorne. Magnus verstummt. Ich höre nur noch das Rufen des Gesprächspartners im Handy, traue mich nicht aufzusehen. Ich überspiele den Schmerz des Aufpralls und hieve mich auf die Beine. Der Leiter steht starr und mit offenem Mund. Nach einiger Zeit fängt er sich wieder. »Ist dir etwas passiert, Lukas?«

»Geht schon«, erwidere ich peinlich berührt.

Magnus seufzt und steckt das Handy in die Hosentasche. Er kommt näher, stellt sich vor mir auf und mustert mich.

So ein Mist! Warum musste ich ihm auch unbedingt folgen.

Offensichtlich denkt Magnus darüber nach, was er sagen soll.

Ich komme ihm zuvor. »Ich bin hier gerade erst langgekommen und … und habe wirklich nicht gewollt, dass … dass du …«

Er deutet mir an, leise zu sein. Danach räuspert er sich. »Tun wir uns beide einen Gefallen und tun so, als hätte dieses Aufeinandertreffen nie stattgefunden, okay?«

Ohne zu überlegen nicke ich.

»Jeder hat seine eigenen Probleme, Lukas. Und ich bin mir sicher, dass sich unsere nicht überschneiden. Du solltest mein Handeln nicht in Frage stellen.«

Nach dieser Ermahnung fordert er mich mit einem Handzeichen auf zu gehen. Ich gehorche ihm.

Dennoch hat er in einer Sache unrecht. Unsere Probleme überschneiden sich sehr wohl, bloß wird mir das erst jetzt bewusst. Hier geht es nicht nur um jemanden, der mir Streiche spielen will, hier geht es um viel mehr. Und ich kann nicht zu den Betreuern gehen und mich ihnen anvertrauen, denn sie wissen bereits Bescheid.

Aber haben wir wirklich denselben Feind?

Die Nachtausflüge von Jacob. Die Anspielungen von Stella. Die Scherben unter Magnus' Bett.

Wer spielt hier falsch, wer lügt mich an? Vor allem: Wem kann ich noch trauen?

Grübelnd trete ich aus dem Wald. Indessen werde ich von keinem anderen überrascht als von Niklas, der schon auf mich wartet.

Beinahe hätte ich unser Treffen vergessen.

In seiner Hand hält er einen länglichen Gegenstand, den er mit Stoff umwickelt hat. Neben ihm hat sich Diesel niedergelassen. Ich gehe auf die Knie und kraule den Schäferhund hinter seinen Ohren. Zum Dank schleckt er mir die Hand.

»Bist du dann fertig?«, fragt mich Niklas und blickt zerstreut auf den Boden.

»Bin ich.«

Er gibt dem Camphund einen liebevollen Klaps auf den Hintern und verscheucht ihn mit den Worten: »Los jetzt, Diesel. Geh zu den anderen.«

Wie auf einen Befehl hin läuft Diesel in den Wald. Niklas schaut ihm kopfschüttelnd hinterher. »Und da soll noch einer sagen, dass der Hund mich versteht. Was will er denn im Wald?«

»Keine Ahnung«, sage ich. »Vielleicht will er jagen.«

Oder zu Magnus?

Niklas lacht kurz auf. »Diesel würde den Rehen und Hirschen eher eine kostenlose Massage verpassen, als sie zu zerfleischen. Und rennen tut er auch nicht mehr so wie früher. Der Dieselmotor wurde quasi zur Biotonne. Fressen und schlafen. Ein Hund müsste man sein.«

Der ach so coole Teenager hat sich versprochen und nebenbei erwähnt, dass er Diesel schon länger kennt! Sonst hätte er nicht von »früher« gesprochen. Nur ahnt er noch nicht, dass ich längst weiß, dass er schon öfter in diesem Camp war …

»Du kennst diesen Ort hier, nicht wahr?«, frage ich vorsichtig, bekomme aber keine Antwort.

Niklas macht sich stattdessen auf den Weg in den Wald. Nicht in die Richtung, die Magnus eingeschlagen hat, sondern in eine andere. Weiter links, gefährlich nahe zu dem Friedhof, dem ich schon hautnah begegnet bin. Ich beschließe, ihm zu folgen. Gemeinsam durchqueren wir Teile des Waldes, die ich noch nie gesehen habe.

Der Wald ist größer, als ich dachte.

Eine Weile später hake ich nach. »Du hast gesagt, dass du mir ein paar Fragen beantwortest. Jetzt wäre ein guter Zeitpunkt.«

Niklas legt seinen Zeigefinger an die Lippen und macht mir damit klar, dass ich aufhören soll zu reden. Er holt den mitgebrachten Stoff hervor und entfaltet ihn. Ein Bogen und zwei Pfeile kommen zum Vorschein.

Darf er den Bogen überhaupt mitnehmen? Ist das erlaubt?

»Ich weiß, was du denkst«, zischt er und geht weiter. »Eigentlich dürften wir diesen Bogen nicht ohne Aufsicht verwenden, doch ich habe ihn nur deinetwegen mitgehen lassen. Ich habe gesehen, wie schlecht du geschossen hast.«

Oh. Und ich merke immer wieder, wie schlecht du mit Menschen umgehen kannst!

»Das könnte auch daran liegen, dass ich es noch nie zuvor gemacht habe«, entgegne ich.

»Vermutlich. Du verschwendest deine Zeit mit unwichtigeren Dingen. Wenn du zurückkommst, wirst du so weitermachen wie zuvor, dir ein Pizzastück nach dem anderen in den Mund schieben …«

Ich schnaufe. Zwar ist Arthur nicht hier, doch an seiner Stelle habe ausnahmsweise *ich* ein Sprichwort parat: »Man soll den Bissen nicht größer nehmen, als der Mund ist.«

»Heißt das, du gibst mir recht?«

»Nein. Das heißt, dass du einen kleinen Mund hast, Niklas. Also trau dich erst gar nicht, in eine Diskussion mit mir zu gehen.«

Langsam verliere ich die Geduld. Er hat mir doch versprochen, dass er meine Fragen beantwortet.

»Ihr Jugendlichen seid doch alle so«, merkt Niklas an. »Wenn man euch fragt, was eure Leidenschaft ist, kommt ihr ins Stottern und sagt Dinge wie: *Freunde treffen* oder *ins Kino gehen*. Euch fehlt die Bestimmung. Ihr habt alle verlernt zu fantasieren, und an die Stelle eurer Träume habt ihr Erwartungen gesetzt. Ja, ihr kommt von ganz oben und wundert euch, warum es nicht noch höher und noch weiter geht.«

Als Niklas fertiggesprochen hat, nimmt er einen Pfeil, bringt sich in Haltung und schießt ihn mit der Präzision eines

Profischützen ab. Der Pfeil zerfetzt einige Blätter, bis er sich schließlich in einen Baum bohrt.

»Ihr Jugendlichen?«, wiederhole ich verdutzt. »Du redest über diese Altersgruppe, als wärst du selbst kein Teil davon, doch das bist du. Mit der Aussage bist du quasi so authentisch wie ein Veganer, der sich darüber aufregt, dass zu wenig Fleisch gegessen wird. Oder wie ein Straßenmusikant, der jedem Passanten seine Gitarre hinterherwirft, wenn dieser die Dreistigkeit besitzt, ihm Kleingeld in die Kappe zu werfen.«

Er reicht mir wortlos den Bogen. Ich nehme ihn und versuche mich so aufzustellen, wie Niklas es vorher gemacht hat. Er korrigiert mich, bringt meinen Kopf in die perfekte Position und stabilisiert meine Körperhaltung.

»Ich suche Leute, die an etwas glauben, Lukas«, murmelt er und hebt meinen Arm an. »Ruhig atmen, spüre den Pfeil. Es gibt nur dich und diesen Bogen, nichts anderes.«

Seine Worte helfen mir tatsächlich. Ich spüre Sicherheit.

»Jetzt lass los!«

Ich schieße. Und ich schieße richtig gut. Zielsicher in den fixierten Baum. Mich überkommt ein Glücksgefühl, doch ich lebe es nicht aus. Es wäre hier fehl am Platz.

»Gut gemacht«, bringt Niklas hervor. Danach macht er sich auf den Weg, um die Pfeile zurückzuholen. Seine Ansprache ist jedoch noch nicht vorbei.

»Ich konnte nicht von ganz oben starten, weißt du. Und oft bin ich mir nicht sicher, ob ich mich wirklich hinaufgearbeitet habe oder noch immer am Boden kämpfe. Das ist nicht das Gesetz des Stärkeren, das ist das Gesetz der Geburt.«

Mit einem kraftvollen Ruck zieht er die zwei Pfeile aus dem Baum. Ich entschließe mich, auf volles Risiko zu gehen.

Sonst bekomme ich nie die Antworten, die ich hören will!

»Ich habe herausgefunden, dass du und Niklas schon mehrmals in diesem Camp gewesen seid. Genau wie Charlie und Ben, wer auch immer die zwei sind.«

Niklas blickt mir einen kurzen Moment in die Augen. Ich kann an seinem Gesichtsausdruck nicht erkennen, ob ihn meine Aussage stutzig macht. Er hinterfragt jedenfalls nicht, woher ich die Information habe.

»Wenn du schon alles weißt, warum fragst du mich dann?«, erwidert er und geht weiter in den Wald. Immer tiefer hinein.

»Ich weiß nicht alles, und das, was ich weiß, auch nicht sicher. Vielleicht könntest du ein bisschen Klarheit in diese Geschichte bringen. Ich bitte dich, Niklas.«

Er rümpft die Nase und schaut sich um. Als würde er Angst davor haben, dass uns jemand zuhört. Mitten im Wald.

»Dieses Camp hat einen Wert für mich«, fängt er seine Erklärung an. »Ich bin, seit ich denken kann, in einem Jugendheim. In einer Anstalt für Jugendliche, die keine Familienangehörigen mehr haben. Es ist sehr streng dort, fast nicht auszuhalten. Ich habe oft mit dem Gedanken gespielt wegzulaufen, doch ich habe mich bis jetzt nie getraut. Es wird jeder unserer Schritte überwacht. Klar, wir haben Freizeit und wir müssen in die Schule, aber alles hat immer eine Grenze. Lange aufbleiben, mit Freunden ins Kino gehen, das geht eben nicht.«

Deswegen also die Anschuldigung gegenüber anderen Jugendlichen. War das ein Hilfeschrei, dass er gewissermaßen auch so sein will?

»Zwei Mal im Jahr kann ich diesem System entfliehen: Ich darf auf dieses Camp hier. Ohne Aufsicht. Zwei Wochen lang frei sein. Ein unglaubliches Gefühl! Fast wie eine Sucht. Deswegen nutze ich diese Chance und komme her, gemeinsam mit drei anderen aus der Anstalt. Emil, Charlie und Ben. Die anderen Jugendlichen wechseln, die Betreuer wechseln, nur wir und Magnus bleiben. Bis vor Kurzem.«

Niklas macht nicht den Anschein, als wolle er weiterreden. Er geht in die Hocke und bewegt sich in kleinen Schritten vorwärts. Möglicherweise hat er etwas gesehen. Ich tue es ihm gleich.

»Was hat es mit Charlie und Ben auf sich? Warum sind sie nicht hier?«, frage ich gedämpft.

»Ich weiß es nicht.«

Das ist nicht die Antwort, mit der ich gerechnet habe.

»Wie? Du weißt es nicht?«

»Genau. Du erinnerst dich doch noch an die Geschichte von Link. Dem Jungen, der in den Wald gerannt und dort spurlos verschwunden ist. Dort gestorben ist, wie Magnus meint. Wir haben Link natürlich auch gesucht. Sind nächtelang durch den Wald gestapft, haben seinen Namen geschrien. Oft haben wir uns aufgeteilt. Emil mit mir und Charlie mit Ben. Von ihrem letzten Ausflug sind sie nicht mehr zurückgekommen. Das ist gar nicht so lange her. Keine vier Monate. Und vor ein paar Tagen hörten wir von Jacob Geschichten über Wesen, die in diesem Wald herumlungern sollen. Die Tiere zerfleischen, stetig dem Verlangen nachgehen, Blut zu trinken. Du warst teilweise dabei, als er das geschildert hat. Zusammengefasst: Ich weiß nicht, was mit den zweien passiert ist. Unsere Anstalt nimmt an, dass sie weggelaufen sind, doch das glaube ich nicht. Wir durchleben zwar gerade ein paar beschissene Jahre, aber – wir haben uns, wir haben dieses Camp. Für mich und Emil ist es ausgeschlossen, dass wir nicht mehr herkommen. Auch wenn wir in dem Bus gesessen sind, aus dem Link geflohen ist. Auch wenn wir auf der Lichtung schlafen, auf der Link gelacht und musiziert hat. Auch wenn wir uns gerade in dem Wald befinden, in dem er gestorben ist.«

Vor meinem geistigen Auge beginnt sich alles zu drehen. Puzzleteile fügen sich zusammen, neue Fragen tun sich auf. Die Angst, die mir dieser Wald macht, wird aber kein bisschen geringer.

Das Verschwinden von Charlie und Ben soll nur wenige Monate her sein. Hat sie die gleiche Person entführt oder getötet, die auch mit Magnus telefoniert hat? Die mich und Kaja verfolgt hat?

Ich werde von Niklas aus meinen Gedanken gerissen. Er packt meine Schulter. »Vergangenheit ist Vergangenheit, Lukas. Wir können nichts mehr ungeschehen machen. Aber du kannst in der Gegenwart zeigen, was du draufhast.«

Niklas zeigt auf ein Gebüsch, mehrere Meter von uns entfernt. Dann flüstert er mir noch zu, dass ich geräuschlos beobachten soll.

Ich merke, was er meint. Die Äste bewegen sich, das Laub raschelt.

»Ich tippe auf ein Reh«, wispert Niklas und drückt mir den Bogen in die Hand. »Töten oder getötet werden.«

Ich nehme die Waffe an mich und ziele. Ich ziele, obwohl ich nicht einmal das Tier sehe. Nur den Busch. Meine Atmung beruhigt sich, mein Arm hört auf zu zittern. Ich spanne.

Niklas kommt wieder nah an mich ran. »Und jetzt lass los«, haucht er. Schon zum zweiten Mal heute.

Diesmal mache ich es nicht. Stattdessen senke ich den Bogen. »Wir müssen hier nicht töten, um zu überleben. Zum Spaß werde ich ganz sicher kein Lebewesen umbringen. Und das wirst du auch nicht. Lass uns verschwinden.«

In Niklas' Augen spiegelt sich Zorn. Auch eine Spur Verletztheit. Ich kann so viel aus seinem Blick lesen … Er glaubt, nur weil er mir seine Geschichte erzählt hat, kann er Macht ausüben. Er will mich auf die Probe stellen.

Und dann, ohne dass ich es verhindern kann, vielleicht aus Trotz, vielleicht aus Dummheit, nimmt er mir den Bogen aus der Hand und schießt. Der Laut eines Tieres ist zu vernehmen.

Er hat sein Ziel getroffen.

Ich traue nicht, mich zu bewegen. Meine Gliedmaßen fühlen sich schwer an. Meine zuerst so ruhige Hand beginnt zu zittern. Wen oder was hat Niklas da soeben getötet? Ich war daneben, konnte nicht schnell genug reagieren.

Ich konnte ihn nicht aufhalten!

Langsam stehe ich auf, gehe zu dem Gebüsch. Mein Gesicht verzieht sich, eine Träne kullert mir über die Wange. Niklas folgt mir. Er wirkt nicht zufrieden, wie man annehmen könnte, er wirkt betroffen. Als würde er erst jetzt realisieren, was er getan hat. Vorsichtig schiebe ich die Blätter beiseite.

Und dann sehe ich den toten Körper. Ich lasse einen kurzen Schrei los, breche zusammen. Auf den Knien betrachte ich das Szenario und fange an zu weinen. So stark, dass ich fast nichts mehr sehen kann. Alles ist verschwommen. Es reißt mich, mein Körper zuckt regelrecht.

Niklas ist ebenfalls neben mir auf den Boden gegangen. Auch auf seiner Wange erkenne ich Tränen. »Was habe ich getan«, keucht er. »Was habe ich nur getan.«

In meiner Wut gehe ich auf Niklas los, werfe ihn um. Er wehrt sich nicht. Ich boxe ihm gegen seinen Oberkörper, schlage ihm auf den Rücken, bis mich meine Kraft verlässt.

Keine Gewalt mehr.

Tränenüberströmt lasse ich von ihm ab.

Vor uns liegt kein Reh. Kein Hirsch. Kein Wildschwein. Kein Vogel oder Eichhörnchen.

Vor uns liegt Diesel.

Der alte, liebevolle und treue Schäferhund. Er muss uns gefolgt sein.

Ich streiche über sein weiches Fell, starre auf den Pfeil, auf das Blut.

Und wieder höre ich Niklas' Worte. »Das wollte ich nicht … ich … ich …«

Er schafft es nicht weiterzureden.

Müssen die Guten sterben, um uns klarzumachen, dass sie einen weitaus größeren Platz in unserem Herzen verdient hätten als den, den wir für sie vorgesehen haben?

20

Wir bleiben noch einige Zeit und trauern, erholen uns von dem Schock. Natürlich wollte Niklas den Schäferhund nicht erschießen, er kannte das Tier sogar länger als mich. Und doch passieren manchmal Dinge, die wir nicht beeinflussen können oder die wir nicht verstehen.

Kann man das, was Niklas getan hat, verzeihen? Sollte man es versuchen?

Ich rücke die Fragen in den Hintergrund. Die Bilder, die ich gesehen habe, kann ich nicht mehr verdrängen. Sie haben sich mit so einer gewaltigen Kraft in mein Hirn gebrannt, dass sich die Szene vor meinem geistigen Auge immer und immer wieder abspielt.

»Was sollen wir jetzt machen?«, fragt mich Niklas zögernd.

»Wir? *Du* hast ihn getötet.«

»Habe ich. Und so leid es mir tut, ich werde es nicht mehr ändern können.«

Er starrt einen kurzen Moment auf seine Hände, bevor er sich aufrappelt und Laub auf den toten Körper des Hundes wirft.

»Ich werde ihn begraben, heute Nacht. Jetzt sollten wir aber zurück zum Camp, es fällt auf, wenn wir lange wegbleiben.«

»Wirst du es ihm sagen?«, frage ich.

»Wem?«

»Magnus.«

Er ignoriert mich vorerst und macht sich auf den Weg. Nach einigen Metern dreht er sich um. »Ich weiß nicht, was ich machen werde oder machen soll. Ich bin ein Monster,

Lukas. Das ist mir schon bewusst. Ich bin ein verdammtes Monster.«

»Bist du nicht.«

»Oh doch. Du weißt gar nichts über mich, also erspar mir die Kommentare. Ich werde zu Emil gehen und ihn um Rat bitten, vielleicht hilft mir das. Du jedenfalls solltest versuchen, dieses Erlebnis zu verdrängen. Es … es tut mir leid, dass ich dich da hineingezogen habe. Glaub mir.«

Und weg ist er. Der Junge mit der Narbe macht sich aus dem Staub. Sucht Hilfe bei seinem besten Freund. Ich mache mich ebenso auf den Weg zum Camp, muss verdauen, was ich mit ansehen musste.

Plötzlich, wie vom Blitz getroffen, wird mir klar, was ich zu tun habe. Ich hätte es schon vor langer Zeit machen sollen!

Der Brief meiner Mom!

Ich werde schneller, presche durch den Wald, komme auf die Lichtung und steuere geradewegs auf meine Hütte zu. Mit einem einzigen Ruck reiße ich die Holztür auf und erblicke einen überraschten Arthur, der es sich auf dem Bett gemütlich gemacht hat.

»Alles okay?«, fragt er bloß, als ich eintrete.

»Ja, geht schon. Könntest du mir einen Gefallen tun und für ein paar Minuten hinausgehen? Bitte.«

Wortlos erhebt sich mein Zimmerkollege und wirft mir einen besorgten Blick zu. Dann verschwindet er.

Ich bin allein.

Allein mit dem Brief meiner Mom.

Ich muss nicht lange suchen, um ihn zu finden. Er ist noch immer dort, wo ihn meine Mutter verstaut hat. Erwartungsvoll reiße ich den Umschlag auf und beginne zu lesen.

Mein lieber Lukas,
du vermutest wahrscheinlich, Fotos von Katzenbabys und sinnloses Gerede in diesem Brief vorzufinden. Ich kenne dich, mein Liebling.
Zu anderen Zeiten und unter anderen Umständen hätte ich dies vermutlich auch getan. Ich hoffe ja wirklich, dass du diese Zeilen nie lesen musst. Dass in diesem Camp alles glattläuft und niemand zu Schaden kommt. Es wurde mir versprochen. Sollte es aber anders laufen, dann melde dich bei mir. Schreib mir eine Nachricht, ich komme sofort. Du musst wissen, dass ich dich angelogen habe. Ich habe dich nicht ohne Grund an diesen Ort geschickt. Nichts passiert ohne Grund, nicht wahr? Die Liebe bringt Menschen dazu, Entscheidungen zu treffen, bei denen man sich meistens nicht einmal sicher ist, ob es die richtigen sind.
Der Blutengel wird kommen und dich holen.
Er weiß, was er tut.
Er hat einen Auftrag, eine Vision.
Schatz, mir ist bewusst, dass wir nicht die beste Beziehung zueinander hatten und haben, doch ich hoffe, du wirst mir mein Handeln eines Tages verzeihen. Bleib stark.
Mary – die Mutter, die darum kämpft, vom oberen Drittel auf den ersten Platz zu kommen.
Ich liebe dich.

Irritiert lege ich den Brief beiseite.

Mich melden? Wie um alles in der Welt soll ich das anstellen?

Was könnte sie damit meinen, wenn sie schreibt, dass sie mich nicht ohne Grund hierhergeschickt hat? Ich kann mir schwer vorstellen, dass sie gewusst hat, dass ich hier verfolgt und an den Rand eines Nervenzusammenbruchs getrieben werde. Dass ich mitbekommen musste, wie ein Hund seinen letzten Atemzug machte. Das würde sie doch nie wollen, oder? Das will ich mir nicht ausmalen.

Aber wenn ich länger darüber nachdenke …

Bevor ich in dieses Camp gekommen bin, habe ich auch vieles als unmöglich bezeichnet, bis ich vom Gegenteil überzeugt wurde. Ich brauche mehr Antworten. Langsam bin ich auf dem richtigen Weg. Ich kenne die Geschichte von Niklas und Emil und weiß, wer die Scherben auf der Straße platziert hat. Zumindest bilde ich mir ein, es zu wissen. Etliche Dinge sind aber noch ungeklärt, doch ich bin fest entschlossen, Licht ins Dunkel zu bringen.

Motiviert gehe ich aus der Hütte.

Arthur hat schon draußen auf mich gewartet. »Hast du alles getan, was du machen wolltest?«, fragt er.

»Ja. Auch wenn sich mir dadurch jetzt noch mehr Rätsel stellen, als ich ohnehin schon habe.«

Eigentlich sollte ich mit Arthur gar nicht darüber reden.

Arthur schaut über den Platz. »Dazu fällt mir ein gutes Zitat ein, vielleicht hilft es dir.«

»Nein, ich glaube kaum. Du kannst …«

Er unterbricht mich. »Jede Zeit ist ein Rätsel, das nicht sie selber, sondern erst die Zukunft löst.«

»Du meinst, ich soll abwarten?«

»Nein, nein. Du spürst die Anspannung an diesem Ort genauso wie ich. Ich will nur sagen, dass des Rätsels Lösung schon längst vor dir liegt, du musst sie nur sehen.«

Ich schüttle den Kopf. »Du bist echt unheimlich, wenn du solch mysteriöse Aussagen tätigst.«

»Und du bist echt dumm, wenn du nicht gesehen hast, dass die Tür offen war. Ich habe gesehen, dass du einen Brief gelesen hast.«

»Du spionierst mir nach?«

»Wenn einem Löwen Fleisch vor die Füße geworfen wird und er es schon nicht fressen darf, sei es ihm wenigstens erlaubt, daran zu riechen.«

Ich komme näher an Arthur, richte meinen Zeigefinger drohend in seine Richtung. »Pass auf, Arthur. Ich will dich als Freund hier, nicht als Feind. Und ich muss dir vertrauen können.«

Er nickt. »Kannst du. Nur ruft Magnus schon die ganze Zeit nach Diesel und ich habe beobachtet, dass der Schäferhund mit euch in den Wald gerannt ist. Ich bekomme viel mit, weißt du. Gibt es etwas, das du mir sagen willst?«

Ich werde wütend, packe ihn am Kragen und ziehe ihn grob an mich ran. Er sagt kein Wort mehr.

»Verflucht«, schimpfe ich und lasse ihn los. »Tut mir leid, Arthur, ich wollte dir nicht so nahe treten. Ich verliere nur allmählich den Verstand.«

Arthur seufzt. »Ich habe dir das eben nur gesagt, weil ich dir klarmachen will, dass du mir vertrauen kannst. Ich … bin … dein … Freund. Und ich mache mir Sorgen um dich.«

»Das weiß ich auch zu schätzen«, antworte ich verlegen. »Weißt du denn, wo Kaja ist?«

Er zeigt auf die Feuerhöhle. »Vorher war sie noch dort.«

»Danke«, flüstere ich und gehe los.

Arthur ruft mir noch etwas hinterher. »Das größte Rätsel, süßes Kind, das ist die Liebe – doch wir wollen es nicht lösen. Heinrich Heine!«

Der Erste, den ich in der Feuerhöhle treffe, ist Emil.

»Ist Niklas nicht bei dir?«, frage ich ihn beiläufig.

»Nein. Wir müssen auch nicht jede Sekunde beieinanderkleben. Du behandelst uns, als wären wir ein und dieselbe Person.«

Und ich dachte, Niklas wollte sofort zu Emil gehen …

»Wäre doch schön. Dann müsstet ihr euch halb so viel Kleidung kaufen, hättet doppelt so viele Mädchen und doppelt so viel Geld«, scherze ich.

»Das wäre nicht schön, das wäre schrecklich. Wenig Kleidung, viel Geld und noch mehr Frauen. Dieser Spruch würde höchstens als Pornotitel durchgehen.«

Unser Gespräch wird von Jacob unterbrochen. »Habt ihr meine Kette gesehen? Sie sollte hier irgendwo sein.«

Emil und ich verneinen beide, woraufhin uns der Betreuer schief ansieht. Er dreht sich einmal im Kreis. Unerwartet schnellt er nach vorne und packt sich etwas, das unter dem Baumstamm, auf dem sich Emil niedergelassen hat, am Boden liegt. Triumphierend hält er seine Muschelkette in die Höhe. »Gott sei Dank«, sagt er noch, bevor er sich wieder aufmacht. So viel Körpereinsatz hat er in den letzten vier Tagen nicht gezeigt.

Er behandelt die Kette, als wäre sie sein Augapfel. Was hat es damit auf sich?

Ich lasse die Situation so stehen und frage Emil, ob er Kaja gesehen hat. Er zuckt nur mit den Schultern. »Keine Ahnung, wo sie ist.«

Auch Henry, der vor der Vielfraßküche lümmelt, weiß es nicht. Dennoch zahlt sich mein Nachfragen aus. Er erzählt mir, dass er sich bei Sarah, Valentin und Alea entschuldigt hat und alles wieder halbwegs in Ordnung ist.

Wenigstens einem geht's gut!

Meine Suche endet beim Steg. Ich sehe, dass dort Kaja mit Valentin in ein Gespräch vertieft ist. Als ich näher komme, höre ich, worum es geht:

»Habt ihr ihn ausgeschaltet?«

»Ja«, antwortet Kaja. »Es war ganz knapp, sag ich dir. Ich weiß nicht, was passiert wäre, wenn uns dieser Typ erwischt hätte.«

Sie reden über gestern Abend!

»Hey, ihr zwei.«

»Oh, hey Lukas«, gibt Kaja von sich, kommt zu mir und umarmt mich innig.

Wie ich ihre Nähe vermisst habe.

Anschließend rede ich mit ihnen. Mit den zwei Menschen, denen ich hier am meisten vertraue. Jedoch hilft es nicht wirklich, nur über die Vorkommnisse zu plaudern. Ich brauche handfeste Beweise. Diese werde ich mir holen. Der erste Schritt wird sein, dass ich an den Ort gehe, den ich eigentlich nie mehr betreten wollte. Den Friedhof. Die Käfige dort. Ich muss mehr herausfinden. Deswegen verabrede ich mich mit Valentin für nach dem Mittagessen. Er zögert erst, doch schlussendlich willigt er ein.

Das Mittagessen ist kaum der Rede wert, da es heute nicht von uns, sondern von Stella zubereitet wurde. Sagen wir so: Es schmeckt genau wie ihr Charakter. Bitter, roh und nach einem Gericht, bei dem man die Zutaten gar nicht kennen will.

Pünktlich treffe ich mich mit Valentin am Waldrand. Wir schweigen, um jedes Geräusch in der Gegend wahrzunehmen. Ab und zu drehe ich mich um. Ich will nicht noch einmal verfolgt werden.

Keine bösen Überraschungen mehr!

Als wir beim Schild ankommen, das den Weg zum Friedhof markiert, durchbricht Valentin die Stille. Er versucht ruhig zu bleiben, schafft es aber nicht. »Sieh dir das an, Lukas.«

Ich betrachte das Schild näher. Ein blutverschmierter Zettel wurde mit einem Nagel in das Holz geschlagen. Besorgt lese ich die geschriebenen Zeilen.

Valentin sieht betroffen zu mir. »Hier steht, dass er weiß, was wir vorhaben. Dass er uns schon erwartet. Wir … wir können nicht mehr zum Friedhof!«

Mein sarkastischer Freund, dem gar nicht mehr zum Scherzen zumute ist, greift sich an die Stirn. »Ich wollte doch einfach nur eine schöne Zeit hier verbringen. Langsam bekomme ich aber Angst. Angst, dass hier alle wahnsinnig werden.«

»Wir schaffen das schon, irgendwie.« Meine Stimme klingt ausdruckslos. Bevor ich noch etwas sagen kann, werde ich gestört.

Ein Geräusch. Knackende Äste.

Ich drehe mich um, fixiere den Schatten. Es kommt jemand auf uns zu.

Ist es derjenige, der uns gestern Abend beobachtet hat? Hat er rausgefunden, wo wir uns aufhalten?

»Wer ist das?«, stammelt Valentin, doch ich gebe ihm keine Antwort. Ich habe keine Kraft mehr zu laufen. Keine Lust mehr, mich hin und herschubsen zu lassen. Ich balle meine Hand zu einer Faust. Erst als Jacob aus dem Dickicht tritt, kann ich mich entspannen. Der Mann mit der Augenklappe hält mit der einen Hand seine Kette fest, mit der anderen einen Notizblock.

»Ihr zwei könnt jetzt nicht weggehen. Magnus will gleich ankündigen, was wir heute Nacht machen werden«, teilt er uns mit und wirft einen kurzen Blick auf das blutige Blatt Papier.

Er ignoriert es!

»Heute Nacht?«, wiederholt Valentin fragend. »Wieder eine Nachtaktion?«

»Das werdet ihr schon sehen. Kommt mit.«

Wir folgen Jacob, doch in einem kurzen Blickkontakt mit Valentin mache ich ihm klar, dass ich kein gutes Gefühl dabei habe. Dann schmunzle ich. Auch wenn ich nichts witzig finde.

Schon seltsam, das ganze Camp hier.

Es spiegelt unsere Gesellschaft wider. Du hast Personen, denen du vertrauen kannst: Kaja, Valentin und vielleicht sogar Arthur.

Du hast Personen, aus denen du nicht schlau wirst: Henry, Stella, Jacob.

Du hast Personen, die entweder etwas im Schilde führen oder immer zur falschen Zeit am falschen Ort sind: Niklas, Emil, Magnus, der Typ am Friedhof.

Ich werde versuchen, diese Rollenbilder aufzubrechen.

Wir verbringen unser ganzes Leben mit dem Versuch, Leute in Fächer einzuordnen. Wir wollen jemanden, den wir lieben können, jemanden, dem wir alles sagen können, jemanden, über den wir uns aufregen, und jemanden, den wir warmhalten, falls wir ihn einmal brauchen werden. Und wir basteln uns diese Schubladen, formen die Leute so lange, bis sie irgendwann hineinpassen. Nur: Vielleicht passen sie von Anfang an nicht in dieses System. Vielleicht ist es der Mensch, den wir lieben, über den wir uns aufregen sollten, nur wollen wir es nicht sehen. Und vielleicht lieben wir den Menschen, den wir warmhalten, haben aber nur Angst, darüber nachzudenken. Vielleicht sollten wir dem Menschen, dem wir alles erzählen, Luft und Raum geben, ihn warten lassen, damit er sich neu entdecken kann. Ja, vielleicht basiert unsere Liebe bloß auf dem Privileg, dass wir alles loswerden können, was uns auf der Zunge liegt, und das Zwischenmenschliche gerät in Vergessenheit.

Ich werde nicht versuchen, Probleme so lange hin und her zu schieben, bis sie irgendeinen Sinn ergeben.

Hier im Camp Summerlake gehen kranke Dinge ab. Ich werde die Rätsel aufklären, auch wenn ich am Schluss allein gegen alle stehe. Ich lasse mir nicht die Stimmung versauen, sondern versaue den Plan, den dieser Jemand ausgeheckt hat, um mich in den Wahnsinn zu treiben. Ich bin voll da, mit aller Kraft im Geschehen. Möge das Spiel beginnen!

»Da wären wir«, sagt Jacob und zeigt zum Baum der tausend Gesichter, bei dem sich schon alle versammelt haben.

Möge das Spiel beginnen und mögen alle untergehen, die gegen mich spielen!

21

Magnus verkneift sich eine schnippische Bemerkung über unser Zuspätkommen und fängt sogleich mit seiner Rede an. Dabei wirkt seine Ausstrahlung nicht mehr so selbstsicher und stolz, wie ich sie noch vom ersten Tag her kenne. Seine Erschöpfung ist kaum zu übersehen.

Hatte er die letzten Tage so wenig Schlaf?

»Eine Frage zu Beginn, bevor ich euch mitteile, worum es bei diesem Treffen eigentlich geht«, bringt er hervor und schaut währenddessen geradewegs an uns vorbei. »Ich will nur wissen, ob jemand Diesel gesehen hat.«

Magnus' Stimmfarbe hat sich verändert. Sie klingt unsicher, fast schon verletzt. »Es ist keineswegs üblich, dass der alte Bursche nicht zum Mittagessen angerannt kommt. Er lässt es sich nie entgehen, wenn es irgendwo etwas zum Fressen gibt. Dafür kenne ich ihn schon zu lange. Und jetzt … reagiert er auch nicht auf meine Rufe … also …« Magnus beißt sichtlich die Zähne zusammen. »Also wollte ich einfach fragen, ob jemand etwas bemerkt hat? Mehr nicht.«

Ich fokussiere Niklas, der schuldbewusst auf den Boden starrt. So klein und so niedergeschlagen habe ich ihn noch nie erlebt.

Die Sekunden verstreichen und niemand reagiert oder meldet sich. *Wer sollte auch?*

Als sich die Blicke von mir und Arthur kreuzen, haucht er mir etwas zu. Ich versuche seine Lippen zu lesen. Dann, plötzlich, verstehe ich es. »Ich bin dein Freund«, wiederholt er.

»Ich habe mir auch nichts anderes erwartet«, verkündet Magnus befangen und fährt fort. »Die Dunkelheit bricht hier ziemlich schnell herein, das solltet ihr schon am eigenen Leib erfahren haben. Ihr dürft die letzten Stunden, in denen Sonnenlicht herrscht, noch im Camp verbringen. Doch bevor die Dämmerung kommt, machen wir uns auf den Weg. Diesmal nicht allein, sondern als Gruppe. Wir haben Fackeln dabei, werden ein Stück gehen und dann versuchen, zum Camp zurückzukehren. Lediglich mit einem schwachen Licht und mit unseren Instinkten.«

Stella gesellt sich zu Magnus. »Mein lieber Herr Kollege hat sich versprochen«, merkt sie an. »Es werden nicht *alle* diese Aufgabe zu erledigen haben.«

Ich schaue mich um. *Was könnte sie damit meinen?*

»Ich werde hierbleiben«, äußert Stella, »zusammen mit Valentin.«

Mein bester Freund wirkt verwundert. »Warum denn das?«, fragt er und legt seine Stirn in Falten.

Stella zeigt mit ihren langen Fingern auf sein Bein. »Wegen deiner Wunde. So einen langen Marsch trauen wir dir noch nicht zu. Aber du kannst beruhigt sein, ich bin ja auch hier.«

»Und das soll mich jetzt beruhigen?«, zischt Valentin so leise, dass nur ich ihn verstehe. Kurz darauf beendet Magnus die Versammlung und alle verstreuen sich wieder.

Die angekündigten ruhigen Stunden halten nicht lange an und neigen sich schneller dem Ende zu, als mir lieb ist. Ich schaffe es dennoch, mich in der Zeit zu duschen, ertappe mich aber mehrmals dabei, einen prüfenden Blick auf das Waschbecken zu werfen. Zwar klebt das Blut schon lange nicht mehr dort, trotzdem hat das Erlebnis Spuren hinterlassen.

Wie alles in diesem Camp!

Ein krähenartiger Ruf vom Campleiter genügt, um allen klarzumachen, dass die Nacht und die damit verbundene Dunkelheit hereinbricht. Jetzt scheint zwar noch die Sonne, doch es kann nicht mehr lange dauern. Valentin ist ein wenig verärgert darüber, dass er in der Feuerhöhle bleiben muss. Schlussendlich nimmt er die Entscheidung so hin. Er winkt mir sogar zum Abschied zu. Für einen kurzen Moment habe ich das Gefühl, dass es ein Abschied von diesem Camp ist. Ein Abschied von all den Problemen und ungelösten Fragen.

Alea, das schüchterne Mädchen, holt mich in die Realität zurück. »Hast du Lust, ein Stück neben mir zu gehen?«, fragt sie mit verhaltener Stimme.

Ich nicke. Kaja wirft mir einen vielsagenden Blick zu, herausfordernd. Ich erkenne sogar eine Spur Eifersucht in ihrer Miene. Allerdings hoffe ich, dass ihr klar ist, dass ich nicht wirklich in Aleas Beuteschema passe. Wenn doch, sollte ich schleunigst an meiner Männlichkeit arbeiten. Außerdem – es war damals Kajas Idee, mir Alea vorzustellen.

Ihr Blick beweist mir ein weiteres Mal, dass sie wahrhaftiges Interesse an mir zeigt.

Als sich alle zusammengefunden haben, gibt Magnus das Signal zum Aufbruch. Wie ausgemacht, gehe ich neben Alea. Die ersten paar Minuten herrscht Stille zwischen uns.

Ich beginne ein Gespräch. »Du und Sarah, ihr versteht euch gut, was?«

»Kann sein.«

»Wie ist es denn dazu gekommen?«

»Keine Ahnung.«

Großartig. Sie ist so gesprächig wie ein toter Fuchs. Warum wollte sie denn unbedingt neben mir gehen?

»Hast wohl nicht so große Lust zu reden, was?«, frage ich.

»Doch, habe ich. Ist hier nur alles neu für mich. Die ganzen Leute, der Wald, Sarah.«

Wir biegen soeben von der Landstraße ab und begehen einen weitaus verwilderteren Weg. Magnus ruft noch: »Prägt euch diese Gegend hier gut ein« nach hinten, wendet sich im nächsten Moment jedoch wieder ab.

Während meines Gesprächs mit Alea fallen mir das erste Mal ihre dezenten Sommersprossen auf. Ich versuche die Konversation aufrechtzuerhalten. »Alea, das ist nicht böse gemeint, aber ich frage mich schon länger, warum du dich hier angemeldet hast? Ist denn ein Wildniscamp wirklich etwas für dich?«

Alea überlegt einige Zeit, bevor sie antwortet. »Du musst eines wissen. Außerhalb von diesem Camp habe ich nicht viele Freunde.« Sie atmet hörbar aus. »Eigentlich gar keine. Ich bin noch zu unerfahren, um wirklich zu wissen, was das Leben so erzählt. Vielleicht habe ich mir hier einen Neubeginn erhofft. Und irgendwie funktioniert es auch. Die Leute im Camp behandeln mich, als wäre ich eine von ihnen. Sarah gibt mir das Gefühl, etwas wert zu sein. Mit Arthur habe ich schon ein, zwei philosophische Gespräche führen können und Valentin scherzt ab und zu mit mir.«

Ich schaue sie verblüfft an. *Erstaunlich, dass sie dazu fähig ist, mehr als zwei Sätze hintereinander zu sagen.*

Der Weg wird schmäler, der Wald beklemmender. Ich lasse mich trotzdem nicht ablenken. »Du bist quasi eine Raupe, die sich hier langsam zu einem Schmetterling entpuppt?«

Sie schmunzelt. *Ganz was Neues.*

»Also als Schmetterling würde ich mich nicht bezeichnen, höchstens als Regenwurm. Ein Regenwurm, der zum ersten Mal den Regen sieht.«

»Du bist mit ziemlicher Sicherheit das einzige Mädchen, das sich selbst als Regenwurm bezeichnet. Die meisten suchen sich edlere Tiere aus.«

»Glaubst du?«, fragt sie belustigt.

»Klar. Ich beweise es dir.«

Danach rufe ich Kaja, die zu uns zurückkommt.

Sie erkundigt sich mit einem »Ja, was gibt's?«

»Wenn du ein Tier sein müsstest, welches wärst du? Ein Adler? Ein Löwe? Ein Panther?«

»Oh …« Kaja denkt einen kurzen Augenblick nach. »Ich vermute, ein Frosch.«

»Ein *was*?«, frage ich völlig fassungslos und beginne zu lachen. Auch Alea stimmt in mein Gelächter mit ein.

»Ja! Sieh dir diese genialen Tiere doch mal an. Den ganzen Tag im Teich relaxen, Menschen von Fliegen befreien und nebenbei auch noch keine Ohren besitzen. Dann müsste ich mir dein Gerede nicht mehr anhören«, merkt sie sarkastisch an und zwinkert.

Wenn sie noch einmal zwinkert, ich schwöre, dann kann sie was erleben!

Vielleicht küsse ich sie auch einfach nur …

Arthur, der unser Gespräch mitbekommen hat, bringt sich ebenfalls ein. »Genau genommen würdest du als Frosch jedes Wort hören«, verkündet er. »Frösche hören nämlich durch den Mund.«

In dieser Konstellation quatschen wir noch munter weiter. Für meinen Geschmack zu lange, denn mit jedem gesprochenen Wort entfernen wir uns auch vom Camp. Die Dämmerung hat bereits eingesetzt und die letzten Sonnenstrahlen fliehen förmlich vor der aufkeimenden Finsternis. Schwärze frisst sich durch die Bäume und scheint dabei vor nichts haltzumachen. Die Stimmung verändert sich schlagartig. Mit jeder Bewegung werden wir tiefer in den Bann der Nacht gezogen. Unser Gespräch endet jäh. Magnus bleibt stehen, entfacht eine Fackel. Dann noch eine. So lange, bis schließlich jeder zweite eine in der Hand hält. Ich erhalte keine, was mir nur recht ist, sonst könnten die anderen bemerken, dass meine Hand bebt. Zusammen bilden wir eine Lichtkuppel und schaffen es gewissermaßen, die Finsternis zu durchbrechen.

Wir dürfen uns nur nicht trennen! *Auf keinen Fall!*

Mein Blick hält an den vertrauten Gesichtern fest, die ich trotz des Flimmerns der Fackeln kaum erkennen kann.

Magnus hebt seine Hand in die Höhe und lenkt die Aufmerksamkeit auf sich. »Es ist die Nacht des fünften Tages und ihr habt euch bis jetzt wacker geschlagen. Jetzt stellen wir euch aber vor eine Aufgabe, die ihr in dieser Art und Weise noch nicht meistern musstet.«

Sein Gesichtsausdruck ist verbissen, seine Körperhaltung angespannt. Bereit, jeden Moment loszurennen und sich auf alles zu stürzen, was sich nicht rechtzeitig in Sicherheit bringen kann. »Wir werden in Zweiergruppen losgehen«, informiert uns Magnus mit einem düsteren Unterton.

»Ich dachte, wir gehen zusammen? Als Gruppe?«, murmelt Henry, den die Nachricht allem Anschein nach in Unruhe versetzt. Aber nicht nur ihn! Ein Kloß hat sich in meinem Hals gebildet.

»Wir sind gemeinsam bis hierher gegangen«, betont Magnus. »Jetzt geht es zurück. Henry, du gehst mit mir gemeinsam als Erster. Die nächste Gruppe geht dann los, wenn ihr den Schein unserer Fackel nicht mehr seht. Jacob bildet das Schlusslicht.«

Er wartet auf keine Antwort, sondern macht sich zielstrebig auf den Weg. Henry zögert. »Ich … weiß nicht, ob …«, stammelt er, bis Magnus sich umdreht.

»Wenn du mir nicht folgst, Junge, wirst du allein durch die Dunkelheit gehen müssen. Deine Entscheidung.«

Nach diesen Worten setzt sich auch Henry in Bewegung. Er schaut sich immer wieder zu uns um, verunsichert. Es dauert nicht lange, bis die zwei aus dem Sichtfeld verschwunden sind und sich auch bei uns ein gespenstisches Schweigen ausbreitet.

Jacob schickt die Nächsten los. Alea und Sarah. Die Schwärze hat die Bäume gänzlich verschluckt und nagt nun an meinem Verstand. Wir werden immer weniger, das Licht, das mir vorher als Schutz gedient hat, wird schwächer und schwächer. Die Finsternis, die mir vorher so fern vorkam, kommt näher und näher. Eine Zweiergruppe nach der anderen verabschiedet sich, gemeinsam mit einer weiteren Fackel. Am Ende sind nur noch Emil, Niklas, Kaja, Jacob und ich übrig. Als dann auch noch Emil und Niklas gehen müssen, wird mir mulmig zumute.

Ich sehe ihnen sehnsüchtig nach und weiß, dass ich der Nächste sein werde. Und so ist es auch. Jacob versichert, dass er knapp hinter uns bleiben wird, doch ich vertraue ihm nicht. Erst als Kaja meine Hand nimmt, wird mir wohler. Mit der anderen Hand hält sie die Fackel. Und so gehen wir los.

Die Tiere der Nacht werden aktiv, lassen uns spüren, dass sie aufgewacht sind. Ich befürchte mit jedem Schritt, den ich mache, in eine Grube zu stürzen. Der Wald fühlt sich wie eine einzige Falle an. Ich muss meine Konzentration auf etwas anderes richten. Auf etwas Schönes.

»Kaja?«

»Ja?«

»Du musst wissen, dass sich der Kuss gestern richtig angefühlt hat. Ich bereue nichts. Trotzdem sollte ich mich von dir fernhalten.«

»Fernhalten? Warum?«

»Weil ich sonst Angst habe, ich könnte mich in dich verlieben.«

Sie lächelt. Und ihr Lächeln ist das Schönste, was ich hier und jetzt zu sehen bekomme. Es ist mindestens genauso wichtig für mich wie das Licht der Fackel.

»Wäre das denn so schlimm?«, fragt sie mich.

»Nein … aber …«

Ein Schrei. Ein langer und qualvoller Schrei.

Er kommt von weiter vorne. Die Finsternis lässt nicht zu, dass wir sehen, von wem er gekommen ist. Wir halten an, beide wie versteinert. Ich schaue zu Kaja.

»Was war das?« Meine Stimme bebt, mein Herz rast.

»Sollen wir nach vorne laufen und schauen, ob alles okay ist?«, fragt mich Kaja und drückt meine Hand fester.

Hinter uns erscheint Jacob. Er keucht. »Ihr geht nirgendwo hin, der Wald abseits des Weges ist tabu. Wir müssen uns an den Plan halten, hört ihr? Keine überstürzten Rettungsaktionen. Wir wissen nicht, was passiert ist.«

Ich drehe mich wütend um. »Ach, aber abseits des Weges würdest du dich doch auskennen, oder? Du bist jede Nacht selbst hier und ich will ehrlich gesagt gar nicht wissen, was für kranke Dinge du treibst.«

Es ist raus! Endlich! Ich habe den Betreuer aus der Fassung gebracht.

Er deutet auf den Weg. »Weitergehen, einfach weitergehen! Nicht stehenbleiben! Morgen kann ich dir alles erklären, Lukas. Nicht jetzt.«

Ich schnaufe, aber befolge die Anweisung. Es gibt ohnehin kein Zurück, wir müssen nach vorne. Und irgendwo dort draußen hat jemand geschrien. So lange und schmerzerfüllt, dass mir der Schrei durch alle Glieder gefahren ist. Ich spüre ihn noch immer. Noch bevor wir die Stelle erreichen, kommt uns jemand entgegen. Die Gestalt ist so schnell wie ein Tier. Doch es ist kein Tier, es ist ein Mensch.

Niklas!

Er packt mich kraftvoll. Ein Schweißfilm hat sich auf seiner Stirn gebildet, Blut rinnt aus seinem Mund. Er lehnt sich gegen mich. Dann beginnt er zu weinen. Bitterlich.

Ein weiterer Schrei. Schritte. Keine menschlichen. Diesmal nicht. Etwas viel Mächtigeres prescht durch den Wald, zerbricht jegliche Äste, die am Weg liegen.

»Was ist los?«, flüstere ich Niklas zu, der angefangen hat, sich panisch in alle Richtungen zu drehen. »Warum ist Emil nicht bei dir? Was ist denn passiert?«, frage ich mit Nachdruck.

Niklas geht auf die Knie. »Bitte helft mir! Es war da! Direkt vor meinen Augen.«

Jacob rennt zu dem verängstigten Teenager und hievt ihn hoch. Niklas stützt sich an dem Betreuer ab. Der Mann mit der Augenklappe wirft mir erneut einen strengen Blick zu. »Ich sagte: Weitergehen!«

Kaja starrt die ganze Zeit schon wie gebannt in den Wald. Sie hat bis jetzt keinen Mucks von sich gegeben. Völlig unerwartet lässt sie meine Hand los und geht vom Weg ab.

»Was machst du da?«, jammere ich, doch meine Frage stößt nur auf taube Ohren. Die Dunkelheit hat uns endgültig in Besitz genommen.

Kaja dreht sich noch einmal um. »Da liegt etwas«, wispert sie. »Da liegt etwas im Wald.«

Ich versuche zu erkennen, was sie meinen könnte. Sie zeigt auf einen schwarzen Umriss. »Ist das Emil?«

Ich strenge meine Augen an, richte meine volle Konzentration auf den schwarzen Haufen, den Kaja gemeint hat. Etwas liegt zusammengekauert vor einem Baum. Dieses Etwas bewegt sich. Ich erkenne vier Beine. Zwei rote Punkte. Augen!

»Das ist nicht Emil«, flüstere ich, den Tränen nahe. Sie hört mich nicht.

»DAS IST NICHT EMIL!« Diesmal flüstere ich nicht, ich schreie.

Kaja beginnt zu rennen. Nicht nur sie, auch ich hetze los. Knapp hinter uns sind Jacob und Niklas.

Im Wald ist etwas! Etwas nicht Menschliches!

Das blutende Fleisch, das aufgeschlitzte Schild, der Reissack im Wolfsbau: All das konnte nicht von einem Menschen stammen!

Ich blicke öfter hinter mich, doch ich sehe nur den Betreuer und Niklas. Mir kommt es nicht so vor, als würde uns dieser Schatten verfolgen.

Er beobachtet bloß … wir sind seine Beute!

Völlig außer Atem und deutlich zu nahe an einem Blackout komme ich auf der Lichtung an. Die restlichen Campteilnehmer haben sich in einem Halbkreis vor dem Wald versammelt. Stella hat einen Erste-Hilfe-Koffer hervorgeholt und inspiziert sogleich Niklas, der noch immer aussieht, als hätte er dem Tod persönlich ins Auge gesehen.

Alle sind wieder da. Niemandem ist etwas passiert. Das Wesen war ein Hirngespinst. Einbildung.

Der Schatten – das Tier.

Vielleicht werde ich einfach nur paranoid. Ich werfe einen Blick zum Lagerfeuer. Es ist aus. Ich schaudere. Mir fallen

Magnus' Worte ein: *»Die Regel ist ganz einfach. Wenn das Feuer ausgeht, befinden sich alle in ihren Hütten. Wenn das Feuer ausgeht, hört der Spaß auf.«*

Das Feuer ist ausgegangen und alle sind wohlauf. Das ist ein Camp für Teenager. Sie wollen uns Angst machen und nicht töten. Möglicherweise wohnt beim Friedhof ein verwahrloster Mann, der uns letzte Nacht gestalked hat. Mehr nicht.

Ich muss mich beruhigen.

Ich muss mich beruh…

»Emil!« Niklas hat sich aus seiner Starre gelöst und schreit wieder den Namen seines Freundes. Tränen rinnen ihm über die Wangen. Dann dreht er sich zu uns um. »Er hat ihn gepackt. Ihn mitgerissen. Blut. Überall Blut. Ich … ich konnte nichts machen, ich …«

Jacob tritt näher. »Was? Wen meinst du?«

»Der Wald. Der Wald ist böse, hört ihr.«

Niklas bricht zusammen.

Ich schaue mich um.

Tatsächlich!

Wir sind nicht vollzählig, einer fehlt.

Emil hat es nicht aus dem Wald geschafft.

Tag 6 – Samstag
Offenbarungen

22

Ich starre schon seit geraumer Zeit auf die schmutzige Pfanne, die vor meinen Füßen liegt. Meine Augen heften sich an die Essensreste, wandern angestrengt von einer Fliege zur anderen. Dagegen ist mein Hirn noch immer bei der Nachtwanderung von gestern. Niklas' Warnung schallt in meinen Ohren, als würde er neben mir stehen. *Der Wald ist böse,* hat er gesagt. Ständig.

Magnus hat uns beruhigt und gemeint, dass Emil noch immer den Peilsender besitzt, den wir bei der ersten Nachtaktion bekommen haben. Jacob müsse nur die elektrischen Geräte richtig zum Laufen bringen, dann sei die Suche kein Problem. Da es bei völliger Dunkelheit aber keinen Sinn habe, Emil aufzuspüren, wurde die Suchaktion auf heute verlegt. Nach dem abnormen Erlebnis im Wald zwar ein schwacher Trost, doch er hat gewirkt. Jeder konnte ein wenig schlafen, bis auf Niklas, der noch lange am Waldrand gesessen ist und geweint hat. Die meisten wollen das Verschwinden von Emil nicht wahrhaben. Eine unerträgliche Gewissheit liegt über den Jugendlichen. Und jetzt soll das Camp weiterlaufen, so wie immer. Ich schaffe es dennoch nicht, mich für die Camparbeiten zu motivieren.

Jacob, der wie immer die Arbeiten in der Vielfraßküche überwacht, scheint meine geistige Abwesenheit zu bemerken und klopft mir freundschaftlich auf die Schulter. »Pack den Fetzen weg und komm mit«, nuschelt er und geht voraus. Widerwillig folge ich ihm. Als wir beim Haupteingang ankommen, bleibe ich stehen. »Willst du, dass ich Feuerholz besorge, anstatt zu putzen?«, frage ich.

»Nein. Ich will, dass du gar nichts machst.«

Na, da hat er sich ja den Richtigen ausgesucht.

Jacob zeigt zum Wald und redet weiter. »Ich werde dich heute von den Arbeiten befreien, wenn du dir im Gegenzug etwas ansiehst.«

Ich rümpfe die Nase. »Und was?«

Der Betreuer trottet als Antwort in den Wald. Noch immer etwas unsicher, folge ich ihm. Ein paar der anderen Jugendlichen schauen uns zweifelnd hinterher.

»Kannst du dich noch erinnern, was du mich gestern gefragt hast?«, will er irgendwann wissen.

»Ich bin vielleicht schreckhaft, aber nicht dumm.«

»Habe ich auch nie behauptet. Dann solltest du schon erahnen können, was ich dir gleich zeigen werde.«

Sein nächtliches Verschwinden. Natürlich! Ich habe ihn darauf angesprochen und jetzt will er mir zeigen, warum er sich jeden Abend verflüchtigt.

»Da bin ich mal gespannt«, flüstere ich mehr zu mir selbst als zu ihm.

Jacob hört es trotzdem. »Musst du nicht. Es ist wahrlich unspektakulär.«

Ich lasse seine Aussage so stehen und folge ihm eine Zeit lang durchs Dickicht. Allmählich kann ich die Waldspaziergänge gar nicht mehr genießen. Dieser Ort hat schon zu viele Opfer verlangt.

»Hier wären wir«, verkündet der Survivalexperte und zeigt auf eine abgeschiedene Holzhütte, die mir noch nie aufgefallen ist.

Ich komme näher. »Das war's?«

»Das war's.«

Jacob öffnet die knarrende Tür und bittet mich herein.

Der Innenraum ist ziemlich schlicht gehalten. In einer Ecke der Hütte befinden sich ein Tisch und ein Stuhl. Auf dem Tisch liegen Hefte und eine gelbe Kappe, auf die das Logo einer berühmten Basketballmannschaft gedruckt ist. Ansonsten gibt es noch einen verstaubten Teppich in der Mitte des Raumes.

Jacob räuspert sich. »Du musst wissen, dass ich ab und zu meine Ruhe brauche. Dieses ständige Sitzen am Lagerfeuer macht mich ganz unruhig. Wie es der freudige Zufall wollte, habe ich vor einigen Monaten diese Hütte gefunden. Jetzt ziehe ich mich hier abends zurück, schnappe mir meine Taschenlampe und lese ein wenig. Oder ich löse Kreuzworträtsel.« Er hebt eines der Hefte in die Höhe.

»Und das darfst du?«, frage ich.

»Was? Ob ich Kreuzworträtsel lösen darf?«

»Nein. Ob du einfach so verschwinden kannst? Ob Magnus und Stella damit einverstanden sind?«

»Nun ja, sagen wir mal so: Sie wissen nicht genau, was ich mache. Aber das geht sie auch nichts an. Wenn ich meine Privatsphäre im Camp nicht bekomme, dann nehme ich sie mir eben selbst.«

Ich schaue resigniert auf meine Schuhe. Die ganze Zeit habe ich jemanden verdächtigt, der eigentlich zu den Guten gehört. Jacob war gestern neben mir, als Emil entführt oder – wie Niklas meint – vom Wald verschluckt wurde. Er konnte es also nicht gewesen sein.

Ein Verdächtiger weniger!

»Ach und übrigens, ich habe Limo hier«, verkündet Jacob und holt zwei Dosen hervor, die hinter der Tür versteckt waren.

»Da, bitte.« Er reicht mir eine davon.

»Danke!«

Das Getränk kommt wie gerufen. Ich habe schon den ganzen Vormittag Durst, habe mich aber nie dazu aufgerafft, zum Wasserkanister zu gehen.

»Es gibt nur eine Sache, die besser ist als warme Limonade«, vermerke ich.

»Und die wäre?«

»Kalte Limonade.«

Jacob beginnt zu lachen, öffnet die Dose mit einem Zischgeräusch und genehmigt sich einen ordentlichen Schluck.

»Das muss aber unter uns bleiben, diese Hütte«, prustet er und wischt sich mit seinem Jackenärmel den Mund ab.

»Keine Sorge. Ich werde dir schon keine Meute schicken, die dich beim Kreuzworträtsellösen beobachtet.«

Wir plaudern noch ein paar Minuten, bis es wieder ins Camp zurückgeht. Jacob hat mir nebenbei versichert, dass die Betreuer schon auf der Suche nach Emil sind. Am Rande fällt mir auf, wie sich der ruhige Mann mit der Augenklappe im Laufe der Tage verändert hat. Erst hat er kaum ein Wort geredet, war sehr zurückhaltend, und jetzt trinkt er schon fast freundschaftlich eine Dosenlimo mit mir.

Aber auch ich verändere mich immer mehr. Dieser Ort lässt Eigenschaften von einem selbst hervortreten, die zwar schon da waren, die man aber vorher nie entdeckt hat.

Alles hat seine schönen Seiten. Sogar dieses Camp, sogar dieser Wald.

Als ich mit Jacob wieder auf die Lichtung komme, sind die Camparbeiten schon erledigt. Kaja steuert zielstrebig auf mich zu und ich verabschiede mich vom Betreuer. Ich habe ihren verzweifelten Gesichtsausdruck von Weitem erkannt. Schützend nehme ich sie in die Arme.

»Es tut mir leid«, schnieft sie in meine Schulter.

»Was denn?«

»Dass ich gestern so voreilig in den Wald gerannt bin. Wir haben nicht mehr darüber gesprochen und ich … wollte dir nur sagen, dass das falsch von mir war.«

Ich grinse sie an. »Es muss dir nicht leidtun.«

»Doch, tut es aber«, sie macht eine kurze Pause. »Oh Mann, hören wir uns überhaupt selbst zu? Wir müssen wie ein altes Ehepaar klingen.«

Ich wiederhole die Frage, die sie mir gestern Abend gestellt hat, als wir Hand in Hand durch den Wald gegangen sind. »Wäre das denn so schlimm?«

Kajas Mund umspielt ein Lächeln. »Mich bei dir dramatisch zu entschuldigen und mit dir zu reden, nein, das wäre nicht schlimm, aber bevor ich alt bin, wäre ich schon noch gerne ein paar Jahre jung.«

»Ich wette, du hättest sogar mit achtzig noch Power.«

Sie überlegt einen kurzen Moment. »Wahrscheinlich. Aber nur, wenn es darum geht, die anderen Pensionisten zu ermorden, wenn sie öfter beim Bingo gewinnen als ich.«

Ich male mit meinem Finger ein Häkchen in die Luft und notiere dazu: »Niemals mit Kaja Bingo spielen – Check!«

Noch bevor ich zu einem weiteren Spruch ansetzen kann, küsst sie mich. Leidenschaftlich, intensiv. Ich ziehe sie an mich heran, schließe meine Augen.

Sie hat mich im Camp geküsst! Dort, wo uns jeder sehen kann.

Und es sieht uns auch jemand. *Henry!*

»Pass auf«, raunzt der rothaarige Herzensbrecher und stellt sich neben uns.

Ich löse mich von Kaja und schaue ihn verwundert an. »Warum?«

»Ehe du dich versiehst, steht sie dann doch nicht mehr auf Jungs und macht mit Stella rum.«

Kaja zieht die Augenbrauen hoch. »Haha. Sehr lustig«, sagt sie ironisch und schüttelt fassungslos den Kopf. »Da ist wohl jemand noch immer nicht über ein gewisses Mädchen hinweg«, fügt sie mit einem humorvollen Unterton hinzu. Dann wendet sie sich noch einmal zu mir. »Lust und Zeit, dass wir uns am Abend in deiner Hütte treffen?«

Ich nicke.

Anschließend macht sich Kaja aus dem Staub und ich unterhalte mich mit Henry. Sogar beim Mittagessen sitzen wir beisammen. Ab und zu erspähe ich Niklas, der mir mittlerweile fast schon Angst einjagt. Seine Augenringe sind nicht zu übersehen, seine Haltung hat sich verändert und seine Miene ist noch finsterer geworden, als sie ohnehin schon ist.

»Da, sieh mal.« Henry deutet zu Stella, die gerade auf den Waldweg zugeht. »Ich glaube, sie fährt in die Stadt, um Vorräte zu holen.«

»Also haben sie ein Auto?«, frage ich.

»Genau kann ich es dir nicht sagen, aber ich gehe fest davon aus. Einen Bus haben sie ja. Was mich viel mehr wundert, ist, dass sie das Verschwinden von Emil so gelassen hinnehmen.«

»Stimmt, ist mir auch schon aufgefallen«, meine ich.

»Ich hoffe, Sie wissen, was sie tun. Jedenfalls kennen wir zwei den wahren Grund, weswegen Stella Vorräte nachholt. Du erinnerst dich an den zerrissenen Reissack?«

»Als könnte ich das vergessen …«

Ich werfe einen Blick auf das Mittagessen in meiner Schüssel. »Finde ich aber lobenswert«, sage ich, »dass sie wirklich nur das einkaufen, was sie brauchen, um uns jeden Tag etwas zu essen zu machen.«

»Nicht *machen*. Machen lassen.«

»Wie auch immer«, erwidere ich.

»Ich finde es übrigens nicht lobenswert. Die haben viel zu wenig Essen hier.«

Zu wenig?

Ich ziehe mich in meine Gedankenwelt zurück.

Diesen Satz höre ich oft, meist zu Hause, meist von meiner Mutter oder den Eltern von anderen Freunden. Zu wenig Essen, zu wenig Klamotten und zu wenig Geld. Sie beschreiben ihren ganzen Besitz mit diesen zwei Worten. Dabei kann man nur eine Sache mit *zu wenig* begründen. Ganz einfach: Wir schenken den Dingen, die wir eigentlich brauchen, *zu wenig* Aufmerksamkeit. Unser Fokus liegt auf den Objekten, die wir nicht besitzen. Und natürlich kommt uns dann alles als *zu wenig* vor. Wenn wir es aber schaffen, dass uns ein *Zu wenig* schon ausreicht, um ein harmonisches Leben zu führen, dann wird es für uns viel leichter sein, ein *Zu viel* zu erreichen.

»Lukas? Alles okay?«

Ich widme mich wieder dem Gespräch mit Henry. »Ja, war nur kurz in Gedanken versunken.«

»Das bist du doch immer. Du hast mir mal gesagt, dass ich meinen Charakter nicht richtig auslebe. Zu einem gewissen Teil tust du das auch nicht.«

Ich beobachte Niklas dabei, wie er sich vor dem Vogelnest niederlässt und wie gebannt in den Wald stiert.

Henry spricht munter weiter. »Hier überwiegen viel zu sehr die negativen Erlebnisse, also wird es Zeit, wieder etwas Erfreulicheres zu unternehmen. Heute Abend, bevor du dein Treffen mit Kaja hast, könnten wir doch alle im See schwimmen gehen. Was hältst du davon?«

Auch wenn ich nicht in der Nähe von Niklas bin, kann ich sehen, dass sich seine Lippen leicht bewegen. Er redet mit sich selbst.

»Lukas!?«

»Ja, eine gute Idee«, bemerke ich. »Entschuldige mich bitte.«

Ich stehe auf und mache mich auf den Weg. Direkt zum Vogelnest. Henry schnauft bloß und trägt seine Schüssel zur Abwasch.

Niklas hatte drei Freunde aus seiner Anstalt hier. Charlie, Ben, Emil. Keiner von ihnen ist mehr anwesend. Nach Emil wird wenigstens gesucht und er sollte auch schnell gefunden werden. Mit dem Peilsender dürfte das kein Problem sein.

Ich setze mich neben Niklas, sage lange Zeit nichts. Dafür versuche ich herauszufinden, wohin der Junge mit der Narbe starrt. Mir wird allmählich bewusst, dass er gar keinen Punkt im Wald anvisiert. Da ist nichts.

Er verliert langsam den Verstand!

»Du hältst mich für irre«, sagt er, als hätte er meine Gedanken lesen können. »Vielleicht bin ich auch knapp davor, aber es kann mir doch keiner verübeln. Jetzt, da ich Emil nie mehr wiedersehen werde.«

Ich schaue ihn ratlos an. »Nie mehr?«

»Ja, du hast mich schon verstanden.«

»Komm schon, sie finden deinen Freund ganz sicher. Er hat einen Peilsender. Außerdem wird ihm schon nichts passiert sein.«

Niklas klatscht in die Hände. Erst einmal, dann noch einmal. Danach will er gar nicht mehr aufhören.

»Da hat es Magnus also geschafft. Wieder.«

Ich kenne mich nicht mehr aus. *Was hat Magnus geschafft?*

»Niklas, was meinst du denn?«

Er hört auf zu klatschen. »Euch eine saftige Lüge aufzutischen. Nur damit dieses Camp am Leben bleibt.«

»Was für eine Lüge?«

Das erste Mal in diesem Gespräch schaut mir Niklas in die Augen. »Emil hat seinen Peilsender noch gestern in der Früh abgegeben, ich war dabei.«

»Du meinst …«

»Er wird aus diesem Wald nicht wieder herauskommen. Genau wie Link, Charlie und Ben. Ich habe Fehler gemacht, doch ich habe mir nie ausgemalt, welche Folgen sie nach sich ziehen.«

Mir wird ganz kalt. Der Versuch der Sonne, mich zu wärmen, erscheint lächerlich.

»Die Lügen werden diesen Ort untergehen lassen«, flüstert Niklas. »Und wir gehen mit ihm unter.«

23

Ich habe mich mit Valentin für das Nachmittagsprogramm in Position gebracht: im Waldabschnitt zwischen dem Vogelnest und dem Wolfsbau. Die Betreuer werden es sich in Zukunft wohl zweimal überlegen, ob sie Aktionen in der Nacht durchführen. Diesmal jedenfalls begleitet uns die Sonne. Es ist zwar schon früher Abend, aber das Licht erfüllt dennoch seinen Zweck.

Als Magnus das allseits bekannte Zeichen gibt, gehen wir los. Unser Blick ist konzentriert auf den Boden gerichtet. Wir schauen uns nach umgeknickten Ästen und nach eingedrückter Erde um. Kurz nach meinem Gespräch mit Niklas wurden wir zusammengerufen. Unsere heutige Aufgabe sei simpel. Magnus habe mit seinem Team verschiedene Spuren im Wald hinterlassen, die, wie er sagt, von einem Fuchs stammen sollen. Natürlich nur in unserer Fantasie! In Gruppen, bestehend aus zwei Personen, müssen wir den Hinweisen folgen, um am Ende zu einem Plastikfuchs zu gelangen.

So weit, so gut. Keine Dunkelheit, kein Friedhof, keine Kreuze.

»Ich habe da etwas von Niklas erfahren«, sage ich nach einiger Zeit zu Valentin. »Wenn das stimmt, was er sagt, dann könnte das unsere Situation drastisch verschlimmern.«

»Es geht *noch* schlimmer?«, scherzt mein Freund und blickt zu mir auf.

Ich beiße mir auf die Unterlippe. »Es würde heißen, dass uns die Betreuer anlügen. Weshalb sie das tun sollten, habe ich aus Niklas noch nicht herausbekommen.«

Valentin deutet auf einen umgerissenen Ast. »Hier geht's lang.«

»Danke für deine konstruktive Antwort«, sage ich und gehe ihm nach.

»Du bist ein schlaues Kerlchen, Lukas. Henry ist stark, Kaja ist hübsch, Arthur ist einfallsreich und ich kann, glaube ich, auch noch irgendwas. Was *genau*, das weiß ich noch nicht so recht.«

Er visiert einen weiteren Hinweis an und fährt dabei mit seinem Gerede fort. »Wir sind keine dumme Gruppe, halten zusammen, wenn mal etwas schiefläuft. Wir heben uns ein wenig von anderen Teenagern ab. Die würden sich nie für so ein Camp anmelden. Deswegen würde ich mir da nicht allzu große Sorgen machen.«

Ich schaue ihn bewundernd an. So habe ich die ganze Situation noch nie gesehen: Wir wären den drei Betreuern überlegen, wenn sie wirklich etwas im Schilde führten. Wir würden gewinnen!

Auch wenn dieser Sieg momentan nur in meinen Gedanken existiert. Gleich wie der Fuchs, dem wir gerade nachjagen.

»Verflucht, jetzt haben wir die Fährte verloren«, jammert Valentin und blickt sich ratlos zu mir um. Ich suche ein wenig die Gegend ab und finde schnell Abdrücke von Fuchspfoten.

»Hier«, rufe ich und Valentin holt auf. Ab jetzt ist es weitaus einfacher, der Spur zu folgen. Vorher gab es bloß umgeknickte Äste, nun sind die Hinweise sogar in die Erde gedrückt.

Das ist keine Survivalaufgabe, das ist Malen nach Zahlen!

»Kannst du dir erklären, wie Emil einfach so verschwinden konnte?«, frage ich.

»Hat es wohl bei Niklas nicht mehr ausgehalten. Oder er hat seine Brille verloren.«

»Sehr lustig.«

»Ja, wirklich! Harry Potter ohne Brille wäre höchstens ein Maulwurf, der versucht, mit einer ausgerissenen Wurzel zu zaubern.«

Ich werfe einen strengen Blick zu meinem sarkastischen Freund.

»Tut mir leid«, erwidert er. »Ich weiß, ich sollte darüber keine Scherze machen. Nur kommt mir das alles so seltsam vor. ›Vom Wald verschluckt.‹ Das ergibt doch gar keinen Sinn.«

Ich schnalze mit der Zunge. »Der Wald hat eben Hunger. Der nächste Burger-Laden ist ein paar Kilometer entfernt.«

Valentin beginnt zu lachen. »Du kleiner Giftzwerg. Sich bei mir aufregen, aber im nächsten Moment selbst solche idiotischen Witze von sich geben. Du bist kein Stück besser.«

Bevor ich antworten kann, erspähe ich eine Lichtung. Wir wechseln das Thema.

»Meinst du, sie haben den Plastikfuchs dort aufgestellt?«, frage ich.

»Finden wir es heraus.«

Zusammen gehen wir die kurze Entfernung, bis wir erwartungsvoll auf die Lichtung treten.

Für ein paar Sekunden vergesse ich zu atmen, starre auf das, was sich vor mir befindet. Dann kommt mir die Geschichte in den Sinn, die uns Jacob erzählt hat. Die Geschichte, bei der er sein Auge verloren hat: *»Ich kam nach einiger Zeit auf eine Lichtung. In der Mitte, neben einer umgerissenen Tanne, lag ein Reh. Es war von oben bis unten aufgeschlitzt und ausgeweidet. Kratzspuren am Baum, der Geruch von Blut in der Luft. Der Moment, in dem einem klar wird, dass man soeben einen frischen Tatort betreten hat.«*

Vor uns befindet sich kein ganzes Reh, nein, nur das, was von ihm übriggeblieben ist. Ein abgetrenntes Rehbein. Es wurde so offensichtlich auf einen Baumstumpf gelegt, dass es jeder sehen würde, der auf die Lichtung kommt.

»Was zur Hölle …«, gebe ich von mir.

Valentin dreht sich um, bückt sich, sieht sich die Abdrücke genauer an.

»Es hat mich sowieso schon irritiert, weshalb wir Pfotenabdrücken nachgehen. Die Betreuer hätten sich nie die Mühe gemacht, jede einzelne Pfote in die Erde zu drücken. Das ist viel zu detailliert, viel zu echt.«

Ich verliere den Boden unter den Füßen, meine Glieder fühlen sich schwer an. »Was hat das zu bedeuten?«, frage ich und versuche mich zusammenzureißen.

Ich muss stark bleiben, genau wie Valentin. Er braucht mich.

»Das heißt, dass hier ein lebendiger Fuchs entlanggekommen ist.«

Ich hocke mich neben Valentin und betrachte ebenfalls die Abdrücke. »Nein«, entgegne ich. »Das sind nicht die Pfoten eines Fuchses, diese hier sind größer.«

Valentin ist das Entsetzen ins Gesicht geschrieben.

Ein Geräusch von weiter weg.

Irgendetwas kommt näher.

»Als ich mich umdrehte, um von diesem grausamen Ort zu verschwinden, war es schon zu spät.
Etwas rannte auf mich zu.«

Ich sacke zusammen. Starre auf das Rehbein, auf Valentin, auf den Wald.

Das war's!

Wir sind dem Wald in die Falle gegangen. Erst hat es Link, Charlie und Ben erwischt, dann Emil und jetzt uns.

Valentins Worte reißen mich aus der Schockstarre. »Auf einen Baum, schnell!«

Ich schöpfe aus seinen Worten Kraft, richte mich auf, schaue mich um.

Wenn sich mein Freund beherrschen kann, dann kann ich das auch!

Schnell finde ich einen passenden Baum, greife nach dem untersten Ast und ziehe mich hoch. Immer weiter rauf. Nach ein paar Metern halte ich inne. Ich sehe Valentin, der sich auf einem Baum mir gegenüber befindet. Die Äste sind dünn, zerbrechlich, doch sie müssen reichen. Für das, was wir gleich zu sehen bekommen. Für das, was jeden Moment auf die Lichtung treten wird.

Meine Hände zittern. Ich darf nicht loslassen. Lange Zeit passiert nichts, doch dann, ganz langsam, kriecht ein Tier aus dem Dickicht, das einem Hund ähnelt. Es ist größer, bewegt sich anders.

Ein Wolf!

Ich habe schon Dokumentationen über dieses Tier gesehen, aber in freier Wildbahn konnte ich natürlich noch nie eines beobachten.

Kann es sein, dass Emil von einem Wolf gerissen wurde?

Nein, wohl kaum. In der Dokumentation wurde immer wieder beteuert, dass Wölfe meist keine Gefahr für Menschen darstellen.

Das wird sich erst herausstellen.

Der Wolf trottet näher an das Rehbein, schnuppert daran. Plötzlich durchbricht ein Pfeifen die Stille. Ein großgebauter Mann betritt die Lichtung. Über seinen Kopf hat er eine rote Maske gestülpt.

Darüber hat Magnus am Telefon gesprochen! Er hat die rote Maske erwähnt!

Der Mann packt das Rehbein, wirft es in die Höhe und lässt den Wolf danach schnappen. Das Tier zerfetzt das Fleisch, gräbt die Zähne tief in sein Fressen. Blut sickert in das Moos.

Ein weiterer Pfiff des Mannes und der Wolf zieht sich zurück. In die Tiefen des Waldes. Das Rehbein schleppt er mit sich.

Ich werfe einen Blick zu Valentin, der wie hypnotisiert auf das schaut, was sich unter uns abspielt. Der Maskenmann holt eine kleine Videokamera aus seiner Hosentasche. Er legt sie auf den Baumstumpf.

Was macht er da?

Valentin will mir etwas zuflüstern, doch ich verstehe es nicht. Vorsichtig beuge ich mich in seine Richtung. Ich muss verstehen, was er mir sagen will. Unerwartet rutsche ich ab. Mein Fuß findet keinen Halt, meine Hand greift ins Nichts. Alles geht wahnsinnig schnell, und doch kommt mir mein Fall ewig vor. Beim Aufprall zieht sich mein Körper zusammen. Meine Gelenke schmerzen, mein Kopf brummt. Ich sehe die Welt verschwommen.

Eine Hand packt mich am Arm und zieht mich auf.

Valentin?

Nein.

Der Mann mit der Maske!

Ich reiße mich los, stürze mich so gut es geht auf meinen Widersacher. Doch ich habe nicht die Kraft. Meine Arme brennen immer noch höllisch. Er nutzt meine Verfassung aus, umschlingt mit einer Hand meinen Hals. Ich würge, bekomme keine Luft mehr. Der Mann lässt los, will etwas aus seiner Hosentasche ziehen.

Was hat er vor?

Ich finde es glücklicherweise nicht heraus, denn Valentin, der gelenkig wie eine Katze vom Baum geklettert ist, wirft sich mit voller Wucht auf unseren Feind. Beide kommen zu Fall.

Ohne mich zu bewegen, starre ich auf das Geschehen. Ich muss etwas tun, doch ich kann nicht! Mein Körper rührt sich nicht!

Der Typ, der mich und Kaja verfolgt hat, hatte keine rote Maske.

Mit wem habe ich es jetzt zu tun? Was will er?

Valentin stöhnt auf, als ihm ein Ellbogen in den Bauch gerammt wird. Ich versuche nicht weiter nachzudenken. Meinem Freund muss geholfen werden. Der Mann ist inzwischen aufgestanden, er scheint außer Atem zu sein. Valentin hat ihn gut erwischt. Als ich einen Schritt auf ihn zumache, weicht er zurück. Er dreht sich um, schnappt sich eilig seine Kamera und verschwindet im Wald. Ich schaue ihm nach.

Dann drehe ich mich zu Valentin um. Er umarmt mich.

»Siehst du«, keuche ich schmerzverzerrt. »Du taugst ja doch zu etwas. Du hast mich gerettet, Valentin.«

Er geht nicht darauf ein. »Wir müssen es den Betreuern sagen«, murmelt er stattdessen. »Ich habe die ganze Situation wohl wirklich unterschätzt. Irgendwas Krankes läuft hier ab.«

»Das können wir nicht. Magnus weiß von dem hier. Ich habe ein Telefonat von ihm mitgehört. Ich erzähle dir, was ich weiß.«

Wir sind uns beide darüber einig, dass wir keine Lust mehr haben, den Plastikfuchs zu suchen. Wir machen uns auf den Rückweg. Dabei teile ich Valentin meine bisherigen Erkenntnisse mit, auch wenn der Schock noch immer tief sitzt.

Neue Fragen tun sich mir auf. Ist der Typ am Friedhof der gleiche, der auch mich und Kaja verfolgt hat? Und hat dieser

Mann mit der roten Maske etwas damit zu tun? Ist es überhaupt ein Mann?

Wegen der Maske konnte ich kein Geschlecht oder Alter ausmachen. Doch irgendwie muss alles zusammenhängen. Irgendwie muss alles einen Sinn ergeben. Bis jetzt weiß ich nur eines: Wir müssen zusammenhalten, um das alles heil zu überstehen. Und ich gestehe mir auch ein, dass ich eine Abkühlung von den hitzigen Vorfällen brauche.

Ich werde das Angebot von Henry annehmen, mitgehen und im See schwimmen. Ich brauche Ruhe, nur ein wenig Ruhe.

Die Sonne geht schon unter, als wir beim Camp ankommen. Ich mache mich auf den Weg zu meiner Hütte, um Arthur zu holen.

»Auf keinen Fall«, raunt mein philosophischer Zimmerkollege und dreht sich um.

»Komm schon. Valentin und Henry sind auch dabei. Ich glaube sogar, dass Niklas mitmacht.«

»In diesem See sind sicher schon etliche Tiere ersoffen.«

»Na und?«, bemerke ich. »Ist doch toll! Schwimmbad und Zoo in einem.«

»Du bist krank!«

»Vielleicht, aber du bist auch krank, wenn du nicht mitgehst. Das wird großartig.«

Er schüttelt den Kopf. »Die Fähigkeit, das Wort *Nein* auszusprechen, ist der erste Schritt zur Freiheit. Nicolas Chamfort, ein Franzose. Und sind wir mal ehrlich: Franzosen würden nur lügen, wenn sie dafür ein gratis Baguette bekommen.«

Ich muss grinsen. »Arthur, ich vertraue dir. Zumindest so halbwegs. Tu mir den Gefallen und komm mit. Ich würde dich echt gerne dabeihaben.«

Er setzt sich auf. »Ich habe Angst vorm Wasser.«

Ich lache, verstumme aber gleich wieder, als ich merke, dass er es ernst meint.

»Ihr werdet auch ohne mich Spaß haben«, fügt er hinzu.

Ich setze mich neben ihn aufs Bett. »Angst vorm Wasser? Gibt es etwas, worüber du mit mir reden willst?«, frage ich ihn.

»Oh, wollen tu ich so viel, Lukas. So unendlich viel. Nur ich mache es nie.«

»Das hier wäre doch eine gute Gelegenheit, um damit anzufangen.«

Er schmunzelt verlegen. »Du hältst mich für einen Freak, was? Ständig sage ich so dumme Zitate und will nicht einmal mitkommen, wenn ihr etwas Lustiges unternehmt.«

»Du interessierst dich eben für Literatur und bist ein wenig wasserscheu. Kein Grund, dich als Freak zu bezeichnen.«

Er atmet tief ein und aus. Seine Pupillen sind glasig. Als würde er jeden Moment anfangen zu weinen. »Jeder hat seine Geschichte, ich habe auch eine.«

Ich lasse ihn reden, schaue ihn bloß an.

»Es gibt einen Grund, weshalb ich nicht ins Wasser gehen will. Und ich bitte dich, dass du mich auch nicht dazu drängst. Vor ein paar Jahren, als ich noch kleiner war, ist mein Vater mit mir zum Segeln rausgefahren. Zu weit, zu unvorsichtig. Es kam ein Sturm auf und …«

Ich merke an seiner Stimme, dass er die Vergangenheit noch einmal durchlebt.

»… ich bin rausgefallen. Mein Dad konnte mich nach einiger Zeit rausfischen, doch ich habe Wasser in die Lunge bekommen. Ich war lange im Koma, über Wochen hinweg. Dann bin ich irgendwann aufgewacht, musste aber noch länger im Krankenhaus bleiben. Sehr lange, um genau zu sein.

Auf dem Nachttisch des Krankenhauszimmers lagen Blumen für mich, Grußkarten und ein Buch. Ein einziges Buch.«

Meine Nackenhaare stellen sich auf. Ich kann mir denken, was jetzt kommt.

Arthur zeigt auf das rote Zitate-Buch. »Wäre ich in diesem Sturm gestorben, hätte ich niemals die Sprüche dieser schlauen Männer und Frauen kennengelernt.« Er streicht verträumt über den Einband. »Ich kann jedes dieser Zitate auswendig und wenn ich irgendwann sterbe, dann kann ich sie mitnehmen.«

Arthur tippt sich auf den Kopf. »Sie sind da drinnen. Für immer.«

24

Es ist schon relativ finster, als ich beim See ankomme. Im Gegensatz zum Wald, der für mich immer bedrohlicher wirkt, je öfter ich ihn betrete, ist das Wasser eine angenehme Abwechslung. Arthurs Vergangenheit ist mir noch im Kopf und sie wird es höchstwahrscheinlich noch länger bleiben. Doch ich hätte damit rechnen können. Jeder in diesem Camp hat seine Geheimnisse, nur vertrauen sich mir die wenigsten an. Ich hoffe nur, dass ich die Geschichte, die ich jetzt gerade erlebe, in ein paar Jahren erzählen kann. Dass ich irgendwann darüber lachen werde und nicht daran zerbreche. Ich will diese zwei Wochen nur heil überstehen. Mehr nicht.

Henry schaut eine lange Zeit auf den See, genießt spürbar die Aussicht. Er kniet sich nieder und berührt mit der Hand die Wasseroberfläche. Dann zieht er sein T-Shirt aus.

»Hat jemand Badesachen mit?«, fragt er in die Runde.

Wir sind zu viert. Niklas, der dringend eine Ablenkung benötigt, Valentin, Henry und ich. Kaum merklich schüttle ich den Kopf. »Ich habe nicht erwartet, dass es im Camp einen See gibt.«

»Habe ich auch nicht, doch wir sollten das Beste daraus machen«, entgegnet der Mädchenschwarm und legt erst seine Hose und dann seine Socken ab. Nur mit einer Unterhose bekleidet steht er erwartungsvoll vor uns. »Wollt ihr jetzt schwimmen gehen oder nicht?«

Niklas zieht die Augenbrauen hoch. »Ja, aber ich habe keine Lust, dass auch nur irgendeines meiner Kleidungsstücke nass wird. Dafür habe ich zu wenig mit.«

»Es gibt für alles eine Lösung«, antwortet Henry und schlüpft ohne zu zögern auch noch aus seiner Unterhose. Splitterfasernackt dreht er sich um und springt mit einem Freudenschrei ins Wasser.

»Kalt, aber angenehm. Kommt ihr?«, prustet er.

Keiner von uns erweckt den Anschein, als wolle er sich bewegen.

»Ihr seid ja wirklich lächerlich. Emil ist seit einem Tag verschwunden und ihr habt Angst davor, ein bisschen Haut zu zeigen. Es ist ohnehin dunkel, also habt euch nicht so.« Nach diesen Worten beginnt Henry in die Mitte des Sees zu schwimmen, so weit, dass ich ihn fast nicht mehr erkennen kann. Er wird zu einem kleinen Punkt, der auf dem Wasser treibt.

Niklas reicht mir eine Art Taucherbrille. »Ich werde nicht mitmachen. Es fühlt sich falsch an, ohne Emil Spaß zu haben. Nimm meine Brille und gib sie mir einfach später wieder zurück. Ich habe sie eigentlich für einen anderen Zweck eingepackt.«

Ich nehme die Brille dankend an und schaue dem Jungen mit der Narbe nach. Er gesellt sich zu den anderen, die schon am Feuer sitzen. Dann wende ich mich zu Valentin.

Dieser zuckt gleichgültig mit den Schultern und meint: »Ich bin zwar kein guter Ersatz für Arthur, aber ich kenne ein Zitat, das in die Situation passen würde.«

Wie schon erwähnt: In jedem von uns steckt ein Philosoph.

»Das wäre?«

Er zieht sich das T-Shirt über den Kopf. »Wer auf seine Nacktheit stolz ist, der ist frech, wenn er Kleidung trägt.«

»Was soll das jetzt heißen?«, frage ich.

»Na, dass wir frech sind.«

Er entblößt sich grinsend. Kurz darauf nimmt er Anlauf und vollführt einen eleganten Kopfsprung in den See.

Das Wasser muss ziemlich kalt sein, so spät am Abend.

»Frierst du nicht?«, rufe ich meinem Freund zu.

»Ach was. Die kalte Temperatur passt sich meinem steinernen Herzen an.«

Ich muss lachen. *Idiot!*

Danach streife ich mir die Taucherbrille über den Kopf und beginne mich auszuziehen. Ich schäme mich ein wenig, das gebe ich zu. Nicht, weil ich mit meinem Körper unzufrieden bin, sondern weil die Situation ungewohnt ist. Mit Freunden nackt baden. All mein Schamgefühl ablegen. Ehe ich weiter darüber nachdenken kann, habe ich mich meiner Kleider entledigt. Mit meinen Händen verdecke ich alles, was sich verdecken lässt. Ich muss mit der Brille idiotisch aussehen. Wie eine gestrandete Robbe.

Gott sei Dank ist Kaja nicht hier!

Diesmal ruft Valentin *mir* etwas zu. »Ich glaube, mittlerweile ist es egal, ob du da draußen oder hier drinnen erfrierst. Komm schon.«

Ich schnaufe und gehe an den Rand des Stegs. Melancholisch starre ich ins Wasser.

»Du brauchst ja ewig«, raunzt mein Zimmerkollege. »Wenn das zwischen dir und Kaja auch so langsam vorangeht, dann heiratet ihr mit sechzig und eure Kinder werden in einem Grab geboren.«

Ich lasse mich fallen.

Wasser, Tonnen von Wasser. Überall.

Valentin redet über mich und Kaja so, als wären wir verliebt. Doch das Wort *Liebe* ist noch nie gefallen. Ich weiß nicht, was das zwischen uns ist. Aber es fühlt sich gut an.

Ich schwimme ein wenig, kraule am Rücken und schaue immer wieder ans Ufer. Das Camp sieht von hier so friedlich aus. Auch der Wald scheint ein Ort der Ruhe zu sein. Doch das ist er nicht. *Schon komisch.* Hier passieren wirklich unbeschreibliche Dinge und ich habe mich vorher tatsächlich nicht getraut, mich auszuziehen …

Als wäre das von Bedeutung!

Kleidung ist kein Schutz, auch keine Ausrede, und schon gar kein Hindernis. Wenn deine Kleidung fällt, fällt auch jeglicher Irrglaube über die Person dahinter. Ein Sprichwort sagt: Im Bett sind wir alle gleich. Ich gehe sogar noch einen Schritt weiter und sage: In unseren Zielen sind wir alle gleich. Wir alle wollen Geborgenheit, einen Platz finden. Und der schönste Erfolg ist doch, wenn du diesen Platz gefunden hast, ohne dass Kleider dich zu der Person machen, die du gerade selbst in dir sehen willst.

Während meines Gedankengangs tauche ich. Immer tiefer. Eine starke Sehnsucht nach dem Grund überkommt mich. Ich will zum Ursprung. Und so kommt es, dass sich die Oberfläche stetig von mir entfernt. Ich berühre den Boden. Schlammig, weich und …

Da ist etwas!

Ein Gegenstand. Ich umgreife ihn, nehme ihn an mich. Oben angekommen, schaue ich neugierig auf meinen Fund. Eine Kette schimmert mir entgegen. Sie ist silbern, mit einer kleinen Muschel daran. Für einen kurzen Moment vergesse ich fast, mich über Wasser zu halten.

Es ist die gleiche Kette, die auch Jacob hat!

So sehr ich mich anstrenge, ich erkenne einfach keinen Zusammenhang. Keine logische Erklärung.

Hat Jacob seine Kette in den See geworfen? Oder gibt es mehrere?

Das Wasser wird von einer Sekunde auf die andere unangenehm. Ich fühle mich ausgeliefert, hilflos. Schnell drehe ich mich in alle Richtungen, sehe, was sich um den See herum abspielt. Da ist einmal die Feuerhöhle, deren Lichtkegel seinen absoluten Höhepunkt erreicht hat. Das Feuer ist riesig und eindrucksvoll. Ein bisschen weiter weg erkenne ich Magnus, der mit einer Taschenlampe ausgestattet im Wald verschwindet. Genau dorthin, wo Diesel mit einem Pfeil durchbohrt wurde.

Ich hoffe, Niklas hat ihn begraben …

Neben mir befinden sich Valentin und Henry, die bemerkt haben, dass meine Stimmung zu kippen droht. An einem der Ufer steht Niklas.

Nein!

Ich sehe genauer hin.

Das ist nicht Niklas!

Die Statur, die Größe. Sie kommt mir bekannt vor. Könnte es sein, dass …

Ich schwimme näher heran. Langsam wird mir bewusst, wer uns da vom Ufer her beobachtet. Es ist derjenige, der mir und Kaja gefolgt ist. Keine rote Maske, doch ich kann das Gesicht trotzdem nicht erkennen.

Ich muss näher ran.

Und das tue ich auch. Ich schwimme weiter, Richtung Wald, Richtung Dunkelheit.

Henry taucht neben mir auf. »Hey, schwimm nicht ans Ufer. Ich habe den Schatten eben auch bemerkt, da spioniert uns jemand nach. Ich glaube nicht, dass es einer von uns ist.«

»Ich bin mir sogar ziemlich sicher, dass es keiner von uns ist«, zische ich und schwimme weiter.

Dieser Jemand wird wohl nicht in den See springen, um mich zu packen. Im Wasser bin ich sicher.

Meine Chance!

So ein kranker Typ! Beobachtet uns still, sieht zu, wie wir uns nackt ausziehen.

»Schwimm wieder zurück!« Diesmal ist es Valentin, der mich aufhalten will.

Ich höre nicht auf ihn. Nur mehr ein paar Meter.

Ich erkenne das Gesicht. Es ist der Mann, den wir am Friedhof gesehen haben. Der uns verfolgt hat. Sein Blick ist auf mich gerichtet. In der Hand hält er ein kleines Schild, das ich wegen der Dunkelheit nur schwer erkennen kann.

»Lukas!«, schreit Valentin. »Schau, dass du da wegkommst!«

Ich bin wie gefesselt. Als wäre das Wasser Beton.

Dann lese ich, was auf dem Schild steht: *Verlass dieses Camp, solange es noch geht. Dieser Ort …*

Ohne Vorwarnung macht der Mann eine Drehung und verschwindet im Unterholz. Weg ist er.

Eilig hilft mir Valentin aus dem Wasser. Ich trockne mich mit einem Handtuch aus der Dusche ab und renne frierend in die Hütte. Nicht nur mein Körper ist kalt, auch meine Gedanken spielen verrückt.

Dieser Ort …!

Doch ich kann hier nicht weg, selbst wenn ich es wollte. Ich kenne den Weg nicht, weiß nicht, wo ich bin. Ich habe kein Handy und …

»Kaja?«

»Hey.«

Sie liegt auf meiner Matratze, ausgestreckt, nur mit einer kurzen Hose und einem Shirt bekleidet. Arthur und Valentin sind noch nicht zurück.

»Was machst du hier?«, frage ich liebevoll und lege mich neben sie.

»Es war ausgemacht, dass ich komme. Schon vergessen?«

Da war ja was! Verdammt!

»Tut mir leid. Nur gehen mir zurzeit so viele Gedanken durch den Kopf. Dieser Typ, der uns im Wald nachgerannt ist, folgt mir. Er macht mir Angst.«

»Weißt du, was er will?«

»Dass ich verschwinde, glaube ich.«

»Eine Warnung?«

»Eher eine Falle.«

Sie seufzt und beugt sich über mich. Ich sehe in ihre Augen, spüre ihren Atem.

»Du musst mal abschalten. Jetzt wäre ein guter Zeitpunkt«, flüstert sie und lächelt.

»Wenn ich bei dir bin, funktioniert das immer. Denn du …«

»Lukas?«

»Ja?«

»Kannst du mir einen Gefallen tun?«

»Was denn?«

»Hör auf zu reden.«

Ich ziehe sie zu mir und presse meine Lippen auf ihre. Erst zärtlich, dann stürmischer. Wir drehen uns, bleiben immer nah beisammen. Jetzt bin ich oben. Kajas rechte Hand liegt auf meinem Rücken, mit der anderen krault sie mir die Haare. Sie drückt mich fester an sich. Wir bilden eine Einheit, schmiegen unsere Körper aneinander, bewegen uns in unserem eigenen Rhythmus. Kajas Atem wird schneller, lauter. Ihre Hände wandern unter mein Shirt, sie zieht es mir vom Kopf. Wie im See, nur spüre ich kein Wasser, ich spüre nur sie. Im nächsten Augenblick ist auch ihr Oberkörper entblößt. Ihre Haut ist warm, ganz anders als die Wassertropfen.

Ihr Geruch vertraut, ihre Anwesenheit befreiend. Ich beuge mich hinunter, küsse ihren Bauch. Arbeite mich nach oben, wieder zu ihrem Mund. Doch dann, als ich ihr erneut in die Augen sehe, erkenne ich es: blutiges Fleisch in ihren Pupillen. Der Geruch verändert sich. Ich schwitze. Kreuze beginnen vor meinem inneren Auge zu tanzen. Meine Hände werden rot, Blut. Ich schüttle den Kopf, versuche mich aus meinen Gedanken zu reißen.

Ich halluziniere!

Hektisch stehe ich auf, öffne die Tür der Hütte, atme tief ein. Luft! Ich drehe mich um.

»Alles okay?«, fragt sie.

»Ja«, keuche ich. »Nur kann ich nicht mit dir schlafen.«

»Verstehe.«

Sie zieht sich ihr Oberteil an.

»Nein, nein. Du verstehst es nicht. Ich kann *noch* nicht mit dir schlafen.«

Kaja nickt. »Ja, es ist zu früh. Tut mir leid.«

»Nein, so meine ich das nicht.«

Ich setze mich zu ihr auf die Matratze. »Nur fühlt es sich hier und jetzt falsch an. Emil ist verschwunden und …«

»Ich verstehe es, wirklich«, murmelt sie und streicht mir mit dem Finger über die Wange. »Ich werde jetzt gehen.« Sie erhebt sich und will aus der Hütte verschwinden.

»Warte!«

Sie dreht sich um. »Was denn?«

Ich stehe auf und komme näher. »Ich liebe dich, Kaja.«

Es ist ausgesprochen.

»Vermutlich schon vom ersten Augenblick, an dem ich dich gesehen habe. Ich bin kein Mensch für Kitsch und ich glaube auch nicht an Liebe auf den ersten Blick, doch du bist so anders als alle, die ich bisher kennenlernen durfte. Und das ist ein so unglaubliches Gefühl. Ich möchte es nicht mehr missen. Du bist unbeschreiblich.«

Sie lächelt, beugt sich vor und gibt mir einen zärtlichen Kuss auf die Lippen. Dann öffnet sie die Tür und tritt ins Freie. Ich sehe ihr nach. Und im Weggehen flüstert sie mir noch etwas zu. Drei einfache Worte.

»Ich dich auch.«

Dann ist sie weg.

Wir haben es beide gesagt.

Nur, was heißt das jetzt?

Ich habe mich in jemanden verliebt, keine Frage. Und es ist das erste Mal, dass ich Liebe so richtig spüre. Zwischen meiner Mom und mir gab es immer Hindernisse, generell in unserer ganzen Familie. Deswegen durchfährt mich das neue Gefühl wie ein Blitz. Es tut nicht weh, ganz im Gegenteil. Es fühlt sich so schwer und gleichzeitig so leicht an. Wer auch immer Liebe mit Schmetterlingen im Bauch beschrieben hat, sollte eingesperrt werden.

Da sind keine Schmetterlinge, da ist ein verdammter Tornado!

Ich lehne noch immer am Türrahmen und schaue verträumt in den Nachthimmel. Die Sterne sind zum Greifen nahe. Eines Tages wird sich das Universum in meinen Augen spiegeln und ich werde erkennen, zu welchem Stern ich wirklich gehöre. Ein neuer Weg, der …

Ein Schrei lässt mich zusammenzucken. Er klingt nicht ängstlich, er klingt traurig. Doch so eine Trauer habe ich noch nie gehört. Sie fegt über den Platz, ohne Rücksicht zu nehmen. Sie raubt mir den Atem.

Niklas taumelt aus der Finsternis auf mich zu. »Er hat einen Hinweis bekommen! Dabei … dabei wusste doch niemand davon. Ich … ich weiß nicht, wie …«, stammelt er.

»Beruhige dich, Niklas. Was ist denn los?«

»Magnus. Ich … ich habe Diesel nicht begraben können, wir waren ja gestern fort … dann das mit Emil … und …«

Ich ahne Schreckliches. »Und?«, frage ich.

»Ich glaube, er hat Diesel gefunden.«

Tag 7 – Sonntag

Spiel mir das Lied vom Tod

25

Als ich am nächsten Tag aufwache, habe ich bloß einen Gedanken: *Raus hier!* Ich schnappe mir meine Schuhe und öffne noch im selben Atemzug die Tür. Die Sonne muss eben erst aufgegangen sein. Ich werfe einen Blick über den Platz und muss feststellen, dass niemand zu sehen ist.

Die meisten schlafen vermutlich noch.

Selbst ein wenig müde, wage ich einen Schritt ins Freie. Ich mache jedoch sogleich Halt, als mich ein Déjà-vu-Erlebnis überkommt. Die ganze Situation fühlt sich nämlich so an, als würde ich gerade das erste Mal aus der Blockhütte treten. Wie am Morgen vor fünf Tagen.

Die Vogelgeräusche, der Wald und die Tautropfen sind gleich geblieben, nur die Leute haben sich verändert. Allmählich breitet sich Misstrauen bei den anderen Jugendlichen aus. Die vereinbarte Suche nach Emil hat nicht stattgefunden. Den Schrei gestern Nacht hat jeder gehört. Und der Mann, der um das Camp schleicht, verhält sich auch nicht sonderlich unauffällig.

Sicher fühlt sich hier langsam niemand mehr.

Diese angespannte Stimmung führt dazu, dass ich eine Auszeit brauche. *Raus hier*, wie gesagt. Ich halte mich an meinen Plan und mache mich auf den Weg. Zwar gehe ich nicht weit und bin auch nicht allein, aber immerhin. Henry lässt mich erneut an seiner Morgenroutine teilhaben. Genau wie vor ein paar Tagen joggen wir über die schmalen Waldwege und kommen an demselben Feld wieder heraus. Ich bleibe einen Moment stehen, betrachte die im Wind wehenden Halme.

»Ich weiß nicht, was ich von diesem Camp halten soll«, überlege ich.

»Dann zerbrich dir einfach den Kopf darüber und ignorier, was ich sage. Das kannst du doch so gut.«

Ich verdrehe meine Augen und wende mich zu Henry. »Muss mir das unbedingt jemand an den Kopf werfen, der sich an ein Mädchen rangemacht hat, das nicht mal auf Jungs steht?«

»Jetzt geht das wieder los«, schnauft er. »Es ist natürlich fraglich, ob es dir schon aufgefallen ist, aber nur weil sie auf Mädchen steht, wachsen ihr keine Haare aus der Brust. Sie ist nicht King Kong.«

Ich schmunzle. »Ich bezweifle, dass es dich gestört hätte, wenn sie King Kong wäre.«

»Nun ja, es geht schließlich um die inneren Werte.«

»Sagt der Junge, der sich mit Abstand am meisten um sein Äußeres kümmert. Wenn es nach dir ginge, sollte Haarspray auf Bäumen wachsen.«

Henry trottet beleidigt zu der alten Scheune, die sich vor uns auf dem Feld befindet. Als er an mir vorbeigeht, zischt er noch: »Wäre doch praktisch!«

Im nächsten Augenblick ist er auch schon hinter der morschen Tür verschwunden.

»Was machst du denn da?«, rufe ich ihm nach.

»Riechst du das denn nicht? Komm schon, du willst doch immer ein Abenteuer erleben.«

Riechen? Was denn riechen?

Neugierig gehe ich hinter ihm her. Ich öffne die Tür einen Spalt breit und spähe ins Innere. Henry kniet am Boden und starrt auf etwas, das ich erst erkenne, als ich näher komme.

Ein zerfleischtes Reh.

Ich beuge mich weiter nach unten und betrachte es genauer. Nach einiger Zeit fällt mir auf, dass dem toten Tier ein Bein fehlt.

Der Mann mit der roten Maske. Das abgetrennte Bein, das er dem Wolf zum Fraß vorgeworfen hat.

»Was hat das zu bedeuten?«, fragt mich Henry unsicher.

»Auf jeden Fall nichts Gutes.«

»Schon komisch: Meine Schwester muss sich wahrscheinlich gerade überlegen, welche Mütze sie als Nächstes stricken soll, und ich schaue zeitgleich in die Augen eines toten Rehs. Gott sei Dank haben meine Eltern sie nicht hierhergeschickt.«

Mitfühlend lege ich einen Arm um Henry. »Du vermisst sie wirklich, oder?«

»Mehr als du dir vorstellen kannst. Bis zum Mond und …«

»Stopp! Das ist selbst mir zu kitschig«, vermerke ich grinsend. »Ein einfaches *Ja* hätte auch gereicht.«

»Danke, dass du dich immer so um mich kümmerst, Lukas. Wir werden uns nach diesem Camp höchstwahrscheinlich nie wieder sehen, aber ich werde die Zeit hier dennoch nicht so schnell vergessen. Du bist so toll wie …«

Ich hebe meinen Zeigefinger und drohe. »Nicht kitschig werden.«

»… so toll, wie … *Ja!*«

»Was *Ja?*«

»Du meintest vorher, ein einfaches *Ja* geht immer«, sagt Henry und richtet sich auf. Er lächelt. Fast hätte ich vergessen, dass neben uns ein totes Reh liegt.

Henry wird immer gefinkelter!

Trotz unseres humorvollen Gesprächs haben wir keinen Antrieb mehr, auf die Anhöhe zu joggen. Stattdessen machen wir uns auf den Rückweg.

Kaja, die anscheinend spürt, wann ich wo bin, wartet schon auf mich. Hastig verabschiede ich mich von Henry und wende mich ihr zu. »Das ist echt schon gruselig. Immer wenn ich aus dem Wald komme, bist du da.«

Sie nickt nur. Offenbar ist sie gerade nicht zum Scherzen aufgelegt. Kajas Mund kommt näher an mein Ohr. »Ich habe gerade Magnus belauscht, er hat telefoniert«, wispert sie. Dann dreht sie sich zur Feuerhöhle um.

Sie fühlt sich beobachtet.

Ich versuche meinen Atem in einen ruhigen Rhythmus zu bringen, antworte ihr: »Das habe ich auch. Es muss vorgestern gewesen sein.«

Wieder nickt sie. »Ich habe mir schon gedacht, dass er öfter mit dieser Person redet. Nur verstehe ich den Zusammenhang nicht.« Ihr Blick wird noch ernster. »Aber Lukas, das, was er gesagt hat, macht mir Sorgen. *Ganz* große Sorgen.«

Ich ziehe sie ein Stück weiter in den Wald hinein. Wir müssen ungestört reden können. »Was hat er denn gesagt?«

Kaja schließt für ein paar Sekunden die Augen. Dann spricht sie weiter. »Magnus hat gemeint, dass er den Deal niemals eingehen wird. Dass er weitermacht, egal was passiert. Plötzlich hat er zu weinen begonnen. ›Dieses Camp ist mein Leben‹, hat er gestammelt. Danach hat er eine Zeit lang in das Telefon gehorcht und im Anschluss ungläubig einen eigenartigen Satz wiederholt, den ihm sein Gesprächspartner gesagt haben muss. Irgendetwas wie: ›Ruh dich nicht im Himmel aus, der Fall kann kommen.‹ Und immer wieder. Was soll denn das bedeuten? *Ruh dich nicht im Himmel aus, der Fall kann kommen.* Wie du dir sicher vorstellen kannst, hat es mich ganz unruhig gemacht, ihn so verwirrt sprechen zu hören. Dann hat er einfach aufgelegt. Vielleicht habe ich den

Satz aber auch falsch verstanden … keine Ahnung. Ich …«, sie versucht sichtlich, die Nerven zu bewahren, »… mache mir einfach nur Sorgen.«

Ich gebe Kaja einen zärtlichen Kuss auf die Stirn. Danach umschließe ich ihre Finger mit meinen. »Auch wenn dieser Typ etwas vorhat, wird uns nichts passieren. Das verspreche ich dir. Ich habe zwar keine Superkräfte, aber das heißt nicht, dass ich nicht alles daransetzen werde, die Leute hier zu beschützen. *Dich* zu beschützen. Wir sind die ganzen Tage nur weggelaufen. Das hat ein Ende. Hier und jetzt.«

Kaja und ich reden noch ein bisschen, bevor wir uns etwas zum Frühstücken holen. Ich nehme mir vor, ungestört in der Hütte zu essen.

Jeder ruhige Moment ist Gold wert.

Als ich es mir auf der Matratze bequem machen will, spüre ich etwas Hartes unter mir. Vorsichtig streife ich die Decke zur Seite und erblicke die Muschelkette.

Ich habe sie auf dem Grund des Sees gefunden!

Hastig nehme ich sie an mich und verlasse unsere Unterkunft wieder.

Die ruhigen Momente können warten.

Das Frühstück lasse ich dort. Ich habe vorhin beschlossen, dass das Weglaufen ein Ende haben wird. Und genau so handle ich jetzt auch. Jacob hat dieselbe Kette um den Hals, er muss etwas über dieses Schmuckstück wissen!

Glücklicherweise muss ich nicht lange suchen, um den Betreuer mit der Augenklappe zu finden. Er steht mit Stella und Magnus in der Nähe der Felswand, die die östliche Seite des Camps begrenzt.

»Jacob, kann ich dich kurz sprechen?«

»Ja, gleich. Wir müssen nur alles vorbereiten«, gibt er als Antwort.

»Was denn vorbereiten?«

Stella bringt sich ins Gespräch ein. »Wir planen ein wenig um. Heute werden die Camparbeiten erst am Nachmittag erledigt. Dann kann das Betreuerteam währenddessen eine Besprechung abhalten.«

Anscheinend erkennen auch sie, dass es Probleme gibt, die sie lösen müssen.

»Und jetzt?«, frage ich.

»Jetzt verschieben wir das Nachmittagsprogramm auf den Vormittag. Wir werden klettern gehen«, vermerkt sie.

Daraufhin ruft Magnus alle im Gelände verstreuten Jugendlichen zusammen und verkündet, dass sich jeder einen Sicherheitsgurt aus dem Wolfsbau holen soll.

Ach, jetzt auf einmal dürfen wir ihn betreten?

Henry ist der Einzige, der nicht darauf hört. Er stellt sich schon etwas voreilig zur Wand. Bewundernd wandert sein Blick nach oben. Eiserne, kreisförmige Metallstücke wurden ins Gestein geschlagen. Das muss schon vor einiger Zeit gemacht worden sein. Mithilfe von Karabinern, einem Sicherheitsgurt und einem Sicherheitsseil sollte man bis an die Spitze kommen. Bei der ungefähren Höhe von fünf Metern wurde ein roter Strich gezogen.

Was auch immer der bedeuten soll.

Jeweils zwei der Metallstücke sind mit einem Abstand von drei Metern nebeneinander eingeschlagen. Das heißt, dass zwei Personen gleichzeitig klettern können.

Ich versuche mich von dem Anblick zu lösen und wende mich wieder Jacob zu.

»Also?«, hake ich nach.

»Okay, okay. Ich komme schon«, erwidert er und wir entfernen uns von der Stelle.

»Was brauchst du denn, Lukas?«

Ich sage nichts. Stattdessen hole ich die Kette aus meiner Hosentasche und halte sie ihm entgegen. Dabei beobachte ich neugierig seine Reaktion. Erst scheint es ihm gleichgültig zu sein, doch nach und nach verliert der Betreuer immer mehr Farbe im Gesicht. Kreidebleich will er etwas sagen, bricht aber wieder ab.

Jacob späht zum Berg, schaut, ob jemand zu uns herübersieht. »Woher hast du das?«, fragt er mich eindringlich.

Ich bleibe weiterhin stumm.

Jacob kommt näher, sein Blick haftet erst an der Kette, dann wieder auf mir. »Ich frage das nicht noch einmal, Lukas. Woher?!«

Der Betreuer zuckt zusammen, als Magnus ihn zu sich ruft. »Verdammt«, flucht er und stapft davon. »Das Gespräch ist noch nicht zu Ende!«

Was war das gerade eben?

Jacob hat mir bewiesen, dass er sehr wohl weiß, was es mit meinem Fund auf sich hat.

Nachdenklich hole ich mir einen Sicherheitsgurt aus dem Wolfsbau und stelle mich vor die Wand. Direkt neben Henry, der keinen Millimeter von seiner Position abgewichen ist. »Dieser Berg ist magisch«, flüstert er.

Ich seufze bloß und blicke erwartungsvoll zu Magnus. Der Campleiter baut sich vor uns allen auf und zeigt zum Berg.

»Was wir hier machen, ist idiotensicher. Wegen der kleinen Zwischenfälle im Camp wollen wir euch keinesfalls mehr in Gefahr bri…«

»Was ist mit Emil?«, ruft Valentin dazwischen und verschränkt die Arme.

»Wir haben ihn. Bald.«

»Was heißt: *Bald?*«

»Ich rede später mit dir, Valentin, dann kann ich es dir erklären. Jetzt geht es ums Klettern«, entgegnet Magnus und fährt nach einer kurzen Atempause fort: »Wir versuchen euch hier trotz der Umstände eine schöne und spannende Zeit zu ermöglichen. Also tut mir einen Gefallen und hört mir einfach nur zu. Danke.«

Danach erklärt er uns, wie wir uns mit dem Karabiner richtig ins Metallloch einhaken und wie wir das Seil verwenden.

»Über die rote Linie klettert aber niemand hinweg. Solltet ihr euch falsch sichern, können wir das Schlimmste verhindern«, fügt er hinzu. Dann zählt er auf, wer als Erstes dran ist. Ich, und Henry.

Behutsam schlüpfe ich in den Sicherheitsgurt. Nebenbei bekomme ich mit, dass Magnus mit Henry redet. Der Betreuer zeigt energisch zum Wolfsbau: »Du musst dir erst einen Gurt holen, Junge.«

Jacob winkt ab. »Muss er nicht. Er soll einfach den von Valentin nehmen. Der ist ohnehin erst später dran.«

»Okay, okay, von mir aus«, meint Magnus und nickt Valentin zu. Dieser gibt Henry den Gurt.

Endlich kann es losgehen.

Bei den ersten Griffen fühle ich mich unsicher, doch mit der Zeit habe ich den Dreh raus. Auch Henry wirkt, als würde er das nicht zum ersten Mal machen. Er hangelt sich geschickt von einem Gesteinsbrocken zum nächsten. Der Fels fühlt sich rau und kalt an, wie das Wasser im See. Das Gefühl, über die

Köpfe der anderen hinwegzublicken, ist unglaublich. Da vergesse ich beinahe, was die letzten Tage passiert ist.

Henry und ich erreichen ziemlich schnell die rote Linie, und als ich zu ihm hinüberblicke, sehe ich, dass er gerne noch weiter nach oben klettern würde.

Genau wie ich!

Noch bevor ich meinen Gedankengang beendet habe, greift er über den Strich und zieht sich hoch. »Bereit für ein Abenteuer?«, fragt er mich.

»Aber wir sollen doch …«

»Was wir sollen, ist egal. Die Betreuer haben auch einige Versprechen gebrochen. Das ist die einmalige Chance. Wir sind gesichert, Lukas.«

Er hat recht und ich weiß es. Wenn nicht jetzt, wann dann. Innerlich strebe ich nach dem Gefühl, von ganz oben über das Camp schauen zu können.

Alles ist besser, als unten zu sein. Bei Jacob, der eine Kette trägt, die genauso aussieht wie die, die ich im See gefunden habe. Bei Magnus, der geheimnisvolle Telefonate führt. Bei dem Mann im Wald, oder vielleicht sogar den zwei Männern. Einer hat jedenfalls eine rote Maske.

Ich denke nicht weiter darüber nach und mache den entscheidenden Griff. Nun bin ich über der Linie. Und es geht immer weiter rauf.

»Hey!« Magnus klingt wütend. »Was macht ihr denn da?«

Wir ignorieren ihn. Es gibt nur uns und den Felsen. Ein Metallstück nach dem anderen.

Auch Jacob ruft uns etwas zu: »Kommt da sofort runter! Hört ihr mich? Kommt da runter!«

Henry beginnt zu grinsen. »Na, wie fühlt sich das an?«, fragt er mich.

»Ich kann es nicht in Worte fassen«, hauche ich und klettere weiter.

Die Luft fühlt sich anders an, frischer. Gleichzeitig entfernt sich die Welt da unten immer mehr. Die Stimmen von Jacob und Magnus sind nur noch ganz leise, ganz unwichtig. Dann halte ich an, schaue über die Baumwipfel, über den See.

»Vielleicht kannst du von hier aus bis zu deiner Schwester sehen«, scherze ich und atme tief ein.

»Ich muss sie nicht sehen, sie ist in meinem Herzen.«

»Und diese Aussicht?«, frage ich.

»Die ist auch in meinem Herzen. Da ist viel Platz, weißt du.«

Ich schaue nach unten, zu Kaja, die auch einen Platz in meinem Herzen gefunden hat. Sie ist nur mehr schwer auszumachen, wir sind wirklich weit oben.

»Nun gut, lass uns zurückklettern«, sage ich und werfe einen letzten Blick über die Landschaft.

»Müssen wir gar nicht. Wir sind gesichert, also können wir uns fallen lassen. Unten haben sie das Seil, mit dem sie uns halten. Wir geben ihnen einfach ein Handzeichen.«

»Ich weiß doch gar nicht, wie das geht«, merke ich zögerlich an.

»Es ist nicht schwer. Du musst dich nur mit den Füßen vom Fels abstoßen. Los jetzt, wir sollten uns hier oben nicht ausruhen.«

Die letzte Anmerkung von Henry lässt mich erstarren.

Wir sollten uns hier oben nicht ausruhen … In Gedanken beende ich den Satz mit den Worten: *… denn der Fall kann kommen.*

Meine Kehle wird trocken, ich bekomme Gänsehaut. Ich merke, wie die Kraft in meinen Armen nachlässt. Kaja hat gesagt, dass Magnus den Deal nicht eingegangen ist. Daraufhin habe die andere Person am Telefon gemeint: *Ruh dich nicht im Himmel aus, der Fall kann kommen.*

Schlagartig wird mir alles klar. Das Wissen durchbohrt mich, lässt mich fast ersticken.

Mit dem Spruch war das Klettern gemeint. Magnus hat es nicht verstanden, Kaja hat es nicht verstanden und auch ich hielt es für sinnloses Gerede. Bis jetzt. Mein Mund ist wie zugenäht, meine Gedanken wirr und durcheinander.

Irgendetwas läuft hier schief! Ganz gewaltig sogar!

Henry darf sich auf keinen Fall runterseilen lassen. Er darf nicht …

»Henry …«, schreie ich, doch er hört es nicht mehr.

Mein rothaariger Freund lehnt sich im Gurt zurück, hält sich am Seil fest und lässt sich anschließend fallen. Ich halte den Atem an, mein ganzer Körper ist unter Strom.

Dann passiert es. Und es passiert so wahnsinnig schnell. Ich kann gar nicht genau sagen, was reißt. Ob es das Seil oder der Gurt ist. Ich erfasse nur das schockierte Gesicht von Henry. Seine Augen, in denen sich die Angst spiegelt. Aber nicht nur Angst, auch die Liebe zu seiner Schwester.

Wenn man stirbt, zieht das ganze Leben an einem vorbei.

Anna, seine Schwester, ist sein Leben. Sein ganzes. Die Liebe zwischen den beiden ist so stark, dass ich sie bemerkt habe, obwohl sie in diesem Camp nicht beisammen waren. Und auch nie mehr zusammen sein werden.

Ich kann nichts dagegen tun, dass er neben mir in den Tod stürzt.

Eine Träne tropfte von Henrys Wange, als er mir vor ein paar Tagen folgende Worte sagte: »Ach, Lukas. Ich weiß doch nicht einmal, wie sich Geborgenheit anfühlt. Ich weiß nichts über die

Liebe. Ich brauche endlich einen Menschen an meiner Seite, der mich so annehmen kann, wie ich bin.«

Ich nehme dich so an, wie du bist. Du hast viele Ecken und Kanten, Henry. Du hast Dinge getan, die falsch sind. Aber haben wir das nicht alle?

Hätte ich dir vor deinem Tod eines sagen können, wäre es vermutlich dieser Satz gewesen: *Hör auf, nach der Liebe zu suchen. Am richtigen Ort und zur richtigen Zeit wirst nicht du sie finden, sondern sie dich.*

Ich schließe meine Augen und höre den Aufprall.

Dann Schreie.

Dann … nichts.

26

Ich nehme Stimmen wahr, weiß, dass jemand versucht, mit mir zu reden. Die einzelnen Wörter dringen jedoch nicht zu meinem Gehirn durch. Es ist mehr wie ein Summen. Selbst die bewegten Bilder verschwimmen vor meinen glasigen Augen. Die Menschen werden zu einem Meer aus Trauer und Wut und ich warte sehnsüchtig darauf, dass ich jeden Moment aufwache und erkenne, dass ich bloß einen schlechten Traum hatte.

Das hier ist real, hat Magnus damals gesagt. So ist es auch. Alles ist real, selbst die Fiktion. Sobald uns eine Fantasie überkommt, ist sie ein Teil unserer persönlichen Realität, unserer Vorstellung vom Leben. Henry hatte eine sehr charmante Art, sich seine Realität zu bilden. Er tat manche Dinge nur, weil er gewusst hat, dass andere einen Nutzen daraus ziehen können. Und wenn es nur eine Erfahrung war. Gleichzeitig präsentierte Henry jedem Menschen eine andere Seite von sich. Genau die, die du von ihm sehen wolltest. Wenn du ihn als hübschen Proleten wahrgenommen hast, hat er dich so lange in dem Glauben gelassen, bis du versucht hast, das Gegenteil herauszufinden. Denn damit hast du ihm gezeigt, dass es dich interessiert, welcher Mensch, welcher Teil von ihm, hinter seinen Sprüchen steckt.

»Alles okay, Lukas?«, höre ich Arthur betroffen fragen.

Ich blicke auf. Langsam nimmt das Meer Gestalt an, die Gesprächsfetzen verschmelzen zu einzelnen Aussagen. Mir wird die Realität, mein schreckliches Erlebnis, bewusst. Ich bin in unserer Hütte. Arthur sitzt neben mir auf der Matratze,

Valentin lehnt am Stockbett. Wie viel Zeit vergangen ist, seit Henry vom Berg gestürzt ist, weiß ich nicht. Vielleicht Stunden, vielleicht Minuten.

Ich fühle rein gar nichts. Stattdessen ist da eine Leere. Die überfüllteste Leere, die ich jemals erlebt habe.

»Lukas?«

»Ja … ja, ich höre dich«, antworte ich leise.

»Gut. Ruh dich ein wenig aus. Magnus wird gleich sagen, wie es im Camp weitergeht.«

»*Ob* es weitergeht«, bessert Valentin aus.

»Ja, so in etwa«, gibt Arthur gehemmt zu. »Ich werde nach draußen gehen und es mir anhören, du bleibst am besten hier. Valentin wird dir währenddessen Gesellschaft leisten. Ich erzähle euch dann, was besprochen wurde.«

»Danke dir, Arthur.«

»Kein Problem.«

Er steht auf, dreht sich aber noch ein letztes Mal zu mir um. »Tut mir leid, wirklich. Wir haben Henry zwar nicht so gut gekannt wie du, aber es hat uns alle schockiert. Magnus hat lange gebraucht, um die anderen halbwegs zu beruhigen. Das war ein Chaos, Lukas. Ein verfluchtes Chaos. Die Schreie, die Tränen, die … vergiss es. Kein gutes Thema. Sag mir einfach, wenn du etwas brauchst.«

Dann verlässt er die Hütte. Ich bin allein mit Valentin. Dieser nimmt Arthurs vorherigen Sitzplatz ein und seufzt. »Es hätte sich niemand vorstellen können, dass es so weit kommt. Ich bin davon überzeugt, dass wir morgen abgeholt werden. Dann hat das hier ein Ende«, äußert er.

»So ein Ende will ich nicht, Valentin.«

»Gewisse Dinge kann man nicht rückgängig machen. Das weißt du.«

Ich schaue meinem Freund ins Gesicht, bemerke, dass auch er mitgenommen aussieht. »Ja, das weiß ich. Aber ich weiß auch, dass Henry nicht einfach so gestorben ist. Das war geplant. Von Anfang an. Und nein, ich werde nicht aus diesem Wald verschwinden, ehe ich nicht herausgefunden habe, wer uns das hier angetan hat. Wir haben uns jagen lassen, doch es wird Zeit, dass wir den Spieß umdrehen.«

Valentin ist von meinen Worten sichtlich überrascht. Alle sind schockiert, traurig – das bin ich zwar auch, doch ich weiß, was Henry tun würde, wenn er noch hier wäre. Ich kann seinen Tod nicht einfach so hinnehmen, ich muss wissen, wer ihn getötet hat, und warum. Mir muss endlich klarwerden, welche Erklärung meine Mutter dafür hat, mich hierhergeschickt zu haben.

»Wenn es stimmt, was du sagst, Lukas, dann ist diese Person im Wald außerordentlich gefährlich. Du kannst nicht dein Leben riskieren.«

»Du wirst staunen, wenn du siehst, wozu ich fähig bin«, beteuere ich und stehe auf. Dann öffne ich die Tür und schaue hinaus, quer über das Camp Summerlake.

Ich muss nachdenken. Einfach nur nachdenken.

All die Dinge können nicht ohne Grund passiert sein. Jemand plant die Tage hier durch. Doch ich schaue dabei immer nur in die Zukunft, möglicherweise liegen die Antworten in der Vergangenheit. Was ist, wenn diese Person schon einen Fehler gemacht hat? Wenn etwas nicht nach Plan gelaufen ist?

Ich wende mich wieder Valentin zu, rufe mir die Minuten vor Henrys Tod ins Gedächtnis. Der Gurt. Jacobs Anweisungen. Valentin.

Ich komme ins Stocken.

»Jemand will dich umbringen«, flüstere ich.

»Mich?«, fragt Valentin ungläubig.

Nervös gehe ich im Raum auf und ab. »Ja, dich! Nicht Henry hatte den sabotierten Gurt, *du* hattest ihn.«

»Jetzt beruhige dich. Das ist doch Quatsch, Lukas. Wer sollte mich denn umbringen wollen?«

»Ich weiß es nicht«, sage ich und setze mich wieder neben ihn. »Aber das gilt es herauszufinden. Das Rehbein war vielleicht genau so positioniert, dass du es mit mir gefunden hast. Die Warnung, die der Mann beim See hochgehalten hat, könnte gar nicht für mich, sondern für dich bestimmt gewesen sein. Und jetzt das mit dem Klettern …«

Valentin schüttelt den Kopf. »Nein, nein, nein. Das kann ich mir nicht vorstellen. Die Person hätte doch gar nicht wissen können, welchen von den Gurten ich nehme. Das war doch purer Zufall.«

»Vielleicht. Vielleicht aber auch nicht«, bemerke ich.

Meine Energie scheint langsam wiederzukommen. Henrys Tod erschüttert mich, keine Frage, doch dadurch ist mir eines klargeworden: Ich werde diesen Wald erst verlassen können, wenn ich das Rätsel aufgeklärt habe.

»Ich muss das mal verarbeiten«, meint Valentin und erhebt sich. »Jedenfalls werde ich besser auf mich aufpassen, sollte an deiner Theorie etwas dran sein. Aber wenn wir morgen abgeholt werden, wird das alles keine Rolle mehr spielen. Hoffen wir das Beste.«

Nach diesen Worten verlässt er die Hütte. Erst jetzt bemerke ich, wie stickig es ist.

Ich brauche frische Luft!

Außerdem habe ich noch gar nicht mit Kaja gesprochen. Ich weiß nicht, wie es ihr geht.

Entschlossen trete ich aus unserer Unterkunft und schaue mich um. Ich sehe, dass sich alle bei der Feuerhöhle versammelt haben. Alle, bis auf …

Die schulterlangen braunen Haare, die Stupsnase und die schwarze Bomberjacke – es ist Kaja, definitiv. Sie sitzt am Steg. Ich werde schneller und komme knapp vor ihr zu stehen. Sie merkt zwar, dass ich mich neben sie setze, doch sie reagiert nicht. Ich bekomme weder eine Begrüßung noch sonst etwas, sie starrt bloß über das Wasser. Ich beschließe, gleich zum Thema zu kommen.

»Ich glaube, dass das, was du beim Telefonat mitgehört hast, mit dem Tod von Henry zu tun hatte.«

Keine Antwort. Ich fahre fort.

»Und ich glaube auch, dass Valentin in Gefahr ist. Dieses Camp könnte …«, ich halte mitten in meinem Satz inne. Kaja hört mir nicht zu. Sie scheint völlig abwesend zu sein. Dabei brauche ich sie.

Gerade als ich Kaja fragen will, was denn los sei, dreht sie ihren Kopf in meine Richtung.

»Ich würde dir gerne etwas erzählen«, stammelt sie und streift sich die Haare hinters Ohr.

»Klar, natürlich kannst du das«, bestärke ich sie.

»Du musst eines wissen, Lukas. Eigentlich wollte ich es niemandem erzählen. Das habe ich mir felsenfest vorgenommen. Aber dann … dann habe ich dich kennengelernt. Vielleicht ist es unpassend, wenn ich es erzähle, denn es gibt hier im Moment andere Probleme. Das mit Henry …«

Kaja pausiert kurz, dann redet sie weiter. »Es geht um meine Familie.«

Ich versuche zu erkennen, welches Gefühl sich in ihrem Gesichtsausdruck spiegelt. Als ich annehme, es herausgefunden zu haben, lässt mich meine Erkenntnis stutzen. Sie wirkt entschlossen. Was auch immer sie mir gleich erzählen wird, sie macht es mit absoluter Überzeugung.

Es muss ihr wirklich wichtig sein.

Still horche ich, was sie mir zu sagen hat.

»Meine Mutter ist schon früh gestorben, doch darum soll es nicht gehen. Also nicht im Kern. Prinzipiell geht es um meinen Vater. Als ich Henrys Leiche vor mir gesehen habe, musste ich an ihn denken. Er ist gestorben, Lukas. Nicht vor ein paar Jahren, sondern vor ein paar Tagen. Einen Tag, bevor mich der Bus abgeholt hat und in dieses Camp brachte. Ich wusste, dass er sterben wird. Er hatte eine schwere Herzkrankheit. Oft habe ich selbst für mich gesorgt, weil er ins Krankenhaus musste. Ich habe, trotz Schule, einen Job angenommen, habe den Haushalt aufrechterhalten. Er war nicht der Vater, den man sich wünscht. Aber er konnte nichts dafür und ich habe ihn geliebt. Mit vollem Herzen. Jedenfalls ist er jetzt tot, genau wie Henry. Es war schon Nachmittag, als ich von der Schule heimfuhr und seinen leblosen Körper auf dem Fußboden fand. Jede Hilfe kam zu spät. Ich habe die Polizei gerufen und bin dann abgehauen, habe vorher all meine Sachen in einen Rucksack gepackt. In dieser Nacht musste ich unter einer Brücke am Stadtrand schlafen. Okay, vielleicht ist *müssen* der falsche Begriff … ich wollte es so. Am nächsten Morgen bin ich zurückgegangen, ließ mich von dem Campbus abholen. Niemand außer meinem Vater hat gewusst, dass ich hierherfahre. Meine jetzige Situation sieht so aus: Wenn ich von diesem Camp zurückkehre, bin ich vollkommen allein. Ich komme entweder in ein Jugendheim oder zu meinen Verwandten. Doch die wohnen in einem anderen Land. Meine

Mutter und mein Vater sind ausgewandert, bevor ich geboren wurde, musst du wissen.«

In ein Heim. Ohne Eltern. Genau wie Niklas und Emil.

Kaja holt tief Luft. »Das will ich nicht. Ich will selbst bestimmen können, wie mein Leben weitergeht. Ich will mich sammeln können, einen Neustart wagen. Also habe ich beschlossen, dass ich ausreiße, von zu Hause weglaufe. Obwohl, wenn man ehrlich ist, kann man gar nicht von zu Hause weglaufen, wenn man kein Zuhause mehr hat. Wie auch immer. Ich werde mir irgendwo ein neues Leben aufbauen, wer weiß, vielleicht kehre ich irgendwann zurück. Vielleicht sucht mich die Polizei, vielleicht findet sie mich auch. Es gibt so viele Möglichkeiten, wie dieses Kapitel meines Lebens anfangen und enden kann.«

Ich halte ihrem Blick stand. All die Anspielungen vor ein paar Tagen, als wir allein im Wald waren, kommen in mir hoch.

Ich habe sie gefragt, ob bei ihr zu Hause alles gut wäre, und sie hat geantwortet: *Was ist denn heutzutage schon gut, Lukas?* Dann sagte sie: *Gut wäre es, wenn wir so leben könnten, wie wir es gerne hätten, und nicht, wie es andere uns vorschreiben.*

Die ganze Zeit hatte sie diesen Gedanken im Kopf, diesen Gedanken von einem neuen Leben. Es gibt viele Filme, in denen Jugendliche ausreißen. Doch das sind Filme, nur Fiktion und keine Realität.

Ich schlucke und erinnere mich an meine Eingebung von vorhin: *Alles ist real, selbst die Fiktion. Denn sobald uns eine Fantasie überkommt, ist sie ein Teil unserer persönlichen Realität, unserer Vorstellung vom Leben.*

Und ich habe mich noch darüber lustig gemacht, dass sie einen größeren Rucksack mitgenommen hat als alle anderen.

Daraufhin habe ich sie gefragt, ob sie vorhat, länger hier zu bleiben. Ich erinnere mich noch wortwörtlich an ihre Antwort: *Ich habe vor zu leben. Nicht mehr und nicht weniger.*

Sie hat sich für das Risiko entschieden, für die Ungewissheit.

»Warum erzählst du mir das alles?«, frage ich.

»Weil ich will, dass du mitkommst.«

Ich schaue sie ungläubig an. »Was?«

»Es mag komisch klingen, ich weiß. Ja, verdammt, *ich weiß*. Aber als du mir sagtest, dass du dich nicht so gut mit deiner Mom verstehst und ihr ein schwieriges Verhältnis zueinander habt, da hatte ich … keine Ahnung … da hatte ich Hoffnung. Liebe macht blind, Lukas, das ist mir bewusst. Nur wenn du dich auch danach sehnst, endlich der sein zu können, der du bist, dann denk doch darüber nach.«

Ich senke meinen Blick. »Tut mir leid, Kaja. Ich kann nicht so einfach von zu Hause weg. Überhaupt herrscht wegen der Vorfälle hier gerade viel Trubel in meinem Kopf und …«

Sie legt ihren Zeigefinger auf meinen Mund. »Sei bitte still. Ich habe verstanden, es war dumm von mir, ernsthaft zu glauben, dass du Ja sagen würdest.«

»Nein! Es war nicht dumm von dir, du musst …«

»Es ist okay, Lukas.« Sie beginnt zu weinen. Erst nur ganz leicht, doch dann tropfen immer mehr Tränen von ihren Wangen. »Es ist okay«, wiederholt sie.

Ich nehme Kaja in den Arm, halte sie. Ganz fest. Ohne einen Gedanken daran zu verschwenden, was passiert, wenn ich sie wieder loslasse.

Sie schluchzt an meiner Brust, schlingt die Arme um meinen Hals. Und das tut sie lange, sehr, sehr lange. »Ich bin einfach nur verzweifelt«, presst sie hervor. »Ich … ich weiß nicht, was ich tun soll.«

Und ich habe auch keine Ahnung, wie ich ihr dabei helfen soll. Ich kann sie nicht trösten. Genau wie bei Henrys Absturz kann ich nichts tun. Ich bin hilflos.

Nach einer halben Ewigkeit löst sie sich von mir, bringt ein gezwungenes Lächeln zustande und steht auf. Ich sehe ihr noch nach, wie sie in Richtung ihrer Hütte geht.

Weg ist sie.

Ihre Worte haben mich getroffen. Zum Teil, weil sie stimmen. Ich habe mir auch schon Gedanken darüber gemacht, wie es wäre, wenn ich von zu Hause weglaufen würde. Vielleicht könnte ich meinen Vater suchen, den ich nie kennengelernt habe. Ich habe mir die Filme, in denen dieser Gedanke ausgelebt wird, sicher öfter angesehen, als es üblich ist. Einfach verschwinden, wie es meine Mutter so oft getan hat. Doch jetzt scheint sich unsere Beziehung zu bessern. Bis auf den merkwürdigen Brief natürlich …

Zwischen uns könnte es das erste Mal wieder bergauf gehen. Dennoch will ich ein weiteres Gespräch mit Kaja führen, zumindest dann, wenn ich das Rätsel um dieses Camp gelöst habe. Ich muss meine gesamte Energie in die Aufklärung von Henrys Tod stecken.

Das bin ich ihm schuldig.

Zielstrebig richte ich mich auf. Die Tage, die ich in diesem Camp erlebt habe, ziehen im Zeitraffer an mir vorbei. Mein Gedankengang endet bei dem einzigen Anhaltspunkt, den ich im Moment besitze: bei der Kette von Jacob.

Aber war das schon alles?

Ich muss etwas übersehen haben, genau wie bei dem Gurt, der eigentlich Valentin in den Tod stürzen sollte.

Ich muss etwas …

Dann habe ich einen Geistesblitz. Mit schnellem Schritt

kehre ich zur Hütte Nummer zwei zurück und krame in meinen Sachen.

Hier muss es doch irgendwo sein …

Und ich finde es nach kurzem Suchen. Das Bild der früheren Campmitglieder. Ich habe es aus der Truhe im Vogelnest mitgehen lassen. Das war an dem Tag, als ich herausgefunden habe, dass Niklas und Emil aus einem Jugendheim kommen. Vielleicht sehe ich das Bild mit meinem heutigen Wissen anders. Vielleicht fällt mir etwas auf, das ich damals als unwichtig empfunden habe.

Prüfend lasse ich meinen Blick über die Reihen wandern. Von einer Person zur anderen. Ich bleibe bei einer gelben Kappe hängen, auf der das Logo einer Basketballmannschaft abgedruckt ist. Meine Augen weiten sich. Es ist dieselbe, die in Jacobs Hütte im Wald auf dem Tisch liegt. Die Person, die die Kappe trägt, ist Ben!

Ben und Charlie. Beide sind laut Niklas spurlos verschwunden.

Ich schaue mir das Bild weiter an. Diesmal fokussiere ich mich auf alle, die dieser Wald angeblich schon verschluckt hat. Ben, Charlie, Emil und …

Das kann nicht sein!

Als ich mir Link näher ansehe, fällt mir die Kette auf, die er um seinen Hals trägt. Die kleine Muschel ist fast nicht zu erkennen, trotzdem sehe ich sie. Es ist die gleiche Kette, die ich im See gefunden habe und die auch Jacob trägt. Er löst keine Kreuzworträtsel in seiner Holzhütte, nein, das war eine Lüge.

Aber er war im vorigen Camp noch kein Betreuer … wie kann das sein?

Ich beschließe, erneut in die Unterkunft der Betreuer zu gehen und in den privaten Sachen von Jacob rumzuschnüffeln.

Wenn es so ist, wie ich glaube, könnte Blut an seinen Händen kleben. Wenn es so ist, wie ich glaube, dann hat er vier Menschen entführt und einen in den Tod getrieben. Wie sagte Jacob schon vor einiger Zeit:

Lasset die Spiele beginnen.

27

Niklas ist der Erste, der sich von der Zusammenkunft in der Feuerhöhle löst und zu den Unterkünften geht. Er setzt sich auf ein Stückchen Wiese und starrt in den Wald. Genau wie an dem Tag, als Emil verschwunden ist. Unglücklicherweise befindet er sich damit ziemlich nahe an der Hütte des Betreuerteams. Er würde es sehen, wenn ich sie betrete. Vielleicht würde er sogar unangenehme Fragen stellen, die ich im Moment auf keinen Fall gebrauchen kann. Eine Diskussion würde ebenfalls neugierige Blicke auf sich ziehen. Deshalb entscheide ich mich kurzerhand für die friedlichste und einfachste Lösung: Ich versuche ihn in einem lockeren Gespräch so zu manipulieren, dass er freiwillig das Weite sucht. Bei der Durchführung meines Plans muss ich mich beeilen. Wenn die Versammlung in der Feuerhöhle beendet ist, wird es hier nur so von Leuten wimmeln.

»Hey, Niklas. Warum bist du denn nicht bei den anderen?«

Er sieht zu mir auf, verengt seine Augen zu Schlitzen. »Warum bist *du* nicht bei den anderen?«

Mist!

»Ich habe um Henry getrauert. Der Unfall war …«

Als ich das Wort *Unfall* ausspreche, fängt Niklas an zu kichern. Danach schüttelt er den Kopf. »Unfall«, wiederholt er bitter.

»Was ist daran so witzig?«

Schlagartig hört er auf, seine Gesichtszüge versteifen sich wieder. »Ich habe dir einmal gesagt, Lügen würden diesen Ort untergehen lassen, doch ich möchte mich gerne verbessern.«

Der Junge mit der Narbe steht auf und kommt näher. »Nicht die Lügen werden dieses Camp vernichten, die Wahrheit wird es.«

Ich erwidere irritiert seinen Blick und frage: »Was meinst du damit?«

»Das ist unwichtig. Es ist ohnehin schon zu spät. Wenn du mit einer Leiter auf einen Baum kletterst, fühlst du dich oben relativ wohl. Doch wenn du die Leiter eines Tages umwirfst und der Baum danach Feuer fängt, darfst du dich nicht wundern, dass du nicht mehr hinunterkommst.«

»Was hat dieses Camp mit einer Leiter zu tun?«, murmle ich.

»Es gibt viele Sprossen, die dich nach oben führen, aber sollte nur eine davon brechen, ist der ganze Weg umsonst gewesen.«

Jetzt ist er endgültig wahnsinnig geworden! Nicht nur Emil ist von seiner Seite gewichen, sondern auch sämtliche Gehirnzellen.

»Okay, na gut. Also geht es um eine Leiter?«, frage ich.

»Ja.«

»Großartig! Was hältst du denn davon, wenn du eine suchen gehst? Im Wald gibt es bestimmt viele Leitern.«

»Du denkst, dass ich dumm bin.«

»Nein! Niemals! Das … also … dass du mir das unterstellst, ist … also …«

Niklas legt seinen Kopf schief. »Es wird der Zeitpunkt kommen, Lukas, an dem du über das nachdenkst, was ich dir gesagt habe. Du bist auf der Suche nach der Wahrheit über dieses Camp, dessen bin ich mir schon bewusst. Aber wie gesagt: Die Wahrheit hilft hier niemandem. Die Wahrheit sollten wir alle vergessen. Das ist das Einzige, was uns jetzt noch retten kann: vergessen und weitermachen.«

Niklas redet von den Rätseln dieses Camps, als wüsste er mehr darüber, als ich angenommen habe. Mehr über die Entführungen. Aber eigentlich ist das ausgeschlossen. Ich traue ihm nicht zu, dass er seinen besten Freund entführt hat. Wie hätte er das auch anstellen können, ohne dass ich es bemerkt hätte. Außerdem liegt ihm dieses Camp viel zu sehr am Herzen. Er ist damit aufgewachsen.

»Tu, was du nicht lassen kannst«, wispert er mir noch zu und macht sich danach aus dem Staub. Der Weg zu der Betreuerhütte ist frei.

Das ist meine Chance, meine einzige.

Unbemerkt husche ich an den restlichen Unterkünften vorbei und betrete meinen Zielort. Ich kenne den Raum schon. Magnus hat mich vor ein paar Tagen gebeten, seine Taschenlampe hierherzubringen und auf das Bett zu legen. Dann habe ich die Scherben entdeckt. Um Magnus soll es aber nicht gehen, sondern um Jacob. Mit der Kappe und der Muschelkette hat er sich eindeutig verdächtig gemacht.

Suchend gehe ich in die Hocke und schaue unter Jacobs Bett nach, ob ich dort Hinweise finde. Nichts außer Dreck und Staub. Niedergeschlagen suche ich weiter. Unter seinem Kopfkissen, unter der Decke. Weit und breit nichts Auffälliges. Als ich die Hoffnung schon fast aufgegeben habe, kommt der Schrank in mein Sichtfeld. Eventuell finde ich darin private Sachen von Jacob.

Ich werde jedoch wieder enttäuscht. Viel unnötiger Kram liegt in den oberen Reihen, hauptsächlich die Schminkutensilien von Stella. Ganz unten befindet sich eine kleine Kiste.

Moment mal! Die kenne ich doch …

Ich prüfe sie genauer. Vorsichtig öffne ich den Verschluss und mir wird klar, weshalb ich sie kenne. Es ist die Kiste, mit der Jacob unsere Handys abgesammelt hat. Ich wühle so lange darin, bis ich mein Smartphone finde. Wer weiß, wozu es noch nützlich sein wird. Ich nehme es an mich. Der Anblick der Geräte bringt mich außerdem auf eine weitere Idee. Ich verstaue die Kiste wieder im Schrank und mache mich diesmal an die kleinen Seitenfächer von Jacobs Rucksack. *Bingo!* In der nächsten Sekunde halte ich sein Handy in der Hand.

Es ist definitiv kein neues Modell, das erkenne ich an der Größe.

Als Wildnistrainer wird man es auch nicht so intensiv benutzen.

Dennoch hat es einen Touchscreen. Neugierig schalte ich es an und wische über den Bildschirm. Keine Sicherung – gut.

Wer sollte es auch entsperren wollen? Ich schmunzle. *Mit mir hat er nicht gerechnet …*

Leider bemerke ich schnell, dass es einen viel plausibleren Grund gibt, weshalb er es nicht gesichert hat. Es wurde fast nichts darauf gespeichert. Die Notizen sind leer, die Nachrichten gelöscht und auch im Suchverlauf finde ich keine nützlichen Andeutungen.

Noch bevor ich es wieder zurücklege, springt mir das kleine Kamera-Zeichen ins Auge. Ich öffne es und gelange mit zwei weiteren Klicks auf seine Fotogalerie. Da werde ich endlich fündig: Hunderte Bilder wurden mit diesem Handy aufgenommen. Jacob verwendet das Smartphone vermutlich nur für Telefonate und die Funktion seiner Kamera.

Zügig betrachte ich das neueste Bild. Als es sich öffnet, schließt sich zur gleichen Zeit etwas in der realen Welt. Mein Vertrauen.

Ich habe ihn wegen der Kappe schon verdächtigt, doch das, was ich jetzt zu sehen bekomme, bestärkt mich in meiner Vermutung nur noch. Ich werfe einen Blick darauf, wann das Bild aufgenommen worden ist.

Vor drei Wochen …

Jacob lächelt für diesen Schnappschuss in die Kamera. Er sitzt vor einem Imbissstand und hält einen Hotdog in die Luft. Die Person, die das Foto geschossen hat, sieht man nicht. Es gibt aber noch ein weiteres Detail, das man nicht zu sehen bekommt: seine Augenklappe! Jacob strahlt mit blitzweißen Zähnen und zwei gesunden Augen in die Linse!

Alles nur Fake! Seine ganzen Geschichten!

Ich muss mich beeilen.

Stimmen!

Die Versammlung sollte soeben zu Ende gegangen sein. Der Abend bricht an, einer der Betreuer wird sicher einen Sprung in die Hütte schauen. Ich bin geliefert, wenn sie herausbekommen, dass ich ihnen nachspioniere. Trotzdem scrolle ich weiter nach unten. Ich muss mir noch die älteren Bilder ansehen.

Dabei stoße ich auf jemanden, der mir unglaublich bekannt vorkommt. *Aufgenommen vor vielen Jahren …*

Ich schaue gebannt auf den Menschen, den das Display zum Vorschein bringt. Es ist eine Frau. Sie steht neben Jacob vor einem Wasserfall. Die tropischen Pflanzen im Hintergrund lassen darauf schließen, dass das Foto in einem anderen Land gemacht wurde. Jacob hat die Arme um die Frau geschlungen und küsst sie leidenschaftlich. Mein Blut beginnt zu kochen, meine Temperatur steigt. *Bekomme ich Fieber?*

Ich hätte die Frau auch unter Tausenden erkannt. Egal in welcher Qualität das Bild gewesen wäre, egal wie alt. Diesen Menschen kenne ich besser als jeden anderen.

Es ist Mary, meine Mutter.

Spätestens jetzt verstehe ich die Welt nicht mehr!

Schritte.

Verflucht.

Eilig schalte ich das Handy aus, lege es zurück. Ich muss hier weg. Abrupt stehe ich auf und mache einen Satz nach vorne, bleibe aber vor der Tür stehen. Ich kann nicht hinaus. Stella steht davor.

»Lukas?«

»Ich …«

»Was habe ich dir gesagt, hm? Du sollst dich aus unseren Angelegenheiten raushalten.«

»Werde ich ab jetzt«, antworte ich knapp.

»Das hast du mir schon einmal gesagt.«

Ich muss an ihr vorbei, sonst kommt Jacob noch. Ich muss mehr über ihn wissen. Herausfinden, was zum Teufel er mit meiner Mutter zu tun hat.

Stella baut sich vor mir auf. »Das wird ernsthafte Konsequenzen nach sich ziehen«, zischt sie.

»Ach ja? Wird es das?«, gifte ich zurück. »Was wollt ihr denn tun? Mich von einem Felsen werfen, damit ihr endlich Ruhe vor mir habt?«

Die Betreuerin wirkt fassungslos. Ich nutze den Überraschungseffekt, remple sie an und verlasse die Hütte. Zügig mache ich mich auf den Weg.

Wohin, weiß ich noch nicht.

Es wird bald Nacht, die Sonne wandert immer weiter nach unten.

Die Situation hat sich über all die Tage hinweg zugespitzt, doch jetzt steuern die Ereignisse im Camp ihrem Höhepunkt entgegen. Und diesen werden nicht alle heil überstehen, dafür werde ich sorgen. Derjenige, der Henry auf dem Gewissen hat, wird dafür büßen müssen.

»Lukas, renn doch nicht so schnell!« Es ist Arthur, der mich aufhält. Er beginnt an meinem Ärmel zu ziehen und ich tue nichts, um ihn daran zu hindern. Es tut gut, geführt zu werden. Ich lasse mich für einen kurzen Moment in die Sicherheit eines anderen Menschen fallen.

Vor unserer Unterkunft bleibt er stehen. »Ich weiß, dass du all dem ein Ende setzen willst, doch lass es mich mit einem Zitat erklären«, fleht er mich an. »Platon, wer auch immer dieser Typ ist, hat etwas Wichtiges gesagt.«

»Und das wäre?«, frage ich genervt.

»Wenn du diesem Konflikt ein Ende setzen willst, bedenke eines: Nur die Toten haben das Ende des Krieges gesehen.«

Ich schnaufe. »Du meinst also, dass ich es sein lassen soll? Wie wird es hier denn deiner Meinung nach weitergehen?«

»Wir wissen beide, dass dieses Camp keine vierzehn Tage dauern wird. Magnus hat zwar gesagt, dass sie die Polizei rufen werden, aber …« Arthur verstummt.

»Aber was?«, hake ich nach.

»… aber ich glaube ihm nicht. Er sucht nach einem Ausweg. Doch egal wie dieser aussehen wird, morgen entscheidet sich alles. Am achten Tag wird dieses Camp enden und ich sage dir auch, warum. Entweder ruft Magnus die Polizei und diese Veranstaltung wird jäh beendet, oder aber er ruft sie nicht und alle merken, dass hier etwas nicht mit rechten Dingen zugeht. Viele haben schon eine Vorahnung. Jedenfalls wird dann Chaos ausbrechen. Valentin hat mir gegenüber mal einen Scherz gemacht und gemeint, dass Gott die Welt in sieben Tagen erschaffen hat und man wohl das Doppelte brauchen würde, um die Liebe zu verstehen.« Arthur sieht ängstlich in die Ferne. Nach einem kurzen Schweigen fährt er fort. »Wenn Gott die Welt in sieben Tagen erschaffen hat, werden wir nur den achten brauchen, um sie wieder zu zerstören.«

Ich nicke und antworte: »Vermutlich hast du recht. Morgen wird sich vieles zeigen. Ich werde nicht darauf warten, wie sich Magnus entscheidet. Ich werde handeln. Jetzt wird es schon dunkel, aber morgen, wenn die Sonne aufgeht, werde ich das Rätsel hier endgültig aufklären. Magnus hat uns immer gewarnt, dass wir nicht rausgehen sollen, wenn das Feuer ausgeht, aber weißt du was: Wenn das Feuer ausgeht, dann brennt es in meinem Herzen weiter! Und mit dieser Kraft werde ich uns und den Ort hier retten!«

Und Kaja!

Dieses Camp kommt mir wie eine Leiter vor. Der Typ im Wald hat schon viele Sprossen erklommen, doch ich werde dafür sorgen, dass die nächste Sprosse bricht und er den ganzen Weg zurückfällt. Dass alles wieder seine geregelte Ordnung bekommt.

Ich lächle.

Langsam werde auch ich wahnsinnig!

Tag 8 – Montag

Zwischen Toten
und Lebenden

28

Ich habe nur wenige Stunden geschlafen. Die Angst war mein ständiger Begleiter und ließ mich immer wieder aufschrecken. Da war dieses Kratzen. So, als würde jemand versuchen, gewaltvoll ins Innere der Hütte zu gelangen. Die Wände kamen mir bei jedem Aufwachen dünner und instabiler vor. Zerbrechlich.

Ich bin aber fest davon überzeugt, dass auch das bloß Einbildung war. Meine eigenen Gedanken schaffen es, mich langsam verrückt werden zu lassen. Selbst meine Fantasie spielt gegen mich. Dennoch klammere ich mich an jeden noch so kleinen Hoffnungsschimmer.

Heute Abend wird alles vorbei sein, denke ich mir und stehe indessen vor dem See. Ich trage nur eine Unterhose und ein altes T-Shirt. Mir ist kalt. Mit der rechten Hand umfasse ich die Taucherbrille, die ich Niklas noch immer nicht zurückgebracht habe. Er vermisst sie nicht, seine Sorgen liegen momentan woanders. Gut für mich. Für das, was ich vorhabe, werde ich die Brille brauchen.

Ohne noch länger darüber nachzudenken, schnalle ich sie mir um den Kopf und springe in den See. Die soeben aufgehende Sonne durchbricht das blaue Wasser. Ich tauche unter, begebe mich in eine neue Welt. Hier unten sehe ich die Sonnenstrahlen deutlicher, sie spiegeln sich an der Wasseroberfläche, treiben in der Strömung meiner Bewegungen.

Ich muss noch weiter in die Tiefe!

Dort, etwas weiter vorne, muss ich die Kette gefunden haben. Das Beweisstück, das das Misstrauen gegenüber Jacob zum Höhepunkt gebracht hat. Ich glaube – nein! – ich bin fest davon überzeugt, dass sich im See noch mehr befindet. Als ich Jacob nämlich auf das Schmuckstück angesprochen habe, wollte er unbedingt wissen, wo es gelegen hat.

Doch er weiß es schon! Er weiß es ganz genau!

Seine hektische Art, sein Gesichtsausdruck, die Dringlichkeit in seiner Stimme. Das alles hat verraten, dass da noch mehr sein muss. Hier, im See. Würde es nur um eine Kette gehen, wäre seine aufsteigende Panik unberechtigt gewesen. Ich vermute ohnehin, dass die Sache nicht so einfach enden wird. Das Bild meiner Mutter hat viel durcheinandergebracht. Dazu noch die gelbe Kappe. Alles Hinweise. Nebenbei sei erwähnt, dass Jacob zwei gesunde Augen hat. Wozu also die Augenklappe? Beweise über Beweise. Seine Lügen haben ihn entlarvt.

Grübelnd suche ich den Boden ab, versuche die Stelle ausfindig zu machen, wo die Kette ungefähr gelegen hat.

Dabei finde ich etwas ganz anderes.

Die Sicht durch die Brille ist eingeschränkt. Doch der See ist ruhig und ich sehe gut genug, um das Auto zu erkennen. An manchen Stellen muss es hier wirklich tief sein. Das Auto, oder besser gesagt das, was von ihm übriggeblieben ist, befindet sich von Schlamm umgeben am Grund des Sees. Grünzeug wächst aus den offenen Stellen.

Wie ist das hier nur runtergekommen?

Bevor ich näher herantauche, gehe ich kurz hoch, um Luft zu holen. Dann taste ich mich zielsicher an das Auto heran.

Hängt das Auto mit der Kette zusammen?

Ehe ich weiter über meine Fragen nachdenken kann, entdecke ich sie: die Leiche! Unnatürlich verbogen auf dem Beifahrersitz. Die Tür ist halb offen. Ich schwimme noch näher, werfe einen flüchtigen Blick darauf.

Luft!

Es ist, als würde ich dem Tod in die Augen blicken. Ich habe vorher noch nie eine Wasserleiche gesehen, konnte mir nicht ausmalen, was das Wasser mit einem Menschen macht. Wenn man zu lange in der Badewanne ist, erkennt man die Veränderung seiner Haut. Die Hautstellen sehen dann aus, als würden sie sich bald auflösen. Und hier, bei diesem Menschen, herrscht dieser Zustand am ganzen Körper. Von der Schule weiß ich, dass sich das Körperfett in Fettwachs umwandelt, wie eine zweite Haut, die den Körper überzieht. Scheußlicher Anblick! Währenddessen die fortgeschrittene Verwesung …

Luft! Ich brauche Luft!

Blass, starr. Mehr Worte finde ich nicht, mehr Worte will ich nicht finden. Ich beginne zügig aufzutauchen. Das Bild der Leiche hat sich eingebrannt.

Sie muss vorher die Kette getragen haben, bis das Schmuckstück von der Strömung weitergetragen wurde.

Jetzt bin ich mir zumindest sicher, was als Nächstes zu tun ist!

Jacob hat jemanden umgebracht und wollte die Leiche daraufhin verschwinden lassen. Ich bin mir nur noch nicht im Klaren darüber, weswegen er all die Jugendlichen entführt hat, doch das werde ich schon noch herausfinden. Am besten, die Entführten erzählen es mir selbst. Ich werde mich zu der Hütte von Jacob aufmachen, und wenn mich nicht alles täuscht, habe ich dort etwas übersehen.

Auch im See habe ich gedacht, die Kette wäre alles, was ich finden würde …

Irgendwo müssen Emil, Charlie, Ben und vielleicht sogar Link sein!

Entschlossen steige ich aus dem See, gehe zur Hütte, ziehe mir frische Sachen an, nehme mein Messer aus dem Rucksack und verlasse unsere Unterkunft.

Das Camp wirkt wie ausgestorben. Vereinzelt sehe ich jemanden über die Wiese huschen. Magnus sitzt mit hängendem Kopf in der Feuerhöhle und bohrt mit einem Stock im Feuer herum. Jacob und Stella sind dagegen nicht anwesend. Als ich genauer hinsehe, erkenne ich Valentin, der am Baum der tausend Gesichter lehnt, die Arme verschränkt. Ich mache mich auf den Weg zu ihm. Schon auf halbem Weg setzt er einen skeptischen Blick auf und kommt mir entgegen. Wahrscheinlich merkt er, dass es soweit ist. Er spürt es. Unsere tagelangen Vermutungen haben uns zu diesem Szenario geführt.

Dem Moment der Wahrheit!

»Jacob ist ein Mörder«, sage ich ohne Begrüßung.

Valentin reagiert nicht überrascht, sondern bereit. Auch ein Funken Wut ist in seinem Blick zu sehen. »Warum glaubst du das?«, fragt er mich.

»Im See liegt eine Leiche, die dieselbe Kette trägt wie er. Was ich noch alles herausgefunden habe, erzähl ich dir später. Jetzt läuft uns die Zeit davon. Du musst mir ganz genau zuhören.«

Valentin beißt die Zähne zusammen. Ich werte das als ein *Ja*.

»Also: Ich glaube, dass ich weiß, wo sich die Entführten aufhalten. Deswegen werde ich losgehen und versuchen, sie zu befreien. Deine Aufgabe ist einfach: Schau, dass Jacob diese Lichtung nicht verlässt. Er darf mich nicht bei meinem Vorhaben stören. Außerdem werde ich die Polizei verständigen, dann, wenn ich alle Beweise zusammenführt habe.« Ich halte mein Handy in die Höhe. »Verstanden?«, hake ich nach.

»Ja. Ja, soweit schon. Aber Lukas, ich kann nicht dafür sorgen, dass er hierbleibt, wenn er nicht einmal hier ist.«

Stimmt! Verflucht!

»Sollte ich ihn treffen, wird mir schon etwas einfallen.«

»Pass auf dich auf«, murmelt Valentin. Dann flüstert er mir noch »Ich hoffe wirklich, dass du recht hast« zu und macht sich auf den Weg in die Mitte des Camps.

Auch ich gehe los. Richtung Waldrand. Bevor ich den Wald betrete, schaue ich noch ein letztes Mal über den Platz.

Ich habe hier viele Freundschaften geschlossen, einige philosophische Gespräche geführt und manche Situationen konnten mich sogar zum Lachen bringen. Doch wie oft war ich verzweifelt, hatte Angst oder war am Boden zerstört.

Alles hat ein Ende, das Schöne wie das Schlechte.

Und das ist auch gut so.

Ich gehe in den Wald. Erst langsam und zögerlich.

Alea. Ein stilles Mädchen auf der Suche nach sich selbst. Sie flieht vor dem Alltag, um sich ihre eigene kleine Welt aufzubauen, in der sie die Leute so akzeptieren, wie sie ist. Zusammen mit *Sarah.*

Ich bewege mich auf den Hauptweg zu, betrachte die Bäume auf eine ganz andere Art und Weise als zuvor.

Jeder hat eine Geschichte.

Arthur. Sein Kopf hat immer einen Spruch parat, sein Herz immer einen Platz frei. Er ist fast einmal ertrunken, sieht das Positive in den Menschen, aber kann sie dennoch durchschauen. Er weiß, wozu er fähig ist und wozu nicht.

Gott sei Dank erinnere ich mich an den Weg, den Jacob mir gezeigt hat. Ich schaffe es, die Abzweigung zu finden und verlasse das sichere Terrain. Jetzt geht es mitten in den Wald, dorthin, wo schon jeder prägende Erlebnisse erfahren hat. In die Wildnis!

Niklas. Leicht reizbar, geht manchmal über Grenzen. Aber er ist loyal, und wenn du ihn als Freund hast, wird er dich nie im Stich lassen. Er leidet so sehr mit Emil mit. So eine tief verwurzelte Freundschaft habe ich noch nie gesehen.

Und *Emil*, er hat das alles sowieso nicht verdient. Er muss auch im Jugendheim aufwachsen, genau wie Niklas. Dieses Camp ist ein Zufluchtsort für sie. Ein Zufluchtsort, der zur Falle wurde …

Ich biege Äste zur Seite, stapfe durch das Dickicht, immer näher an mein Ziel heran. Ich weiß, dass ich gleich da sein werde. Wenn alles vorbei ist, kann ich mich erholen und die langersehnte Ruhe genießen.

Valentin und *Kaja*. Ich schätze nicht nur die Gespräche mit ihnen, ich genieße auch ihre bloße Anwesenheit. Bei Kaja fühle ich mich geborgen, bei Valentin als Freund gut aufgehoben. Beides ist wichtig. Jetzt, da ich weiß, wie die Lebenssituation von Kaja ist, muss ich ihr helfen. Ich habe mich in sie verliebt, das kann ich nicht bestreiten.

Wie erwartet komme ich bei der Hütte an. Nur diesmal wirkt sie bedrohlicher. Ich bin nicht hergekommen, um Limonade zu trinken.

Henry. Er hat seinen letzten Schluck schon gemacht. Doch die Erinnerungen an ihn werden nicht so schnell verblassen. Er hat die Liebe gesucht und den Tod gefunden. Vielleicht sollte ich ab jetzt versuchen, die wahre Seite eines Menschen herauszufinden, bevor ich ein Urteil über ihn fälle.

Mit einem Ruck mache ich die Tür auf. Auf den ersten Blick scheint alles so, wie ich es in Erinnerung habe: der Tisch, die

Kappe, der Teppich. Sorgfältig beginne ich damit, die Wände abzutasten. An verdächtigen Stellen klopfe ich gegen das Holz, horche, ob es sich anders anhört.

Vergeblich!

Ich rede mir immer wieder ein, dass hier irgendwo ein versteckter Eingang sein muss. Ich darf mich nicht getäuscht haben.

Auf keinen Fall!

Allerdings scheint es schier unmöglich, dass hier ein verstecktes Zimmer wäre. Ich hätte es von außen doch sehen müssen. Außer … Ein neuer Gedanke schießt mir in den Kopf. Außer natürlich: Der Raum wurde nicht daneben, sondern darunter erbaut. Sofort richte ich meinen Blick auf den Teppich.

Das muss es sein!

Als ich den verstaubten Stoff beiseite ziehe, bestätigt sich meine Vermutung. Eine Falltür!

Ich nehme den kleinen Metallring in die Hand und ziehe daran. Das Holz ist schwer, doch ich schaffe es, mir den Weg frei zu machen. Eine betonierte Stiege führt nach unten. Sie wirkt moderner als die restliche Hütte. Das Haus an der Oberfläche ist also nur Tarnung!

Angespannt beginne ich hinunterzugehen. Dabei sehe ich schon die Tür, die sich am Ende der Stufen befindet. *Mein Ziel!*

Mir wird unwohl. Je näher ich komme, desto mehr stelle ich mir die Frage, ob ich überhaupt sehen will, was sich dahinter befindet. Doch es gibt kein Zurück. Ich muss die Entführten retten und dem ganzen Horror ein Ende setzen. Niemand sonst weiß, was ich herausgefunden habe. Seit meiner Kindheit beschäftige ich mich mit mysteriösen Fällen, jetzt sollte ich auch bereit dazu sein, selbst einen zu lösen.

Hoffentlich!

Nach einigen Schritten bin ich da. Direkt vor der Tür. Ich habe so lange auf diesen Moment gewartet. *Kein Fleisch mehr, keine Kreuze, keine unerwarteten Besuche!* Langsam und auf alles gefasst drücke ich die Klinke hinunter.

Du schaffst das, Lukas!

Ich öffne die Tür.

Einen kurzen Augenblick halte ich inne. Der Raum ist ziemlich groß. Glühbirnen brennen an der Decke und spenden ausreichend Licht. Ein Bunker, ausgestattet wie ein Wohnzimmer …

In einer der Ecken befindet sich ein Regal mit Dosen. Dosen mit Essen. Auch Wasserkanister stehen daneben. In einer anderen Ecke ist eine Art Küche installiert und Heizungsrohre ziehen sich an einer Wand entlang. Die Räumlichkeit ist überraschend stilvoll eingerichtet. Eine Couch, ein Tisch, ein altmodisches Klo, ein Stapel mit Büchern – und drei Jugendliche, die gefesselt und geknebelt am anderen Ende des Zimmers sitzen.

Einer von ihnen ist Emil!

Als er mich sieht, fängt er an zu zappeln. Er versucht etwas zu sagen, doch wegen des Tuches in seinem Mund verstehe ich kein Wort. Alles nur unverständliche Laute! Schnell gehe ich zu ihm, hole mein Messer hervor und befreie ihn von dem Knebel. Dann verstehe ich, was er zu sagen hat:

»Hinter dir!«

Ich reagiere zu langsam, werde an den Schultern gepackt und auf die Seite geworfen. Mein Messer rutscht mir aus der Hand.

Jacob!

Er hat sich die Augenklappe vom Kopf gezogen und baut sich vor mir auf. »Da wären wir nun«, zischt er. In der rechten Hand hält er ein Seil. »Wenn du dich nicht wehrst, macht das die Sache für uns alle einfacher.«

Während er mit mir redet, halte ich nach meiner mitgebrachten Waffe Ausschau und finde sie nur wenige Meter von mir entfernt auf dem Boden. Bevor er bemerkt, was ich entdeckt habe, werfe ich mich nach vorne. Ich schnappe mir das Messer, drehe mich um und ramme es Jacob ins Bein. Er schreit vor Schmerzen und sackt zusammen.

Schwindlig rapple ich mich auf, kann mich aber noch konzentrieren. Der Aufprall hat seine Spuren hinterlassen. So schnell es meine Beine zulassen, renne ich zur Tür. Ich muss nach oben, Hilfe holen. Hinter mir höre ich, wie der Betreuer zu fluchen beginnt. Es sollte nicht mehr lange dauern, bis er sich gefasst hat.

Bei der Tür angekommen, stocke ich: Auf den Stufen, nur eine Armlänge von mir entfernt, steht der Wolf. Der Wolf, den ich schon im Wald gesehen habe.

Nein!

Hektisch drehe ich mich um. Jacob hat sich unterdessen erhoben. Trotz der Verletzung hat er es geschafft, zu mir zu humpeln und sich vor mir aufzustellen. In seiner Hand ein Stück Holz.

Ich schaffe es gerade noch, meine Augen zu schließen, bevor er den Knüppel durch die Luft sausen lässt und mir mit so einer Wucht auf den Kopf schlägt, dass ich gar nichts mehr fühle. Nicht einmal mehr Angst.

Schwärze breitet sich aus.

Ich kippe um.

Den Moment der Wahrheit habe ich mir anders vorgestellt.

29

Das Erste, was ich spüre, als ich allmählich wieder zu mir komme, ist der ziehende Schmerz in meinen Händen. Ein straffes Seil wurde mehrmals um meine Handgelenke gebunden und am Rohr hinter mir befestigt. Neben mir befindet sich Emil, der sich seit meiner Ankunft keinen Millimeter bewegt hat.

Wie sollte er auch.

Die ungemütliche Stellung, in der wir verharren müssen, verhindert jede größere Bewegung. Selbst eine Drehung auf die Seite schmerzt. Emil mustert mich mitleidig, als er sieht, dass ich mit dieser Einschränkung sichtlich zu kämpfen habe.

Dabei bin ich nicht der Einzige, der hier gefesselt ist! Wir sitzen alle im gleichen Boot!

»Wie lange war ich weg?«, frage ich benommen und versuche herauszufinden, wo Jacob geblieben ist. Ich erkenne seine Gestalt relativ schnell. Er lehnt entspannt an einer der Wände und behält uns fest im Blick.

»Eine ganze Weile«, murmelt Emil. »Aber genau kann ich es dir nicht sagen. Es gibt hier keine Uhren.«

Ich nicke dankbar. Danach wende ich mich zu den zwei Jungen, mit denen ich bis jetzt kein Wort gewechselt habe. Ihnen wurde das Stück Stoff aus dem Mund entfernt.

»Lasst mich raten: Ihr zwei seid Charlie und Ben«, vermerke ich.

Noch bevor einer von ihnen etwas erwidern kann, antwortet Jacob. Der Betreuer hat in der Zwischenzeit ein Glas aus der kleinen Küche geholt und dieses randvoll mit Wasser gefüllt.

»Sind sie!«, bestätigt Jacob und lässt sich vor mich nieder. »Durstig?«

»Und wenn schon, von dir nehme ich sicher nichts an«, gifte ich. »Du bist ein Lügner, ein Psychopath und ein Mörder. Warum sollte ich dir trauen?«

Der Betreuer stellt das Glas auf dem Tisch ab und setzt sich auf die Couch. »Ich glaube, abwertender kann man einen Menschen nicht beschreiben. Jetzt fehlt nur noch *Vergewaltiger* und *Pädophiler*, dann ist die Kombi perfekt.«

»Ich bin nicht zum Scherzen hier«, entgegne ich.

»Das ist keiner von uns.«

Der Wolf, der mich daran gehindert hat, die Stiegen hinaufzulaufen, macht es sich vor dem Betreuer gemütlich. Daraufhin beginnt Jacob das Tier am Kopf zu kraulen. Als er sieht, dass mein misstrauischer Blick zum Wolf wandert, fängt er an zu reden. »Menschen sind dumm. Sie denken, der Wolf wäre eine Gefahr. *Lächerlich!*«

Ich ignoriere seine Aussage und schaue mich weiter im Raum um.

Meine momentane Lage ist nicht gerade günstig.

Das Messer, mit dem ich unserem Entführer ins Bein gestochen habe, liegt zusammen mit dem Stück Holz neben der Eingangstür. Viel zu weit entfernt. Selbst wenn ich nicht gefesselt wäre, würde ich es nicht rechtzeitig dorthin schaffen. Jacob befindet sich zwischen mir und der Freiheit. *Ich sitze hier fest.* Trotzdem könnte mir die Situation neue Möglichkeiten bieten. Vielleicht bekomme ich endlich Antworten auf Fragen, die mich schon seit geraumer Zeit beschäftigen. Jacob muss mir die rätselhaften Erscheinungen im Camp erklären können. Wenn mich nicht alles täuscht, war er der Verursacher.

»Was hat es mit dem Wolf auf sich?«, will ich wissen und runzle die Stirn. Ich lasse es wie eine beiläufige Frage klingen, als hätte ich nicht vor, Informationen aus ihm herauszulocken.

»Lucy. Sie heißt Lucy. Die Wolfsdame ist erst acht Monate alt.«

»So jung? Wie kommt es, dass sie dann schon so groß ist?«

»Wölfe sind mit sechs bis acht Monaten ausgewachsen, Lukas. Sie sehen dann zwar ein bisschen komisch aus, mit ihren schlaksigen Beinen, aber ihre Größe stagniert.«

Die Kratzspuren beim Schild, das tote Reh, die Geräusche außerhalb der Hütte ... vieles ergibt jetzt einen Sinn, vieles wiederum nicht.

»Und der Wolf ... ehm ... ich meine ... Lucy gehört dir?«, bohre ich nach.

»So in etwa. Das mit ihr ist eine tragische Geschichte. Ich habe sie vor einer kleinen Höhle im Wald gefunden, umgeben von den Leichen ihrer Wolfsfamilie. Jäger haben das ganze Rudel vernichtet, nur sie hat überlebt. Weißt du, in einem kleinen Land wie unserem werden eineinhalb Millionen Katzen gehalten, hingegen gibt es nur dreißig Wölfe in freier Wildbahn. Dabei sind Wölfe die größten Schisser. Ehrlich! Sie gehen jedem Konflikt aus dem Weg, kämpfen nicht, wenn es nicht unbedingt nötig ist. Auch wenn sie oft gefährlich wirken oder von den Medien so dargestellt werden. Der Wolf ist ein Individuum, genau wie der Mensch. Jedes Einzelne dieser Tiere hat bestimmte Charakterzüge. Der eine Wolf ist faul, der andere mutig. Manche sind echte Zicken und manche sind schwer aus der Fassung zu bringen. Sie kümmern sich um ihr Rudel, spielen miteinander, können sich sogar in einen ihrer Artgenossen verlieben. Dann kommt es vor, dass Wölfe aufeinander eifersüchtig sind. Sie wollen lieben, leben und am besten auch noch Freude daran haben. Ich weiß also nicht, was uns von diesen Tieren unterscheiden sollte. Außer natürlich unser sinnloser Hang zur Brutalität.«

Jacob wirkt von dem Thema ergriffen, er scheint sich schon intensiv damit auseinandergesetzt zu haben.

»Wird Lucy nicht eines Tages weglaufen?«, frage ich.

»Das wird sie. Bis dahin kann sie bei mir leben. Ich habe noch einen Hund, den brauchen Wölfe. Zusammen sind wir sozusagen ein Rudel. Ich bin zwar zu grausamen Dingen fähig, aber ich konnte es nicht übers Herz bringen, sie vor der Höhle sterben zu lassen.«

Bloß nicht auf sein Mitleid aufspringen!

Ich reiße mich zusammen. Er stellt sich jetzt als Held dar, aber ich sollte nicht vergessen, dass ich gerade gefesselt in einem Bunker feststecke. Vor mir ein Mörder, der mich ohne Skrupel niedergeschlagen hat.

Mir reicht das Gerede von der Wölfin. Sie ist keine Bedrohung, das habe ich allmählich begriffen. Die reale Bedrohung ist er.

»Auf der einen Seite hast du einen Wolf gerettet, aber auf der anderen einen Jugendlichen umgebracht«, äußere ich kalt. »Du hast Link getötet und wolltest seine Leiche im See verschwinden lassen.«

Ich merke, wie die Stimmung zu kippen droht. Jacob hat aufgehört, Lucy zu streicheln, und steht auf. Dann lächelt er, doch so verzerrt, dass man eher annehmen könnte, er weint.

»Interessanter Gedankengang, Lukas. Aber er ist falsch. Du unterstellst mir gerade, dass ich meinen eigenen Sohn getötet haben soll.«

Meine nächsten Worte bleiben mir im Hals stecken.

Stille.

Ich spüre, wie sich mein Brustkorb hebt und senkt. Das Blut, das immer schneller durch meinen Körper fließt, pocht in meinen Ohren.

Jacob ist der Vater von Link?

Der Betreuer redet weiter. »Du fragst dich, was das alles soll. Das kann dir auch niemand verübeln. Ich werde dir deine Frage beantworten.«

Ich beginne zu zittern. Alle Gedanken sind wie weggeblasen, ich hänge an Jacobs Lippen.

»Als ich die Nachricht bekommen habe, dass mein Sohn verschwunden sein soll, war ich sehr erschüttert. Und auch sehr wütend. Welcher Vater wäre das nicht? Die Campleitung dagegen konnte sich gut aus der Sache rausreden. Mehrere Augenzeugen berichteten, dass sich Link in dem Bus befand und aus eigenem Willen wieder ausstieg. Dieses Faktum und ein guter Anwalt sind bei Gericht Gold wert. Schon damals habe ich mich von den Verhandlungen distanziert. Den Leiter des Camps, Magnus, bekam ich nie zu Gesicht. Ich wäre ihm vermutlich ohnehin an die Gurgel gesprungen. Dass mir meine zurückhaltende Art eines Tages nützlich sein würde, habe ich noch nicht ahnen können. Bei vielen Suchaktionen durch den Wald war ich dabei. Ich wollte meinen Sohn wiederfinden. Dort waren hunderte Freiwillige, tausende Lichter – du kennst die Geschichte. Jedenfalls schnappte ich zufällig ein Gespräch auf. Zwischen Charlie und Ben.«

Jacob wirft einen flüchtigen Blick zu den zwei Jugendlichen. Dann fährt er fort. »Es ging in diesem Gespräch um Schuld, um ein bitteres Verbrechen. Ich konnte deutlich heraushören, dass es ihnen leidtat, Link umgebracht zu haben.«

Umgebracht? Charlie und Ben?

»Natürlich hätten sie es geleugnet, wenn ich sie darauf angesprochen hätte.«

»Also hast du sie entführt«, stammle ich.

»Ja, habe ich. Die Planung ging schnell, das Vorhaben war klar. Zu meinem Glück entdeckte ich diesen Bunker hier. Er ist auf keiner Landkarte verzeichnet, wurde vermutlich für einen der beiden Weltkriege gebaut. Wie auch immer. Ich habe die zwei hierhergebracht und versucht, sie immer wieder über Link auszuquetschen. Sie haben nichts verraten. Dabei sei gesagt, dass ich ihnen zu keinem Zeitpunkt Schmerzen zugefügt habe. Zu keinem! Sie durften hier unten sogar frei herumlaufen. Ich wollte schließlich nur wissen, wo die Leiche ist. Ich wollte, dass dieses verdammte Camp geschlossen wird. Doch sie haben dichtgehalten. Für ihre Freunde, für Magnus, für das Camp Summerlake. Sie haben immer wieder gesagt, dass ihre Kumpels sie rausholen werden. Den vieren liegt das Camp wirklich sehr am Herzen. Es ist ihr einziger Zufluchtsort, es steht für ihre Kindheit und ihre Jugend.«

Emil unterbricht Jacob. »Magnus hat es auch ohne dich schwer gehabt«, sagt er seufzend. »Es reicht nicht mehr, nur im Wald zu schlafen. Er braucht aufregende Programmpunkte, braucht Mittel, mit denen er die Jugendlichen bei der Stange hält. Durch die modernen Medien wird immer mehr erwartet, alles muss extremer werden. Deswegen auch die Scherben auf der Hinfahrt. Das macht er öfter, einzig und allein für den Adrenalinkick!«

Und ich habe sie dann logischerweise unter seinem Bett gefunden!

Nach Emils Erklärung richte ich mich wieder an den Betreuer. »Sprich weiter«, bitte ich ihn. Die Energie, mich gegen die Fesseln zu wehren, hat mich verlassen. Ich höre bloß still zu.

Der Moment der Wahrheit kann kommen!

»Nun gut. Die zwei wollten also nicht reden und ein neuer Plan musste her. Gott sei Dank startete das Camp relativ bald in eine neue Runde und ich musste nur ein paar Kontakte spielen lassen, um ein Teil davon zu werden. Mit falscher Identität und einer Augenklappe meldete ich mich als Betreuer an. Ich wurde genommen. So konnte ich das Camp von innen heraus überwachen und den Leuten, bis zu einem gewissen Maß, Angst einjagen. Ich hängte Fleisch an die Hütten, machte Kreuze im Wald und schickte Videobotschaften an den Campleiter. Manchmal telefonierte ich sogar mit ihm. Das alles natürlich mit roter Maske und verzerrter Stimme. Ich wollte, wie gesagt, dass er dieses Camp schließt. Das will ich übrigens immer noch. Er soll sich der Polizei stellen. Die ganze Zeit haben nur Beweise gefehlt. Bis jetzt.«

Langsam fängt mein Gehirn wieder an zu arbeiten. Immer mehr Puzzleteile fügen sich zu einem großen Ganzen, doch einige fehlen noch.

»Und was habe ich damit zu tun?«, flüstere ich fassungslos. Als würde ich nicht wahrhaben wollen, was mir gerade erzählt wird.

»Du warst mein Plan B, Lukas. Anscheinend weißt du noch immer nicht, wer ich bin. Hast du denn gar keine Ahnung?«

Ich schüttle den Kopf.

»Gut, dann erkläre ich es dir. Nachdem ich aus Charlie und Ben nichts herausbekommen konnte, habe ich die Mutter von Link angerufen. Vielleicht ahnst du es jetzt. Ich meine damit Mary. Deine Mom. Sie hat mir zwei Kinder geboren, kurz bevor sie mich verlassen hat und zu einem anderen Typen gezogen ist. Mit dem hat sie dann dich und deine Schwester bekommen. Jedenfalls erzählte ich ihr alles. Vom Camp, von meiner Vermutung und von meinem Plan. Sie war schockiert, keine Frage, aber auch Mary hatte eine Idee. Ihr Sohn, so sagte sie, sei *unfassbar* intelligent, würde jedes Rätsel lösen und sich die ganze Zeit mit solchen Fällen beschäftigen. Lange Rede, kurzer Sinn: Sie hat *dich* in dieses Camp geschickt, in der Hoffnung, du würdest die Leiche von Link finden. Und das hast du! Die Kette hat es verraten. Ich habe die gleiche wie mein Sohn. Es war ein Geburtstagsgeschenk von ihm …«

Ich bin kurz davor, dass mir eine Träne über die Wange kullert. Die neuen Informationen erschlagen mich. Ich war auf alles vorbereitet, nur nicht auf das!

»Link … ist mein Halbbruder?«

Er antwortet nicht, doch das ist auch nicht nötig. Ich weiß es auch so.

»Meine Mutter hat dir meinen echten Namen gesagt«, wispere ich. »Und dann hast du die Zettel bei der Schnitzeljagd ausgetauscht. Somit konntest du mir indirekt eine Nachricht schreiben. Blutengel …«

Ich erinnere mich an einen der Sätze aus der Schnitzeljagd. *Löse das Geheimnis, das diesen Platz umhüllt,* stand auf dem Zettel geschrieben.

Jacob schmunzelt. »Deine Mutter hatte recht, du bist ein schlaues Kerlchen.«

Ich schaue resigniert durch den Raum. Mary, meine Mutter. Bevor ich gefahren bin, war sie so lieb zu mir, so besorgt. An diesem Tag hat sie schon von all dem gewusst und mich nicht gewarnt.

All die Momente der Verzweiflung habe ich nur ihr zu verdanken …

Während ich auf die gegenüberliegende Wand starre, nehme ich eine Bewegung wahr. Einen Schatten. Direkt an der Tür.

Jemand steigt die Treppen herunter!

Auch Jacob scheint es gehört zu haben. Plötzlich dreht er sich um. Lucy hat die Ohren zurückgelegt, sie erhebt sich. Der Betreuer macht Anstalten, das Messer zu holen. Zu spät!

Im nächsten Moment wird die Tür aufgetreten und ein älterer Mann erscheint. In der Hand ein Gewehr. Er richtet es drohend auf Jacob und betritt den Raum. Beim näheren Hinsehen erkenne ich ihn. Es ist der Mann vom Friedhof!

»Du bleibst ruhig, Freundchen«, gibt er trocken von sich und holt ein Klappmesser aus seiner Hosentasche. Mit nur einer Hand schneidet er uns geschickt von den Fesseln frei. Währenddessen fixiert er weiterhin den verschreckten Betreuer. Jacob.

»Gut, dass ich dir gefolgt bin, Lukas. Mein Instinkt hat mich nicht im Stich gelassen«, behauptet der verwilderte Mann und wendet sich mir zu.

»Mein Name ist Pavel. Schade, dass wir uns unter solchen Umständen kennenlernen müssen. Und es tut mir auch leid, dass ich dich ab und zu so erschreckt habe.«

Ich setze eine kritische Miene auf, massiere gleichzeitig meine schmerzenden Hände. »Du hast mich verfolgt, stimmt's? Zwei Mal.«

»Ja, stimmt.«

»Und die Botschaft am See …«

»Ich wollte dich warnen, sogar öfter. Nur warst du meistens von anderen umgeben. Ich musste vorsichtig sein.«

Pavel deutet mit dem Kopf zu einem Strick, der auf dem Tisch liegt. Emil reagiert, nimmt ihn an sich und fesselt damit Jacob. Lucy hat sich in eine Ecke verkrochen und winselt.

»Ihr begeht einen großen Fehler«, stöhnt der Betreuer, als Emil fester zuzieht.

Pavel wirkt unbeeindruckt. »Nein, dein Fehler war es, meinen Hund zu erschießen.«

Hund? In dem Sack, den er auf den Schultern getragen hat, als ich und Valentin ihn beim Friedhof beobachteten, war also kein Mensch. Darin war ein Hund. Sein Hund.

Der ältere Mann dreht sich erklärend zu uns. »Ich habe diese Sache hier schon länger im Blick. Eines Tages habe ich dann Nachforschungen angestellt und sah diesen Typen mit roter Maske. Wisst ihr, ich wohne hier schon ewig. Abgeschieden von der Zivilisation. Es gefällt mir. Jedenfalls konnte ich meinen Hund nicht zurückhalten. Er ist den Wolf angegangen und kurz darauf wurde geschossen. Dieser Maskenmann hat meinen Hund abgeknallt.«

»Weil er auf Lucy losgegangen ist! Er hätte sie getötet«, knurrt Jacob.

»Und das, was du hier machst, ist viel besser? Entführst Jugendliche?«

Kein weiterer Kommentar des Betreuers.

Ich atme durch.

Jacob ist geschnappt und gefesselt. Pavel hat uns gerettet. Dennoch stört mich etwas. Es fehlt noch ein Detail in dieser Geschichte. Das Puzzle ist noch nicht vollendet.

Ich gehe vor dem Betreuer in die Knie. In seinem Blick ist keine Angst zu sehen, er hat sich beruhigt. Es wirkt vielmehr, als wäre er zufrieden.

Aber warum?

»Jacob, sag mir eines«, fange ich an. »Bei der Fackelwanderung, als du Emil entführt hast, warst du die ganze Zeit hinter mir. Wie hast du das hinbekommen?«

Das Grinsen meines Gegenübers wird noch breiter. »Dieses Camp bekommt seine gerechte Strafe. Denk doch nach, Lukas. Ich konnte das nicht hinbekommen, ich konnte Emil nicht entführen.«

Wenn nicht er ihn entführt hat … wer … wer dann?

»Du sagtest, dass du mit meiner Mutter *zwei* Kinder bekommen hast. Das eine war Link, aber das andere …«

Er vervollständigt meinen Satz: »… das andere ist ebenfalls im Camp. Die ganze Zeit. Wir hatten unsere Augen beim Betreuerteam und auch bei den Jugendlichen. Bei dir …«

Einer meiner Halbbrüder ist tot, der andere hat mir nachspioniert. Sie gehören alle zu meiner Familie. Diese ganze Sache war ein riesiger Racheakt.

Ich schlucke, mein Mund ist wie ausgetrocknet. Mir wird klar, wer es sein muss. Wer mein zweiter Halbbruder ist.

»Ihr bleibt hier«, zische ich den Jugendlichen und Pavel zu. »Passt auf Jacob und auf den Wolf auf. Die Polizei wird kommen. Bald.«

Danach taumle ich nach oben. Ich höre noch, wie mir Jacob einen Satz hinterherruft. »Es ist zu spät!«

Die Worte bohren sich in meinen Verstand. Ich muss ins Camp, zu Kaja. Außerdem habe ich noch offene Fragen.

Wie ist Link gestorben?

Schnell ziehe ich mein Handy aus der Hosentasche und schicke meiner Mutter und der Polizei den Standort des Camps. Dazu nur ein schlichtes Wort:

Hilfe!

Ich reiße die Tür auf und werde sogleich von der einfallenden Dunkelheit überrascht. Ich muss länger bewusstlos gewesen sein als angenommen. Dennoch beginne ich zu laufen. So schnell, wie mich meine Beine tragen können. Dabei spüre ich die Regentropfen, die vereinzelt vom Himmel fallen und in unzählige Partikel zerspringen, wenn sie meine Haut berühren.

Es fängt an zu regnen. Auch das noch!

Die Sonne ist noch nicht ganz untergegangen und ich kann einigermaßen sehen, wohin ich steige. Den meisten Ästen weiche ich erfolgreich aus, andere peitschen meine Haut. Wie hypnotisiert renne ich durch den Wald. *Nicht stehen bleiben!*, bestärke ich mich. *Nicht stehen bleiben!*

Auf halbem Weg sehe ich einen reglosen Körper auf dem Waldweg liegen.

Magnus!

Ich fühle schnell seinen Puls. Er lebt. Bis auf eine blutende Kopfwunde kann ich keine weiteren Verletzungen feststellen. Eigentlich sollte ich bei ihm bleiben, doch ich kann nicht. Die Polizei wird sich um ihn kümmern.

Ich muss zu meinem Halbbruder. Ich muss ihn aufhalten, bevor er etwas tut, das er sich selbst nie verzeihen würde.

Unsere Ähnlichkeit ist von Anfang an auffallend gewesen, ich hätte mir etwas denken sollen. Ich habe mich ihm anvertraut. Er konnte sich mit Jacob austauschen und dieser wusste somit auch, was ich gerade tat. Wie weit ich in *ihren* Ermittlungen gekommen war. Dieser Junge ist mein Bruder! Er war der Einzige, der bei der Fackelwanderung im Camp geblieben ist und Emil entführen konnte!

Valentin.

30

Es kann sich nur mehr um Sekunden handeln, bis die Lichtung gänzlich von dunklen Gewitterwolken bedeckt sein wird. Der Wind peitscht durch den Wald, lässt die Bäume knarren und das Laub in alle Richtungen aufwirbeln. Als würde der Himmel jeden Moment über einem zusammenbrechen. Der sonst so ruhige Ort verwandelt sich in eine Achterbahn ohne Ausgänge, der Regen wird stärker. Die Dunkelheit verstärkt dieses gewaltige Spiel der Natur nur noch. Sie versucht dich zu fangen. Jeder, der nicht schnell genug ist oder keinen Unterschlupf findet, wird von der Macht des Wetters erdrückt, mitgeschleudert, seinen Regeln unterworfen.

Im Camp herrscht Chaos. Ich bemerke vereinzelt Jugendliche, die von einem Dachvorsprung zum nächsten preschen. Alea ist die Erste, die mir entgegenkommt. Sie hastet wortlos und mit entsetztem Blick an mir vorbei.

Im Gegensatz zu den anderen ist eine Person nicht in Bewegung. Sie kauert vor einer der Hütten, hält die Hände schützend vors Gesicht. Stella.

Weint sie?

Ich komme näher, berühre sie am Arm. Überrascht schreckt sie auf.

»Geh, Lukas!«, zischt sie. »Rette dich einfach! Wir können nichts mehr tun. Die Handys sind weg, Magnus ist weg. Alles ist aus dem Ruder gelaufen. Wir … wir können nichts mehr tun.«

Ein Blitz. Der Ort wird für eine Sekunde von einem beklemmenden Licht erhellt.

»Es tut mir so leid«, wimmert sie.

Donner.

Wir zucken zusammen, verschmelzen einen Moment mit dem ohrenbetäubenden Knall.

»Wo ist Valentin?«, frage ich. Meine Stimme ist fester geworden. Auf dem Weg hierher konnte ich mich sammeln, mich auf das vorbereiten, was mich gleich erwarten wird.

Wenn es darauf überhaupt eine Vorbereitung gibt!

Stella schüttelt den Kopf. »Ich weiß, du willst jeden retten, doch das kannst du nicht.«

»Wo ist er?!«, rufe ich erneut. Der Regen wird noch stärker. Der Wind ist laut, penetrant.

Diese Lichtung gehört nicht den Betreuern, diese Lichtung gehört der Natur!

Mit zittriger Hand deutet sie zum Steg. »Tu es nicht«, wispert sie, doch ich mache mich schon auf den Weg. Ich denke gar nicht daran, mich zurückzuziehen.

Am achten Tag wird alles enden. *Jetzt* wird es enden.

Schon von Weitem sehe ich mehrere Gestalten auf der Holzplattform. Auf der Wiese davor befindet sich Arthur. Ich stelle mich zu ihm. Er blickt gebannt und mit starrer Miene auf das, was sich vor uns abspielt. Auch ich sehe es. Am Rande des Stegs sind drei Menschen. Zwei davon gefesselt an Händen und Füßen. Sie sitzen nahe am Abgrund, an der Kante, hinter der das endlos wirkende Wasser beginnt.

Einer von den Personen ist Niklas. Die andere ist … Kaja!

Sie scheint mich zu sehen, schreit meinen Namen. Nun weiß jeder, dass ich hier bin. Selbst Valentin. Er ist die dritte Person am Steg. Mit seinen Händen umklammert er eine Pistole. Vermutlich die, mit der Jacob den Hund von Pavel erschossen hat.

Sie darf kein weiteres Mal benutzt werden. Ich muss es verhindern, Valentin aufhalten.

»Na, sieh mal einer an«, brüllt er in meine Richtung. »Komm ruhig näher.«

Ich befolge seine Aufforderung, gehe ein paar Schritte. Arthur geht mir nach. Als ich gerade das Holz des Stegs betreten will, hält mich Valentin auf.

»Das ist nah genug«, äußert er.

Blitz.

»Du weißt, dass ich dein Bruder bin«, antworte ich.

Donner.

»Das weiß ich. Und es tut mir leid, dass ich es dir nicht sagen durfte. Dass wir uns *so* kennenlernen mussten.«

Arthur macht einen weiteren Schritt. Dabei redet er ruhig auf meinen Halbbruder ein.

»Komm schon, leg die Pistole weg. Das willst du doch alles nicht.«

»Oh doch«, beteuert Valentin. »Das will ich. Und wenn du noch einen Schritt näherkommst, stoße ich einen der beiden in den See. Mal sehen, wie gut sie mit zusammengebundenen Händen schwimmen können.«

Arthur rümpft die Nase. »Wir sollen zwei Menschen dabei zusehen, wie sie elendig ersaufen? Das würdest du zulassen?«

»Das ist das, was sie verdient haben«, antwortet Valentin. »Zumindest Niklas, Charlie, Ben und Emil. Kaja hat damit nichts zu tun. Aber sie musste ja unbedingt die Heldin spielen und versuchen, mich aufzuhalten.«

Ich schaue in das Gesicht von Kaja, sehe die Angst in ihren Augen.

Sie braucht mich!

Ich wende mich wieder meinem Bruder zu. »Du hast das also alles mit Jacob geplant, mich von vorne bis hinten angelogen.«

»Das habe ich«, sagt er kaum hörbar. Dann wird er lauter. »Damit alles funktioniert, habe ich mir im Bad extra eine Verletzung zugefügt. Somit konnte Jacob vorschlagen, mich bei der Fackelwanderung im Camp zu lassen. Das Blut, das du im Waschbecken gesehen hast, stammte von mir. Durch Henrys Wutausbruch hatte ich zusätzlich ein gutes Alibi. Jeder hat geglaubt, dass die Wunde von ihm verursacht wurde. Dann brauchte es nur noch Schlaftabletten für Stella und der Weg war frei.«

Wie auf ein Signal wird der Regen heftiger. Das Wasser des Sees setzt sich in Bewegung, Wellen klatschen gegen den Steg. Es wird immer lauter, immer wilder. Ab jetzt müssen wir schreien, um uns zu verstehen.

»Das mit Henry wollten wir nicht«, ruft Valentin. Das erste Mal in diesem Gespräch erkenne ich so etwas wie Traurigkeit in ihm. Die letzten Tage haben auch seine Kraft geraubt. Dennoch fährt er fort. »Es gab die Linie, die man nicht überschreiten darf. Die rote Linie. Es war nie geplant, dass er stirbt. Verdammt! Diese ganze Situation hier war nicht geplant.«

»Dann beenden wir es«, brülle ich eindringlich.

»Nein! Auf keinen Fall! Erst muss ich die Wahrheit herausfinden.« Nach diesen Worten kniet er sich neben Niklas hin. Er hält ihm die Pistole an den Kopf. »Los! Rede!«

Niklas beginnt zu fluchen. »Was willst du denn hören, hm? Dass wir deinen Bruder umgebracht haben? *Bitte schön!* Ja, haben wir. Aber das war nie unsere Absicht!«

Ich spüre die aufgestaute Wut in Valentin. Kurz befürchte ich, dass er Niklas ohne Erbarmen in den See wirft.

»Lukas hat die Kette im See gefunden. Was hat es damit auf sich?«, will Valentin wissen. Er wirkt angespannt, seine Hand zittert.

»Du willst die Wahrheit hören? Da ist sie«, fängt Niklas an. Er spricht in einer Lautstärke, in der ich ihn gerade noch höre. »Link hat gut in unseren Freundeskreis gepasst. Wir haben viel mit ihm unternommen und es hat auch immer wahnsinnigen Spaß gemacht, ihn in unsere Abenteuer mit einzubauen. Eines Abends, als uns langweilig war, haben wir Mutproben veranstaltet. Nach der Reihe musste jeder etwas Verrücktes machen. Für Link haben wir uns etwas ganz Besonderes ausgedacht. Wir wussten schon damals, dass sich auf dem Grund des Sees ein Auto befindet. Emil hat es irgendwann entdeckt. Jedenfalls musste Link zum Auto tauchen. Seine Aufgabe war es, ein bestimmtes Beweisstück mit nach oben zu bringen. Einen Anhänger, der am Rückspiegel hängt, zum Beispiel. Wir haben oben auf ihn gewartet, aber …« Niklas bricht ab.

»Aber was?«, drängt Valentin.

»Aber Link ist nicht wieder aufgetaucht. Er muss sich eingeklemmt haben, wer weiß das schon. Wir haben dumm auf das Wasser gestarrt. Sekunden sind vergangen, Minuten sind vergangen. Es ist niemand in den See gesprungen, niemand hat sich getraut. Wir haben uns eingeredet, dass er jeden Moment wieder zu sehen sein wird. Ein Irrtum, wie wir heute wissen. Nachdem wir mit Magnus geredet haben und er eingeweiht wurde, haben wir uns eine andere Geschichte ausgedacht. Du kennst sie. Da es der letzte Tag im Camp war, ist es den anderen Jugendlichen kaum aufgefallen. Link war ohnehin nur bei uns. Vier Zeugen haben also absolut ausgereicht. Versteht doch: Hätten wir diese Lüge nicht erschaffen, hätte das Camp schließen müssen. Das wollte niemand.«

Und diese Lüge hat uns dorthin gebracht, wo wir jetzt sind …

Valentin erhebt sich wortlos. Trotz des Regens kann ich sehen, dass er weint. Die Pistole liegt locker in seiner Hand.

»Link war mein Bruder«, erwidert er. »Ich habe ihn geliebt. Mehr als jeden anderen.«

Ich seufze. »Aber ich bin auch dein Bruder, Valentin. Und als Teil deiner Familie bitte ich dich, dass du die Waffe fallen lässt.«

Kurze Zeit ist Stille. Valentin scheint darüber nachzudenken.

Währenddessen hat uns der Sturm zur Gänze erreicht. Immer wieder schlagen Blitze in die Erde ein, das Wasser entwickelt sich regelrecht zu einem Strudel. Der Himmel ist erzürnt, meine Kleidung durchnässt. Es ist unangenehm und kalt. Ich halte mich an Kajas Blick fest. Sie wirkt kraftlos, hat sich am Gespräch nicht beteiligt. Bevor ich nachhaken kann, dreht sich Valentin um. So, dass er mit dem Rücken zu uns steht. Er starrt auf den See.

»Du hast recht, Arthur. Ich hasse mich für das alles hier«, ruft er in die Fluten. »Wenn ich könnte, würde ich …«

Valentin kommt nicht dazu, seinen Satz zu beenden. Arthur nutzt die Chance und stürzt nach vorne. Während ich rufe, dass er stehen bleiben soll, dreht sich Valentin um. Zu langsam. Arthur ist bei ihm angekommen, versucht ihm die Pistole aus der Hand zu schlagen.

Blitz.

Die Waffe fällt.

Donner.

Sie landet auf dem Steg.

Eine Welle schwappt über das Holz, überströmt die zwei Gefesselten.

Arthur umgreift Valentins Hals, würgt ihn, schlägt auf ihn ein. Valentin schafft es, mit seiner linken Hand zu seinem Gürtel zu greifen.

Blitz.

Ein Messer.

Donner.

Der Stich kommt schnell und präzise.

Arthur geht zu Boden.

Ich renne auf den Steg, muss aufpassen, dass ich auf dem nassen Holz nicht ausrutsche.

Valentin stöhnt, weint plötzlich fürchterlich. Sein Gesicht zieht sich zusammen, seine Stimme klingt verzerrt.

Er hat soeben einen Menschen niedergestochen!

Arthur blutet. Noch bevor ich bei ihm ankomme, dreht sich Valentin ein zweites Mal um und stößt Niklas in den See.

Nein!

Ich denke nicht weiter darüber nach, hetze zum Rand der Plattform und springe ins Wasser. Eine viel intensivere Dunkelheit umhüllt mich. Die Geräusche werden dumpf, als wären sie weit entfernt. Ich konzentriere mich. Tatsächlich schaffe ich es, Niklas zu greifen. Aus seinem Mund kommen Luftblasen. Er schreit, reißt an den Fesseln. Auch ich versuche die Verknotung zu lösen. Ich schaffe es nicht. Meine Kraft in den Armen ist endgültig weg. Die Stunden, die ich geknebelt in der Hütte verbracht habe, zeigen Wirkung.

Ich muss ihn retten, ich muss Niklas retten!

In meiner jetzigen Verfassung schaffe ich es nicht.

Schaue ich ihm gerade beim Sterben zu?

Dann spüre ich eine weitere Hand.

Valentin?!

Mit einem Schnitt löst er Niklas' Fesseln. Dieser schnellt kurz darauf in die Höhe. Auch ich schwimme an die Wasseroberfläche, krieche ans Ufer.

Endlich Luft!

Valentin taucht nur wenige Sekunden nach mir auf, verlässt den See und eilt direkt zu Arthur. Er beugt sich nieder, zieht sein durchnässtes T-Shirt aus und presst es gegen den Bauch des Verwundeten. Das Gewitter hat sich in der Zwischenzeit einigermaßen gelegt. Deutlich weniger Tropfen sind zu spüren, der Wind hat nachgelassen. Die Gewitterwolken sind aber nicht die Einzigen, die sich aus dem Staub gemacht haben.

Kaja ist weg.

Valentin muss ihr die Fesseln durchschnitten haben. Aber wo ist sie?

Niklas und ich klettern auf den Steg zu Arthur. Er lebt, er atmet, doch er hat große Schmerzen. Aus seinem Bauch blutet es noch immer. Schnell löse ich Valentin ab und drücke das Shirt gegen die Wunde.

»Was habe ich getan …?«, flüstert mein Bruder. »Was habe ich nur getan?«

Dann hebt er die Pistole auf.

Panisch reiße ich meinen Kopf hoch. »Hey! Hör auf! Wir …«

Ich sehe, dass er die Waffe nicht auf uns richtet. Im Gegenteil. Er richtet sie auf sich selbst. Sein Gesicht ist noch immer verzerrt, seine Beine wackelig.

Polizeisirenen!

»Valentin!«

»Vergiss es, Lukas. Du brauchst nicht auf mich einzureden. Link war alles für mich, keine Frage. Doch ich wollte für ihn über Leichen gehen. Henry … und jetzt Arthur. Ich habe dich belogen, Emil entführt, Magnus niedergeschlagen und Kaja gefesselt. Zu keinem Zeitpunkt habe ich deine netten Worte verdient. Du warst so freundlich zu mir, so brüderlich. Und das, obwohl du nicht einmal gewusst hast, dass ich dein Bruder bin. Alle Leute im Camp haben mich akzeptiert. Trotzdem musst du mich verstehen. Sie haben meinen Bruder umgebracht, sie haben Link umgebracht. Und sie wurden dafür nicht einmal bestraft …«

Die Stimmen am Waldrand werden lauter. Mehrere Polizeiwagen sind auf den Platz gefahren.

»Du darfst dich nicht nur über deine Fehler definieren«, antworte ich und komme näher. Ganz langsam. »Wir sind eine Familie. Es ist grausam, was sich in diesem Camp zugetragen hat, das ist jedem klar. Aber manche Dinge passieren. Wir können sie nicht aufhalten oder sie rückgängig machen. Das Einzige, was uns noch bleibt, ist es, sie zu akzeptieren und mit ihnen zu leben. Wir sind oft wegen Kleinigkeiten wütend, regen uns wegen Entscheidungen auf, die andere fällen. Nur ist es nicht unsere Aufgabe, die Fehler anderer auszubessern. Wir werfen so viel weg, Valentin. Freundschaften, Beziehungen, unsere Familie und manchmal sogar uns selbst. Wir verdrängen so viel, in der Hoffnung, dass irgendwann etwas Besseres kommt. Doch wir sollten verstehen lernen, dass nicht nur wir denken, fühlen und leben. Andere haben auch das Recht, entscheiden zu können, ob sie von dir weggeworfen werden wollen oder nicht. Es ist zwar nicht unsere Aufgabe, Fehler der anderen auszubessern, aber es ist unsere Aufgabe, die Menschen kennenzulernen, die diese Fehler begehen. Denn vielleicht verstehen wir dann, weshalb wir sie nicht wegwerfen, sondern lieben sollten. Auf ganz verschiedene Art und Weise. Also drück nicht ab. Meinetwegen. Für deinen Vater, für unsere Mutter. Du bist nicht der Einzige, der leidet.«

Valentin blickt mir ins Gesicht. Nur einen kurzen Moment – dann lässt er die Pistole fallen und bricht zusammen.

Ich drehe mich um.

Es wimmelt nur so von Leuten. Da sind Polizisten, Sanitäter, Stella, Magnus, Jacob in Handschellen, die anderen Jugendlichen, die langsam aus dem Wald hervorkommen. Ein abkühlender Wind zieht über die Lichtung.

Als ich zur Seite schaue, sehe ich Kaja.

Sie steht weit entfernt am Waldrand, um ihre Schultern hat sie ihren Rucksack geschnallt. Ich kann es von hier aus zwar unmöglich beurteilen, doch ich würde alles darauf verwetten, dass sie mich anlächelt …

Jetzt kommen auch mir die Tränen. Meine sentimentale Seite zeigt sich. Es wurden schon zu viele Tränen vergossen, doch meine Kraftreserven sind aufgebraucht.

Ich kann nicht anders …

Kaja hebt die Hand.

Ein Abschied.

All die schönen Erinnerungen, die ich an sie habe, beginnen zu bröckeln. Ich hatte Hoffnung auf eine Zukunft. Eine Zukunft für uns beide.

Bleib, Kaja! Bitte!

Dann verschwindet sie zwischen den Bäumen in der Abenddämmerung.

Für immer weg … für immer verloren.

Ich kann es nicht glauben, ich will es nicht glauben.

Eine weitere Träne.

Warum nur …

Während ich fassungslos zum Wald starre, tritt eine Frau neben mich.

Mary.

»Lukas … ich wusste nicht, dass …«

Ich hebe die Hand. »Sag nichts, Mom«, flüstere ich. Dann drehe ich mich zu ihr. »Ich weiß, du liebst deine Kinder. Auf eine Weise, die ich wohl nie verstehen werde. Du warst trotzdem nicht bereit für uns. Valentin hat sich seine Taten verziehen, also verzeihe auch ich dir. Ich verzeihe dir, dass du nie für mich da warst. Ich verzeihe dir, dass du mir nie etwas über meine Brüder erzählt hast. Ich verzeihe dir, dass du mich hierhergeschickt hast. Doch eines musst du verstehen. Ich könnte *mir* eine Sache nicht verzeihen, wenn ich sie jetzt nicht durchziehe. Nie in meinem ganzen Leben. Valentin hat den ersten Schritt gemacht, also sollte ich den zweiten machen.«

Meine Mutter blickt mich fragend an. »Was meinst du, Lukas?«

Ich antworte ihr nicht.

Stattdessen drehe ich mich um und beginne zu laufen. Vorbei am verletzten Arthur, der gerade verarztet wird. Vorbei an den Polizisten. Vorbei an den Betreuern und vorbei am zusammengebrochenen Valentin. Ich renne Richtung Freiheit. Richtung Wald. Richtung Kaja.

»Warum erzählst du mir das alles?«, frage ich.
»Weil ich will, dass du mitkommst.«

Wir sind verrückte Menschen in einer verrückten Welt.

Wir haben zu viele Gefühle und zu wenige Worte.

Wir haben ein zu großes Herz, aber zu wenige Menschen, die ein Teil davon sein wollen.

Wir sind das, was wir selbst in uns sehen.

Und wenn du nie etwas Großes in dir erkennst, wirst du nie etwas Großes sein.

Das Camp Summerlake ist in jedem von uns, ob wir wollen oder nicht. Dieser Ort in deinen Gedanken lässt dich herausfinden, ob du lieben kannst, so wie ich es tue.

Ob du um gescheiterte Beziehungen weinen kannst, so wie ich es tue.

Ob du mit deinen Freunden Spaß haben und mit ihnen lachen kannst, so wie ich es tue.

Ob du auch den Mut hast zu handeln, so wie ich es tue.

Du kannst es. Beweise es dir.

Tritt ein in das Camp Summerlake.

Denn wenn das Feuer ausgeht,
hat deine Reise erst begonnen.

Nachwort

Liebe Leserinnen, liebe Leser!

Ich muss kein Wahrsager sein, um zu wissen, dass ihr genau in diesem Moment meinen zweiten Roman in den Händen haltet. Oder in den Füßen. Sollte bei einem von euch Option zwei zutreffen, dann bitte ich denjenigen, mich unverzüglich zu kontaktieren. Auf meiner To-do-Liste steht neben *Einen Schneemann in der Sahara bauen* und *Alle meine Facebook-Freunde in echt kennenlernen* klein und mit schnörkeliger Schrift *Ein Buch mit den Füßen umblättern* geschrieben. Nun suche ich fieberhaft nach jemandem, der mir das beibringen kann. Alle E-Book-Nutzer sollen sich bei dieser Bitte übrigens nicht angesprochen fühlen, denn euer elektronisches Gerät kann man auch mit der Zungenspitze »umblättern«. Wie auch immer. Solltest du noch eine Frage an mich haben, möchtest du mich für das Buch kritisieren oder loben, dann darfst du mir natürlich auch schreiben. Entweder über E-Mail **colin.hadler@gmail.com** oder über Instagram @ colinhadler / Facebook-Autorenseite @Colin Hadler. Solltest du den Drang haben, einen Gegenstand nach mir zu werfen, dann besuch doch einfach eine meiner Lesungen.

Nun zum Roman. Es war mir ein großes Anliegen, ein Buch über ein Wildniscamp zu schreiben. Als ich neun Jahre alt war, schleppte mich meine Mutter, genau wie bei Lukas, in ein

Camp. Ich gebe es offen zu: Ich wollte dort niemals hin. Doch mit den Tricks, die Mütter eben so haben, ließ ich mich überreden. Und heute? Heute gehe ich freiwillig in dieses Camp. Jeden Sommer, seit neun Jahren. Es hat mich wahrlich in seinen Bann gezogen. Mittlerweile bin ich schon im jungen Erwachsenenteam und versuche den Kids ein einzigartiges Erlebnis zu bieten. Genau ein solches, das mir selbst geboten wurde. Es hat mich verändert, keine Frage. Mitten im Wald, ohne Handy, in einer Gemeinschaft zusammenwachsen, ins Feuer schauen, Lieder trällern, Gespräche führen und unterm Sternenhimmel einschlafen. Kurz gesagt: Es hat mich in den Fingern gejuckt, ein Buch darüber zu schreiben. Im nächsten Schritt habe ich dem ehemaligen Leiter des Camps geschrieben und gefragt, ob ich denn die Grundidee eines solchen Ortes übernehmen und ein Buch daraus machen dürfte. Klein schrieb ich dann noch dazu, dass der Roman MÖGLICHERWEISE Entführungen, Gewalt, Tod und Panik enthalten könnte. Zurück kam die Antwort: »Aber nur, wenn ich der Bösewicht sein darf!«

Mein Schreiben begann. Nicht, dass wir uns falsch verstehen: Ich habe viel geändert. Ich habe den Ort nicht genau lokalisiert, die Tätigkeiten angepasst, die Personen erfunden und die Geschichte konstruiert. Das Camp Summerlake gibt es natürlich NICHT. Aber die Grundidee eines Camps im Wald schon. Und deswegen starte ich den Aufruf: Macht die Erfahrung selbst. Traut euch und gebt einem solchen Abenteuer eine Chance. Übernachtet im Wald, geht auf Entdeckungstouren, auf Camps oder einfach nur wandern. Hauptsache, es gibt nur euch und die Natur. Bestenfalls ohne Handy. Und ich verspreche euch, ihr werdet Emotionen spüren und euch werden Gedanken kommen, die ihr vorher noch nie im Leben hattet.

Rasanter Themenwechsel: Ich möchte mich speziell beim *Wolf Science Center* bedanken. Fast alle Menschen, die ich kenne, sehen den Wolf noch als gefährliches und bedrohliches Tier an. Ich gebe zu, mir ging's genauso. Eines war mir jedoch klar: Ich wollte über Wölfe schreiben. Aus diesem Grund habe ich beim WSC angefragt, und Marianne Heberlein, eine Tiertrainerin vor Ort, hat mich herumgeführt und alle meine Fragen beantwortet. Nicht nur das, sie hat mir auch unfassbar berührende und überraschende Fakten und Geschichten über Wölfe erzählt. Dieser Besuch hat mein Handeln und mein Denken verändert – ein wenig jedenfalls. Doch genau darum geht es. Um kleine Schritte. Also: Geh auch du los. Wir sehen uns dann unterm Sternenhimmel.

PS: Hab eine Wette verloren und muss jetzt einen vorgegebenen Satz in meinen Roman einbauen: *Kirschen mögen radioaktive Melonen.*

PPS: Finger weg von Wetten.

Danksagung

Mein Dank gilt aber nicht nur den Wölfen, sondern auch einigen Menschen, die mich bei diesem Roman unterstützt haben. Passend zum Wildnisbuch und weil eine normale Aufzählung zu langweilig wäre, habe ich mir etwas ausgedacht. Die meisten haben sich sicher schon einmal die Frage gestellt: Wenn ich ein Tier wäre, welches wäre ich? Den Menschen, die mir geholfen haben, nehme ich diese Frage ab und beantworte sie prompt!

Zarte Elefantenumarmung an:

Fiona Helena Sinz – Koala, weil einem das Herz aufgeht, wenn man dich sieht. Der Koala wird von seiner empfindlichen Nase über alles informiert, was er für das Überleben braucht. Und auch du weißt über fast alles Bescheid, egal um was es geht.

Jonathan Felber – Lisztaffe, einfach weil Affen cool sind.

Jennifer Linda vom Stein – Flamingo, elegant, verrückt und liebenswert, alles zur selben Zeit.

Sarah Steinhäusler – Nasenbär, weil du deine Nase in ganz viele Projekte steckst, für alles offen bist und stetig neue Herausforderungen suchst.

David Lindenmayr – Känguru, wenn man dich braucht, bist du sofort zur Stelle; in deinem Beutel kann man sich gerne auch über den halben Globus tragen lassen.

Petra Schwarz – Pfau, welch ein Wissen und welch eine Erfahrung du mit deinen jungen Jahren schon ausstrahlst! Wow!

Julia Heuer – Fischotter, oder vielleicht doch eine radioaktive Melone? Wer weiß …

Dicken Mäusekuss an:

Melina Maroni (Papagei – wegen deiner Lacher), **David Franz** (Pony – wegen deiner Gutmütigkeit), **Elisabeth Fussi** (Eule – wegen deiner Weisheit), **Katharina Klammler** (Klammeraffe! Spaaaß! Rappenantilope – wegen deiner Wildheit), **Mario Stepanik** (Luchs – wegen deiner Scharfsichtigkeit), **Daisy Spindler** (Zwergziege – wegen deiner Freude am Leben), **Lena Potzinger** (Alpaka – ohne Worte), **Alexander Czar** (Monchhichi – treuer Freund)

Besonderen Mammutdank an:

Gertrude Schneider – Katze, für deine konsequente Hilfe

Melanie Hadler – Löwin, für deine gewissenhafte Durchsicht des Textes und dein offenes Ohr

Mirjam Lingitz – Wellensittich, für deine kreativen Ideen und das geniale Cover

Maria Ankowitsch – Roter Panda, ich hätte mir keine bessere Lektorin wünschen können.

Abschließend einen Dank an meine Familie, die mich wahnsinnig unterstützt und ohne die mein erstes Buch sicher nicht so einen Erfolg gehabt hätte, besonders herausheben möchte ich meine Eltern. An meinen Verlag *edition keiper* für die gute Zusammenarbeit. An das *Wolf Science Center* und speziell an Marianne Heberlein. An alle Blogger, die meine Romane rezensieren und mit dem #WenndasFeuerausgeht verbreiten, besonders an Maurice Feiel und Dana Dohmeyer für die Zitate. Und sollte ich jemanden in dieser Liste vergessen haben, so soll ich morgen als Regenwurm in einem Vogelnest aufwachen.

Colin